越楚記

千年之約

是風不是你 著

目次

前言

遙遠的太古世界，天地尚未成形，處於混沌狀態，時空不明。

彼時神人不分、人魔同體、人面獸身，妖精與人類共生、巫術與舞蹈同存，之後，有二神「伏羲」和「女媧」結為夫婦，生了代表四時的四神，於是這四神創了天、又做了地，還造了天蓋使之旋轉。

天帝派火神「祝融」以四神奠定三天四極，在東南西北極地之處，頂上四根擎天柱，讓後來的眾生都要敬事九天，祈求太平，不敢蔑視天神。

第一章

巫舞神祭

火神本名重黎，自小擅長用火，在遠古百姓還要吃生肉之時，是他教化人類如何人工取火、保管火種及用火的技術，所以被天帝賜名為「祝融」。

祝融是個人面獸身，雙眼大如銅鈴，腳踏兩條火龍，全身長有火紅鱗片，並披掛著寒鐵鎧甲的南方火之祖巫。雖然，祝融長者有如獸一般的身體，可他嚴格治理百姓，並傳授不少知識教化當地居民，因此頗得人心，也使得衡山充滿一片祥和與安樂。

衡山是由七十二座山峰所組成，群峰巍峨，連綿俊逸的山勢，遍布茂密且四季長青的森林，競相爭妍鬥豔的錦簇花團，一切景象繽紛得絢麗奪目。衡山其峰之高峻、境之幽美、洞之神奇，讓火神祝融也鍾情居住於此。

然而連月來，衡山北面的湖水漫過農田、淹壞作物，東方的江河也似不受湘水河伯的控制，時時山洪暴漲，讓居住於此的百姓們苦不堪言。為此，身為神祇的祝融憂煩異常，只好找來當地的「巫祝」，希望透過祝禱的祭大儀式，讓管理河泊的水神，瞭解此地的民生疾苦。

巫祝是通曉天文、地理之人，不僅能以歌舞娛神，也能與鬼神相通。衡山巫祝名為巫琅，是位俊逸非凡的美少年，也是神醫「巫彭」的孫子，相傳他誕生之時，貌美如潔白無瑕的玉石，故取名為「琅」。

巫琅天生聰穎，自幼就能將祭祀時的舞蹈學得有模有樣，無論動作或唱腔都十分精確，就連旁人無法聽懂的祭辭，他也能朗朗上口，因此深受祖父及家人的喜愛。

巫琅年滿十六之後，即擔任衡山巫祝一職，至今已兩年有餘，而管理湘水幾千年時間的河伯，每逢祭祀之時都會迫不及待前來。

河伯是個風趣的老人家，巫琅小時候跟著別的巫祝來河邊祭拜時，那積極認真的小小模樣，就特別吸引河伯。所以，河伯才會指定讓巫琅接任巫祝的職務，以便每年都可以和這個俊秀的小伙子，見上一面。

雖然，祭祀河伯是巫琅的職責，但直接祭拜統理所有水域的水神，可是他從未有過的經驗，所以在得知是火神的請託後，年少的他感到既忐忑又不安。

水神名為「共工」，是個性格暴躁的神祇，雖然有著人一般的臉孔，卻長了蛇一樣的身體，還有著火紅色頭髮和黑炭似的臉，長相非常嚇人。所以，沒有人見過共工的真面目，也沒有巫祝敢和他溝通，就連火神祝融都懶得與他打交道。

這一次，要不是衡山的水患異常嚴重，相信祝融也不願意讓自己的巫祝求助於他。只是，為了黎民百姓，就算冒著生命危險，巫琅也要完成他身為巫祝的使命。

祭祀水神的這一天風和日麗，算好良辰吉時的巫琅，在湘水岸邊擺上祭祀用的法器：

神案、席子、鑼鼓樂器、鉢、鐃和牛角。在神案兩邊，也插上了畫有水神圖騰的條幅和帳幔，兩位不滿十二歲的童子幫忙巫琅把巫祝的服飾穿上，戴上面具，並遞給他招神用的旗子後，便退到神案兩旁。

望了眼天際，吉時已到，兩位童子拿起牛角對空嗚放三聲，兩側畫有人面蛇身的條幅帳幔，隨即迎風起舞。

巫琅揮動手上的旗子，赤腳踏進席子裡，口中朗朗唱道：「面戴桃木具，身穿紫羅袍，腰繫玉羅帶，腳踩大地聖衣，衡山巫琅恭請水神降臨。」

言畢，再次揮動旗子向前一指，「迎——」。

兩位童子向前，各執起神桌上的樂器，擊二聲。

巫琅又唱道：「再迎——」。

童子們再擊三聲，巫琅接著唱：「三迎——」然後，展開雙臂，寬大的袍袖在風中颯颯鼓動，巫琅大喊：「請水神——」。

見到在席子上作揖、跪拜的巫琅，童子們也跟著恭敬地將上半身彎下。

連三拜後，巫琅踩著禹步、罡步，揮動手上的旗子獨腳跳躍、旋轉，服飾上的五彩圖騰在河風的吹拂下，於青草綠地舞動翩然的手姿。

巫琅雖為男子，但風姿綽約猶如女子，束高的髮冠下，一頭柔順的青絲在身後款款擺動，裸露在袍袖外的肌膚，白皙勝雪，精緻如瓷；腰上的九州玉羅帶，在舞蹈中跟著旋轉，糾纏著他窈窕的身段。

面具下，如玉芙蓉的臉頰泛起淡淡潮紅，細細的鬢角凝出晶瑩的汗珠，巫琅唱著恭迎的神歌，專注且虔誠。然而，恭請水神的巫舞早已跳過了一刻鐘，河面上的水仍是聞風不動，這讓站在兩旁的童子不禁面面相覷，感到極度不可思議。

唱跳巫舞是件極耗費體力的祭祀，即便巫琅自小就很會跳舞，但要配合神歌的韻律和巫舞的動作，卻不容易。除了跪拜，也要做足懺四門、砍四門和打四門等基本動作。可如今，巫琅都舞過了一刻還是沒見到水神出現，難道，他老人家不在？

有多年經驗的巫琅，通常能感覺到神祇現身前，風及水的流動，以免錯失恭迎的時機。或許像共工那樣高高在上的神祇，不是他這種小小巫祝能請得來的，可礙於這是火神親自的囑託，體力不支的巫琅漸漸有些著急。

時間轉眼又過了半個時辰，中午的烈陽，不留情地燒著湘水及岸邊的祭壇，粼粼波光，耀人眼目。兩位彎著腰的童子，緊握著垂在身子兩側的拳頭，抖著腳、滴著汗，在心底不斷叫苦。

汗水早已溼透了衣襟，儘管揮舞的雙臂已接近麻痺，雙腿也漸趨失衡，但巫琅仍持續虔誠地跳著。他不能辜負祝融的請託，更不能拋棄百姓對自己的信賴，他是這裡的巫祝，唯有他可以向水神請求幫助，救大家於水火！

「衡山巫祝誠心祈求水神降臨，請水神大仙賜我黎民百姓安樂！」揮舞旗子的巫琅，使出僅存的氣力大喊。

「別再喊啦！我哥哥不在這裡。」原本平靜的水面突然狂風大作，繼而捲起千層浪花，堆疊的白沫上出現一縷幽幽倩影，共工的妹妹「碧姬」，正對著岸上的三人巧笑倩兮。

童子立久發軟的雙腿本就快站不住，經強風一吹後紛紛跌倒在地，待風勢稍緩，兩人大膽睜眼看向岸邊，誰知竟被碧姬嚇得臉色發白，放聲尖叫，「啊——妖……妖怪！」

經童子們一喊，疲憊至極的巫琅抬頭看去，但見出現在水面上的妖嬈女子，有著一對碧綠色的眸子，薄薄的朱脣輕抿，似笑非笑，一頭水藍色的髮絲在身後舞動，似一條條活生生的小蛇，湖色的肌膚透著誘人光彩，連披在身上的衣衫都薄如蟬翼。

童子因為從未與神祇真正打過交道，自是沒見過他們異於常人的長相，會跌跌撞撞地奔出祭壇也是常情，倒是習以為常的巫琅嘆了口氣，心想：「真是難為他們了。」

通常凡人是看不見神祇的，除非神祇願意現身，而身為巫祝的巫琅既然負責與神靈溝通，自然是開過眼的，所以任何神妖魔怪都得以見。

神祇也並不像人類都長著兩隻胳膊、兩條腿，一如祝融是人面獸身，通體都是火紅的鱗片，平日不笑的時候，猙獰的臉孔還挺嚇人。河伯是人面蛇身，雖然頭上滿是白髮，蛇身卻是滑不溜丟的，光亮細緻，還有紅潤和藹的臉孔，也與想像中的老人形象極不協調。而眼前的這位女子雖長得人模人樣，卻怎麼看都像個妖，難怪童子們會嚇得逃跑。

「在下是衡山巫祝，盼大仙能請來水神，救救我衡山百姓。」一聽女子稱水神為哥哥，興許這位共工的妹妹可幫上幾分忙，心下一喜的巫琅連忙朝她跪拜。

「那些賤民的死活與我何干？憑什麼要本仙來救？」極為高傲的碧姬信步踏來，對巫琅所求嗤之以鼻。

「我衡山百姓受難於北方大水，東方湘水又常發生洪澇，已是苦不堪言，巫琅懇請大仙相救，助我百姓免受水患之苦。」感覺此神非善類，恐不易說服她相助，巫琅只好誠心再拜。

「沒有獻祭的童男童女，就憑這幾樣素果，唱個歌、跳個舞，河伯也未免太好說話。」碧姬鄙夷地睨了眼跪在地上的巫琅，暗笑：「誰家的巫祝不是好吃好喝的招待後，才敢有所祈求，然而這裡既無酒也無肉，難不成這個巫祝，是要把他獻給自己的哥哥嗎？」

勾起唇角的碧姬貼進巫琅，見他挺直的鼻梁，桃色的唇瓣還沾染著晶亮的汗珠，真是有幾分的好看。

「抬起頭來。」碧姬下令。

聞言的巫琅愣了一下，這大仙衣若單薄不足以蔽體，叫他一個男子如何敢抬頭與之對視？但就在巫琅思考要如何應對的同時，身子已經不由自主地被拉了起來。

「的確是少見的特別。」碧姬伸出細如枯骨的指尖，在巫琅的臉上滑了一下，肌膚的觸感溫潤滑膩，惹得她頭上的小蛇興奮得嘶嘶作響，不斷朝巫琅的臉頰撲來。

驚恐的巫琅想避開，可身子卻動彈不得。

「你就是衡山的小巫祝是嗎？可惜了這副好模樣，待在這裡豈不是浪費了？何不隨我回北方大湖，准你衣食無缺。」

巫琅的祖父巫彭醫術名揚九州，身為巫氏子孫的他本就不愁吃穿，衣食無缺不算是什麼好條件。一心救百姓的巫琅正想拒絕，卻怎麼也開不了口，只能任由女子赤裸裸地盯著他瞧。

「不過我不會強人所難，救衡山百姓或隨我回湖底，你任選一樣。」碧姬見巫琅倉皇的神色微微一閃，便將頭上急躁的小蛇往耳後撩開，失笑道：「當然，到湖底自然就成仙了，也不用在人間當什麼巫祝，這樣，你懂了嗎？」

這話巫琅可不懂，凡人怎麼可能成仙，更不可能生活在冰冷的湖水之下，那不是要人命嗎？

「兩日後我來這裡接你，看不到人，就等著看衡山百姓繼續受苦吧！哈哈哈……」放開巫琅的碧姬大笑，扭著妖嬈身段朝湘水走去，忽地狂風再次捲起，原來的湖光翠影似夢裡幻境，待巫琅回神時，那更勝於鬼魅的恐怖，早已不見蹤影。

「這……這不會是夢吧？」猶疑的巫琅摸摸自己的左臉，方才指尖上的那一劃，還熱熱地燒在臉上，大驚的他喊道：「完了，祖父，這回孫兒真給您說中了。」

兩年前，當上一任巫祝來通知河伯指定巫琅為繼任者時，巫彭就曾極力反對。奈何這是河伯開的條件，誰也不敢違逆，於是巫彭只好警告孫兒，如果有朝一日河伯不在湘水，必須趕緊逃命去。

然而巫琅心想，河伯是天帝指派管理大小河川的神祇，怎有可能不在？加上幾次祭祀中，巫琅與河伯相處甚是和諧，也從沒料想過他會離開。巫琅怎知自己一時的疏忽，竟會惹上這樣的禍事？

巫氏一族歷代先祖都是巫祝，巫彭更擅於利用天象來占卜，巫琅命中帶金，過度的水與火，都會給他的生命帶來不可承受之重。

河伯只是管理河川的小神，尚不足以危害到巫琅的性命，但要恭請共工那樣的水神，風險則是太過，尤其還是受火神祝融之託。

正在卜卦的巫彭，見孫兒頹喪著臉回來，就已猜到七、八分，搖頭道：「近來水患頻傳，河伯肯定已不在湘水轄內。」

「祖父，那孫兒該如何是好？」巫琅自己遇險事小，若是耽誤了火神交辦的差事，殃及衡山百姓，那他的罪過可就大了。

「就算水神願意出面，也不會把你這樣一個小小巫祝，給放在眼裡。」嘆了口氣的巫彭接著說：「如今之計，你只能即刻前往衡山，請求火神相助。」

拿起行囊，孤身一人的巫琅，帶著幾塊烙餅便匆匆上路，趕到衡山拜見火神祝融，在聽到巫琅將事情的始末說完後，祝融當場怒不可遏：「你說什麼？共工不但對水患一事置之不理，居然還放任自個兒的妹妹，欺凌我衡山的巫祝和百姓！可惡，共工那廝，簡直沒把我這個火神放在眼裡。」

巫琅見祝融氣得要殺人，趕緊緩頰，「火神息怒！小人那日並未見到水神，那女子所言之事，是否為水神授意尚未可知，火神切勿因此怪罪於水神。」

「碧姫是共工唯一的妹妹，自小暴虐無道，長大後仗著兄長疼愛，作起惡來更是肆無忌憚，這件事在神界誰人不知，不過都是看在共工的臉面上，不與他計較罷了。現如今，共工把管理湖泊的權力交給碧姬，無非就是要與我作對，我堂堂火神又怎能視若無睹？」拍桌立起的祝融怒吼一聲，腳踏兩條火龍，直向共工的所在——共城而去。

祝融說得沒錯，共工寵愛碧姬簡直到了無法無天的地步，並應允只要不涉及東海龍王的海域，一切都隨她把玩。

當碧姬逛到衡山之時，得知哥哥的死對頭火神祝融就住在這裡，當下一股惡念興起，便在衡山的北方大湖興風作浪，又把湘水的河伯趕走，讓山洪暴漲，逼得火神不得不叫他的巫祝設壇，祈求平安。

誰知碧姬看到巫琅便一見傾心，那姣好的容貌、優雅的身段，迷人的水潤脣瓣和清亮的歌唱聲，都勝過天上人模鬼樣的神祇無數。就算他只是凡人的小小巫祝，要是能來到自己的湖底宮殿與之纏綿，豈不是更勝於天上人間？

想到這裡，咬著纖纖細指的碧姬雙頰一片暈紅，竟是有些情動了。她迫不及待想要那個小巫祝，哪怕會觸犯天律，死活她都一定要！

然而碧姬也清楚，小巫祝不會那麼容易屈服在她的威逼之下，再怎麼說，那個巫祝是衡山的祭司，火神不會不管這件事，但憑碧姬一己之力，是無法與祝融相抗衡的。於是，碧姬立刻來到共城，相信自己的哥哥一定會樂意幫自己這個忙，只是萬萬沒想到，先遇到了氣急敗壞的祝融。

「妳是飢不擇食、還是沒有神要？居然連凡間的巫祝都不放過！」祝融一看見碧姬就沒好話，三兩句惹得她頭上的小蛇嘶吼亂叫。

「說來真是不公平，天帝讓一個凡人長得貌美如花，卻叫你們這些神祇豬狗不如。莫怪我眼光差，比起你們，我寧願跟一個凡人同床共枕，也不願和一頭豬睡在一起。」碧姬理理耳邊那群煩躁的小蛇，扭動慵懶的身軀回答。

「妳！」禁不住批評的祝融暴跳如雷，雖說他對自己的樣貌沒什麼不滿，但跟小巫祝比起來，確實失色許多，「我等乃天上神祇，豈容妳一個小小女子任意汙衊？今日如果不好好說清楚，我祝融絕不善罷干休！」

「好啊！要你一個巫祝宛如拔你一根毛，你如果覺得疼，不妨告到天帝那裡去，看他老人家治不治小巫祝一個魅惑神祇的罪名。」走近祝融的碧姬狡笑道：「如果不是他魅惑了你，堂堂火神，幹嘛要為一個凡人和自個兒的同僚翻臉呢？」

「我是為了衡山百姓生計，才讓巫祝召請共工商議水患之事，何來魅惑神祇一說？妳莫要信口雌黃，顛倒是非。」祝融氣極，這女子簡直是不可理喻！

「是非只存在人心，神祇之間只有輸贏。你若不甘心，何不好好與我兄長打上一回，孰是孰非，立刻見分曉。」等著看好戲的碧姬，緩緩轉身說：「放心，只要下了戰帖，我兄長一定不讓你失望，不過，你如果畏懼水神盛名而打了退堂鼓，屆時，受群神恥笑可就與我無干嘍！」

「笑話！我乃天帝親賜的火神祝融，還怕妳家兄長共工嗎？叫他在這裡好生等著，戰帖不日便送達共城，最好是你們兄妹一起聯手，省得日後妳又要來替哥哥尋仇。」壓住滿腔怒火的祝融，騎著火龍憤憤離去。

「這就對了，哥哥制服了你，得以在天帝面前揚威，小巫祝沒了靠山，就等於淪落我手，如此一石兩鳥之計，你竟然輕易就上當，還說自個兒不是豬，豬都以你為恥。」笑得張狂的碧姬暗自得意，卻不知自己一時的惡念，惹得從此天上人間不得安寧。

禁不住挑釁的祝融，一回到衡山，立刻就下了戰帖給共工，完全在狀況外的水神，被妹妹的三言兩語給挑撥，真以為高高在上的火神，居然為了一個凡間巫祝跟自己過不去。

兩個光有一身蠻力卻不長腦子的神祇，被一個壞心眼、修煉尚不足以成仙的水蛇，耍得怒火中燒，張牙舞爪地等著跟對方幹上一架。

長久以來，只吃生肉的人類，因為祝融授予生火技術而特別崇拜火神，天帝也經常在群神面前讚許祝融的功績，這使得水神共工打從心底不服氣。

舉凡世間萬物皆離不開水，水對眾生的需求遠勝於對火的需要，為何凡人就只崇拜祝融而不崇拜自己？

日積月累的不平與怨懟，讓共工痛恨祝融，更鄙視人類，於是經碧姬這麼輕輕一挑弄，對祝融的滿腔怒火終於忍不住爆發出來。

火、水兩個神祇相約在崑崙山比試，碧媼當然等不及得去看熱鬧，巫琅得知火神因為他要與水神大戰，則嚇得在家愁眉不展。

第二章

崑崙大戰

崑崙山勢連綿起伏、無比雄偉，雪峰高聳林立，到處是突兀嶙峋的冰丘和奇形怪狀的冰錐，山頂終年銀裝素裹、雲霧繚繞。傳聞，女媧曾在這裡煉五色石補天，西王母也經常邀請各路神仙，在此舉辦蟠桃盛會，故崑崙山有萬山之祖、龍脈之祖的美稱，沒想到，今日卻成為火神祝融及水神共工的戰場。

對峙的兩神不由分說，祝融拿出赤霄劍，共工舉起混元槍，筆直朝對方砍去。

這把赤霄劍，乃是祝融用自己千年的赤煉火精粹而成，鐵鑄般的劍身一經提氣，瞬時通體火紅，打鬥時，還會有如火焰般的猛烈燃燒，增長祝融不少氣勢。而共工的混元槍來歷也不簡單，它是伏羲用萬金提煉而成，後贈予共工禦敵所用，不僅槍大體長，黃金般的槍桿，更重達千斤以上。

兩把神器一經碰撞，震耳欲聾的聲響直達天際，皚皚白雪也被震得滾滾而下，轟隆隆得震震作響。

碧姬本想為哥哥助陣，沒想到卻被共工止住，這是他和祝融積累多年的恩怨，非要拚個你死我亡才能罷休，共工也唯有打贏祝融，才能徹底解除他心底的嫉妒與憤恨。

思及此，大喝一聲的共工更是卯足全力，全然不留情面地襲向祝融。轉眼間，火劍與金槍互擊的鏗鏘聲不絕於耳，紅、黃色火花隨之四濺，如星光飛灑在崑崙山四處。

兩位神祇打了三天三夜絲毫不見疲態，亦難分出個勝負，祝融見共工奮力迎戰，完全不念及在神界共事的情誼，更加氣憤難忍。

「既然你先無情，就別怪我無義。」祝融見自己的兵器占不上什麼便宜，轉而使用火攻。「紅蓮火炎！」他大吼一聲，腳下的兩條火龍和雙掌同時噴出炙火，從四面八方燒向共工。

正要舉槍反擊的共工見閃避不及，心下大駭，連忙吐出大水，欲將燒身的烈火撲滅，沒想到使出的神力過於猛烈，不僅澆熄了祝融的火炎，餘下的大水，更沿著崑崙山脈流向周邊四處。

頃刻間，滾落的白雪夾雜著大水，漫向整個崑崙山腳下。

「不好！」見事態不妙的祝融大驚，為救山下百姓，他連忙朝崑崙山岩壁擊出一掌，欲用山石擋住滾滾而下的大水。但共工的水勢，在雪塊的夾雜之下越發強勁，沿著山谷一路勢如破竹，怎麼都擋不住。

就在一陣天崩地裂後，雪水夾帶泥石流成一條巨河，山下的百姓眾生逃避不及，紛紛滅頂在洪水泥石之下。

碧姬眼見事態有變，顧不得哥哥的感受，趁祝融分心救人之際，暗暗使出蛇劍，「咻──」一聲，當場刺進祝融心口。

為搶救眾生的祝融，未料到碧姬會突然出手，待察覺時已然中劍，蛇劍在咬住祝融心脈的同時，也釋出劇毒。瞬間，蛇毒沿著筋脈流向五臟六腑，導致祝融不僅脣色發紫，連掌心都跟著發黑。

祝融本想封住筋脈阻止毒液蔓延，奈何失去理智的共工死纏不放，拿槍又刺了過來。為救自己的祝融只好孤注一擲，吐出護體的火靈珠，使力向共工的胸口打去。

共工以為祝融傷重無力抵抗，沒想到，他居然敢吐出自身靈珠加以還擊，一時閃避不及，腹部硬生生被火靈珠給燒出個大洞，當場口吐鮮血，倒地不起。

碧姬原是想助兄長一臂之力，未料，反惹得祝融不畏生死地奮力回擊。見哥哥被打得血肉橫飛、不醒人事，她氣得射出更多蛇劍來分散祝融的注意力，才飛身救哥哥回共城。

閃過攻勢的祝融見兄妹倆逃之夭夭，這才安然卸下心防，他伸出紫黑的五指收回火靈珠，再次將它吞入腹中。然而，蛇毒已然侵入內臟和四肢百骸，要挽回自己的性命恐怕難如登天。

望了眼崑崙山下的慘烈，祝融不禁頹嘆，因為他和共工一時的衝動，導致眾生受到如此嚴重的傷害，想必天帝也饒不了自己。也罷！就算是以命抵命，也不枉百姓敬他了，傷重的祝融伏在坐騎火龍身上，轉身奔回自己的住所——衡山。

得知火神要與水神一戰的巫琅，在衡山上守了四天三夜，好不容易等到兩隻火龍飛回神殿，幾乎是拔腿奔了過去。只是，在看到火神發黑的四肢和雙臂後，嚇得不禁打了個哆嗦。

「別碰我！」氣力將盡的祝融，止住欲上前攙扶他的巫琅，「碧姬的蛇毒，僅憑觸摸肌膚也會染上，你快回村裡叫村民們離開衡山，越遠……越好，唔！」撐著一口氣說完，止不住心肺毒發的祝融，猛地噴出一口黑血。

「火神！」巫琅大喊，連忙伸手扶住傾頹的他，「衡山百姓世世代代受您庇護，怎能在此危難時刻丟下您離開？更何況，您是為了小人才受的傷，小人更不能因此棄您於不顧。」

隔著戰袍，巫琅將祝融扶至榻前，又去井邊打了水，替他擦去臉上的黑血，祝融全身已無丁點氣力，連話都難以說出口。他想到巫琅從祖父那裡習得些許醫術，應當懂得避開蛇毒，便不再阻止巫琅打理自己。

為了避免碰觸到火神的肌膚，巫琅不敢脫去他身上的戰袍，僅隔著衣物觀察傷勢。雖說有火鱗片護身，但蛇咬下的傷口深及心窩，並撕扯出些許鱗片和皮肉，想必是祝融在情急之下，拔出蛇口留下的。既然有毒，不先解毒的話，就算治好外傷依然會沒命，看來，巫琅得先回去請示祖父，該怎麼處理。

「關於您中的蛇毒，小人暫時無法可解，還請您靜待小人回家請祖父來為您診治。」

巫琅將止血的草藥搗碎後，敷在祝融的傷口上，並將自己的袍服脫下來覆在祝融身上，好讓他的身子保持溫暖及舒適。

「回村子往來至少需時半日，這段時間，小人會請火龍好生看照您，敬請安心養傷。」見祝融微瞇著眼，表情雖無半分反應，但意識應該是清醒的，巫琅轉身向門外的兩隻火龍吩咐了聲，又放了半碗清水在祝融身邊。

「失血會導致口渴，但井水過涼易傷聖體，您沾口即可，勿飲下，切記！」巫琅說完，對著祝融深深一躬後，急奔而去。

躺在榻上的祝融心想：「這小巫祝還挺窩心，自個兒都快死了，他還能表現得不慌不亂，性子可算是十分穩當的了。」

祝融雖然知道他有個醫術高明的祖父巫彭，但碧姬即使尚未成仙，用的蛇毒也絕非巫彭這種普通凡人能解的，小巫祝就算請來又有何用？真是多此一舉。

也罷！就算半日後小巫祝不回來，光有這份真心也足夠了，如果能再次轉世投胎，祝融定會記住他的恩情。

巫琅一路喘著氣跑回家裡，才知道祖父還沒下朝，這救命的時間哪還能等？他只好調回頭，再往宮裡去找。

「小公子！」沒想到巫家的老僕人在身後叫住他，「別找了，太老爺有交代，讓您到衡山腳下的候雨亭等他，這會兒太老爺應該已經到了。」

「知道了。」原來祖父早算到火神有難，想必會帶上解毒的草藥吧！

心下一急的巫琅沒再多問，只得提腳再跑，到候雨亭時，祖父果真早已等在那裡了。

滿頭大汗的巫琅匆匆行了禮，正要將祝融的傷勢說個明白，沒想到巫彭伸手止住他，

「老夫剛從神殿回來，如今蛇毒已然侵入火神的五臟六腑，想救火神，唯有巫山的莖芝草可用。」

「可從這裡往來巫山至少得好幾日，且就算到了巫山，其山勢險峻陡峭，孫兒又要如何找到莖芝草？」巫琅自幼跟著祖父研習醫書，自是知道莖芝是巫山仙草，生長在崇山峻嶺之中，極不易得。

「火神的坐騎可助你騰雲駕霧，一個時辰便可到達。」巫彭伸手召來祝融的其中一隻火龍碎甲，而後，將自己身上的黑袍披在碎甲背上。

說來神奇，火神的這兩隻坐騎神獸，無論是碎甲還是雲甲，不僅足踩罡雷、周身赤焰，就連凡人都很難靠近，但巫彭的黑袍一經覆上，碎甲的龍背上，居然全沒了火焰的氣息。

「巫山神女峰上百花百草叢生，有一仙人端坐於巫山之臺，你須蒙上雙眼，少言語，將此信物交與她即可。」巫彭將一黑布和囊袋交給巫琅。

「為何要蒙上雙眼？如此豈非對仙人大不敬？」巫琅不懂，既然要求仙人相助，卻不

能以真面目示人，似乎說不過去？

「孫兒無須多問，速去速回便是。」巫彭揮手，高傲的火龍碎甲，不太情願地蹲下身來，示意讓巫琅騎上去。有些擔心的巫琅瞅了眼祖父，見他安然點頭，只好放大膽跨上龍背。

緩緩起身的碎甲又扭了一下尾巴，並不斷從鼻孔裡噴出炙熱火氣，讓騎在龍背上的巫琅嚇了一跳，連忙抓緊龍角以穩住身子。巫彭喃唸咒語，碎甲再甩了一下尾巴，揮動翅膀，這才慢慢地騰空而起。

「記住，不可觀仙人面相，拿到莖芝後即刻回返。還有，你身上的玉佩也絕不可交與他人，務必謹記！」

玉佩是巫琅出生之時，天帝賞賜之物，圓潤飽滿的玉身，不但通體晶瑩，且泛著淡淡的青綠色。既是天帝賞賜，必有其因由，所以巫彭特別叮囑孫兒，絕不可讓玉佩離身。

自幼家規嚴明的巫琅，自是不敢違背祖父的交代，於是連忙點頭稱是。

巫彭望著遠去的身影，微嘆了口氣，唸道：「因已種下，果亦難逃；該斷的緣未斷，該捨的情難捨。這孩子注定多災多難。」

難得當一回飛天凡人，巫琅卻沒有心思觀雲賞霧，他滿腦子都是要如何請求巫山仙人，賜他莖芝好救火神性命。

祖父交給他一條黑布塊，一個囊袋，瞧那黑布織得緊實，密不透風，當真是一點縫隙都不留下。究竟是何方仙人，連他這個祭神的巫祝都不能看上一眼，巫琅打從心底地好奇。

果然不到一個時辰，秀麗的巫山十二峰便盡收眼底，碎甲順著蜿蜒山脈轉了一圈，終於繞到著名的神女峰處。害怕衝撞仙人容顏，巫琅趕緊用黑布蒙上雙眼，在碎甲的引領下，降至巫山之臺，為難的是，什麼都看不見的他要如何得知仙人所在？

「吼——」彷彿料中巫琅心中疑惑的碎甲，發出數聲龍嘯，震得整個巫山雲霧為之抖動。不一會兒，巫琅便隱隱聞到一股奇異的馨香，緩緩向他撲來。

擺了擺龍尾的碎甲蹲低身子，好讓小巫祝下來。

巫琅知道應該是仙人到了，於是高舉雙手作揖，朗聲道：「小人巫琅，是衡山巫祝，特來拜見巫山仙人。」懷著虔誠又恭敬的心，巫琅躬身一拜，卻久久未聞仙人開口。

有些緊張的巫琅，抿了抿脣接著說：「衡山火神為蛇毒所傷，命在旦夕，小人是奉祖父巫彭之意，前來求取莖芝救命，懇請仙人賜藥。」巫琅又拜，卻仍得不到對方的回應，難道前來的不是巫山仙人嗎？

真是的，蒙著眼睛實在不方便，雖能感受到靈氣接近，卻無法確定是否為仙人本尊，對著一陣馨香講了許久都不應答，巫琅開始有些著急。

「火神正等著小人救命，懇請仙人賜藥。」不管是不是仙人，誠意最要緊，巫琅雙腳一跪，匍匐在地，高舉雙手的他，奉上祖父交與的囊袋，以最尊敬崇高的大禮，祈求仙人相救。

又過了許久，方才的馨香再次縈繞巫琅全身，洶湧流動的靈氣讓他肯定仙人就在身邊，手上的囊袋在巫琅思考之時也被取走，只是，這位巫山仙人為何不應答？

「小人怕衝撞了仙人，故而蒙眼，並非不敬於您，尚請仙人莫怪。」難道是這個原因？巫琅心想。

「原來如此。」打開囊袋，輕柔的女聲委婉纏綿，似燕語鶯啼，又美如天籟，令跪拜的巫琅當下亂了心思，「你可知，莖芝是我巫山仙草，而且僅此一株，若是給了祝融救命，巫山從此即散去了仙氣，再難容我。」

好不容易穩住心神的巫琅，聽仙人這麼一說，有些為難道：「仙人莫測高深，即便沒了莖芝草，自能再尋覓合適的仙居。可火神性命如果不保，黎民百姓將再次墮入黑暗之中，想必仙人也不忍百姓受苦。」

「難怪，天帝總是讚揚祝融受百姓愛戴。」仙人輕輕嘆了口氣，婉轉幽怨的語調令人憐愛，「以我一命換祝融一命，如果真能救得了天下蒼生，也不枉廢了我幾千年的修行。」

一命換一命？廢了幾千年的修行？這是……什麼意思？

跪拜起身的巫琅驚問道：「仙人何出此言？小人不過是要一株莖芝草，並不想傷害仙人道行啊？」

「難道，巫彭沒有告訴你莖芝草是何物？」見巫琅蒙著眼的臉孔呀然，仙人不禁嘆道：「我正是巫山莖芝修煉成形的神女瑤姬，莖芝草即是我修行千年的道行，祝融想食莖芝草，我須將自個兒打回原形才能治他的蛇毒，魂魄也將難以在巫山存活下去。」

巫琅自幼就從祖父那裡聽得不少神魔妖鬼的事，當然清楚即使是株小花、小草，也可透過自身的修煉而成仙。更何況，巫山神女是西王母娘娘之女，聽聞她斬蛟龍，助百姓免於沒頂之災，又將《黃綾寶卷》交給大禹治水，與祝融一樣，深受黎民百姓愛戴。

以精魂為草的瑤姬心地如此善良，巫琅景仰都來不及了，怎麼可以讓神女犧牲？再者，祝融是為了救巫琅性命與水神共工鬥法，才因此受的傷，巫琅理當先以死，來回報祝融的救命之恩，又怎麼能讓毫無關係的神女，替巫琅承受這樣的罪過？

只是，巫琅已經答應火神要救他性命，也應允了祖父要拿回莖芝草，倘若巫琅一死，便無法對兩人兌現諾言，現下，他該怎麼辦？

瑤姬見巫琅淨白的面色變得鐵青，想必正為她的一番話，猶豫著到底要救誰，算是難得的善良天性，於是安慰他道：「是瑤姬多言了。既然你是奉巫彭之命而來，想必前因後果他都做了考量，我不為難你，伸出手來，片刻之後，莖芝草就會落入你手中。」

看來神女是想一命換一命！……難道，只能這麼做了嗎？

巫琅內心仍在掙扎，他緊握的掌心發燙出汗，但就是無法伸出來。

「小巫祝？」瑤姬再次喚他，輕軟聲平靜如昔，彷彿要丟棄性命的，是巫琅而不是瑤姬她自己。

隔著絲滑羅紗，瑤姬輕抬起巫琅的手，並攤開他的掌心，柔聲道：「還望祝融庇佑百姓，助天帝澄清玉宇，從此風調雨順，蒼生得以安康……」

「不——」情急的巫琅拉下蒙眼的黑布，並伸手欲止住幻化為莖芝原形的神女，誰知迷濛的雙眼視線不清，竟錯將瑤姬胸前飄來的衣帶給扯開……。

瞬時，薄透的長衣羅紗一如翡翠的蝶翼滑落，露出雪白如瓷的香肩和纖纖藕臂，瑤姬胸前一朵七瓣白花瞬時綻開，魅人的百花體香迎面撲鼻而來，睜大眼睛的巫琅，竟對著眼前美景動彈不得。

婷婷玉立的身姿窈窕，猶如一朵出水紅蓮，皎若秋月的冰肌瑩澈，不施粉黛的臉龐更勝朝霞，淡掃的蛾眉如煙，流盼清眸仿若含情凝睇，教人難以將目光移開。微啟絳脣輕點，纖纖素手半掩，如此絕世容顏，怔得年少青春的巫琅，只能瞠目忘情。

一旁的火龍碎甲首先發出噓聲，讓對視的　人一神紅了雙頰，連忙背過身去。

羞愧難當的巫琅簡直想一頭撞死，匍匐地上的他緊張得連聲音都在顫抖，「小……小人該死！小人不是有意冒犯神女，懇請……懇請神女恕罪。」

慌亂的瑤姬忙轉過身繫好衣帶，一股蕩漾的情愫莫名升起，熱得她鬢髮凝出一層薄薄的蜜珠。

「咦？胸前這朵花兒，怎地開了？」瑤姬想起這是她飛昇成仙時，西王母封在她胸前的印記，並叮囑絕不許讓任何人看見，可現下這個巫祝，竟讓含苞千年的花兒開了？

神女不說話，巫琅除了磕頭求饒之外，也不知道該如何解釋自己的無禮行為，總之，他不是故意的，就算神女要挖他眼珠子，他也無話可講。只是火神的性命不容耽擱，巫琅既然無法眼睜睜地看著神女為他付出代價，必然要再找個辦法回去覆命才行。

「敢問神女，除了莖芝草，還有什麼可解蛇毒？」過了許久，瑤姬似乎沒打算追究他的失禮，巫琅才又放大膽地問。

「西王母娘娘的蟠桃可治百病、解百毒，但蟠桃三千年開花、三千年結果，實不易得，若巫祝願意在此等候，我願親上瑤池為祝融求仙果。」羞極的瑤姬明知救人要緊，可她仍不敢回頭面對巫琅，也忘了自身的異樣，躊躇的她不知道還能再說些什麼，只好輕蹬左足，揮袖飛天而去。

「小人替火神拜謝神女。」巫琅心想，就知道一定還有別的辦法，天帝怎麼可能犧牲自己的神祇，去救另一個神祇，看來是祖父錯想了，西王母娘娘的蟠桃再不易得，也抵不上巫山神女的一條寶貴性命。

只是，神女這一去，不知道多久才能回返？

心急如焚的巫琅，就這麼等在巫山之臺不斷徘徊，既掛心祝融的傷勢，又期待救命的蟠桃，早將臨行前祖父的再三叮嚀，拋諸天外。

第三章 誰的因果

瑤姬所求的蟠桃正是西王母所種，這位西王母著黃金褡襹，文采鮮明，光儀淑穆。帶靈飛大綬，腰佩分景之劍，頭上太華髻，戴太真晨嬰之冠，履玄璚鳳文之舄。視之可年三十許，修短得中，天姿掩藹，容顏絕世。

西王母娘娘是神界中地位最高，最受眾神尊奉的女神之首，又掌管著宴請各路神仙之職，居住的仙居，當然不是別的神祇可以比擬的。

她的居住地瑤池——位於崑崙山上，池面似一輪彎月，湖水終年清澈如鏡、晶瑩如玉，池邊的綠草如茵、繁花似錦，往往金風送爽、瑞氣蒸騰，呈現出一派富麗祥和景象。

而主要住所九重宮，更是一座用無數美玉，精雕細琢而成的華麗宮殿。然而，她怎麼也想不到，自己不過是到天帝那裡商討事務，再回崑崙山時，卻見連綿的山脈盡斷，到處都是殘垣碎石，皚皚白雪皆化為汙濁不清的泥水，淹沒山下的良田村舍。

見此慘狀的西王母娘娘，急命仙童駕乘紫雲車，趕往山腳處巡視，只是，慘遭滅頂的百姓已沒了哀號，放眼望去滿是瘡痍。西王母娘娘這一怒非同小可，留守在瑤池的童子，猶有餘悸地向娘娘稟明，是火神與水神在此械鬥，才會造成崑崙山河一片狼藉。

怒不可遏的西王母娘娘不由分說，立即命二郎神楊戩，前去捉拿祝融和共工回來審問。

楊戩是神界著名的武將，不平凡的出身讓他的性格極度高傲，平日肅冷的臉孔不苟言笑，遇到比他低下的神祇也不屑與之招呼。他手上的方天畫戟是一件厲害非常的神器，戟杆前端的寒鐵槍頭尖銳無比，兩側月牙形狀的利刃可刺可砍，使用者除了氣力大，戟法也要精湛，才能發揮方天畫戟的優勢。

楊戩身邊還常跟著神獸哮天犬，一張口就能咬下人頭，但凡妖魔見者，無一不嚇得落荒而逃。再加上法器縛妖索，是當年楊戩收服在東海作怪的龍王的龍筋所製，銀色的細長龍筋不僅伸縮自如，而且一旦被綑住，不管人、神、鬼、妖，誰都掙脫不了。

因為西王母娘娘的看重，楊戩跟著娘娘嚴格治理三界間的律法，誰也不例外。誰知，奉命捉拿火神和水神的楊戩，前腳才剛出瑤池，瑤姬隨後就晉見了西王母。

此時的西王母怒氣正烈，一聽瑤姬是為祝融請求蟠桃救命，當下便指著她大罵：「妳與祝融老死不相往來，現下，居然為了一個凡人甘冒大不韙來找本座要蟠桃，難道妳和那凡人有了私情？」

「臣女不敢。」西王母的一番指責令瑤姬羞紅了臉，她明白娘娘對三界的紀律要求甚嚴，絕不允許神、人之間有任何的曖昧情事。雖然，瑤姬也無法解釋清修數千年的自己，為何要幫助那個僅有一面之緣的小巫祝，但絕非娘娘口中所言——有私情。

「祝融毀了本座的崑崙山，令山下百姓死傷無數，本座已命楊戩前去捉拿，是死、是活本座自會分辨明白，用不著妳插手。」西王母娘娘見向來清心寡慾的瑤姬面色潮紅，雙眸生光，身上的靈氣隱隱湧動，不免質問道：「那個巫祝如何得知妳能救祝融？」

「他是巫彭的孫子，受命前來。」西王母這一問，令瑤姬的頭垂得更低了。她開始懊悔因一時衝動，跑來求助西王母，娘娘的心思細膩又多疑，如果，發現巫彭原是要用自己的命去救祝融，肯定不會放過小巫祝的。

「既然是受巫彭之命，他理應直接到瑤池來找本座，為何跑到巫山去找妳？」西王母銳利的眸光一變，看向瑤姬胸前的那枚印記。

「巫山離衡山近，況且，那巫祝是騎著祝融的火龍前來，一個普通凡人想必也到不了瑤池仙境，巫彭他應該懂。」幸好瑤姬繫好了衣帶，就希望娘娘別看出什麼端倪來。

「那是，憑他一個小小凡人，如何能來到這瑤池聖地？」面露喜色的西王母，手持權杖登上那張金碧輝煌的王座，並對著瑤姬嚴正道：「讓那個巫祝回去轉告巫彭，神界的事他少管，就算他是天帝親賜的大祭司，也不過是個凡人，別踰矩了。」

「是。」微微欠身的瑤姬頷首，看來，欲用蟠桃救祝融之事，已再無任何可能，想起小巫祝那滿是期盼的身影，瑤姬神色不禁黯然。

「站住！」對著轉身的瑤姬，西王母不忘再次提醒：「雖然，妳已經修煉了三千五百年，也逃過了雷劫及火劫，但第三次劫難至今尚未出現，巫山是妳的修身之地，別讓外人隨意進入，以免打擾了妳的清修。」

西王母的這一提醒，讓還想著巫琅的瑤姬，心口感到驀然一震，連忙回身答道：「臣女謹遵聖諭！」

瑤姬自以為火神受天帝重視，西王母娘娘定會出手相救，便輕易允諾巫琅上瑤池求蟠桃。誰知，火神不但與水神私下械鬥，還造成崑崙山下的無辜百姓枉死，這罪責，即便是告到天帝那裡，也不是三言兩語就可以說得過去的。

左右為難的瑤姬，遠遠看著小巫祝，繞著巫山之臺不斷踱步，就知他心裡焦急，可西王母娘娘不僅沒賜下蟠桃，還要捉祝融回去治罪，這該如何與他說分明？

瑤姬至今仍不明白，火神犯下如此重罪，為何巫彭仍要用自己的莖芝草去救？難道，真是因為巫祝到不了瑤池仙境嗎？還是，他早就算準了西王母根本不會救祝融？

既然如此，巫彭又為何要自己拿出幾千年的修行，去救祝融一命？

瑤姬見過巫彭一次，知道他是個沉穩持重的人，天帝信任他，所以授予他神界的醫術幫助百姓，也允許他將民生疾苦直接上達天聽，但這些看在西王母娘娘的眼裡，都是踰矩。

如果，巫彭求助的不是她而是天帝，那祝融的生死就有一線生機，可巫彭為何不這麼做呢？

「神女！」枯等許久的巫琅，見飛天而來的瑤姬，禁不住揮手大喊，暗想：「她怎麼還不趕緊下來？好似在思索著什麼？」

看著迎面而來的巫祝，瑤姬還是感到微微羞赧，胸口的小白花彷彿也要燒起來似的。

側臉避開巫琅那雙盈盈美目，瑤姬滿懷歉疚道：「娘娘不肯賜桃，還要捉祝融回去治罪。」

「妳說什麼！」巫琅只知火神是為了自己跟水神打上一架，壓根不曉得蠻力之強的他們，把西王母娘娘的居住地——崑崙山搞得面目全非，甚至讓百姓死傷無數，在聽完神女的講述後，更是愧疚地抬不起頭來。

「這都是我！都是小人害的，若非小人不願隨水神的妹妹到湖底宮殿，也不會拖累火神。如今，火神為了小人不僅中毒受傷，還要接受西王母娘娘的懲罰，所有的前因後果都是小人我一手造成的，罪責應由小人來背負。」

巫琅越說越急越憤慨，瑤姬卻越聽越不明白。

共工的妹妹，不就是碧姬嗎？為何要巫祝隨她到湖底宮殿？再說了，一個凡人如何能住進冰冷的湖底，除非，先要了他的性命……。

原來，祝融是為了救巫祝才與共工開戰，而巫祝又為了救祝融來求瑤姬，這一切，不都是因果循環嗎？

「如今救火神要緊，小人就此告退！」此時的巫琅，想到少了一隻火龍的祝融，肯定連逃跑都沒辦法，心急如焚地要趕回衡山。

「且慢！」不忍見巫琅如此心焦的瑤姬，從懷裡拿出一顆碧綠色的藥丸，交與他，「這顆草靈珠雖比不上蟠桃和莖芝芇，但能暫時緩住祝融體內的毒性，倘若他能撐住七七四十九天，興許還能想出其他辦法。」

「這……拿一顆靈珠，不會傷害到神女您吧？」巫琅感激神女的熱心，比起西王母娘娘，瑤姬更在意同為神祇的祝融生死，可巫琅不願因此傷害到她半分。

「放心，不礙事。」瑤姬展顏微微一笑，卻惹得巫琅一陣心動神搖，即便巫琅自己的美貌人人稱羨，但比起瑤姬仙人般的靈秀，身為凡人的他，也禁不住動了愛慕之心。

「快走吧！若是讓楊戩早先一步到衡山，一切就晚了。」伸出蓮花指的瑤姬，向火龍點化了一下，原本臥趴在地上的碎甲又發出一聲龍嘯，待巫琅騎上去後，擺動龍身並鼓動翅膀，瞬時龐大的身軀已經騰空而起。

「倘若巫祝和祝融是因果，那我為何也會捲入這場紛爭裡？巫彭，難道你看出什麼端倪了嗎？」駐足看著巫琅離去的瑤姬，擰眉思索。

二郎神楊戩奉西王母之命，前去捉拿祝融與共工，不過，道行尚淺的他明白以自身之力，要捉拿戰功赫赫的祝融，難免要激戰一番，於是轉而先到共城。

在楊戩的眼裡，共工就是一條空有蠻力的大蛇，只要智取，要拿他回去覆命並不難。殊不知，待楊戩到了共城才發現，平日氣焰囂張的共工，早已被祝融打得氣息奄奄，而碧姬因急於幫兄長療傷，妖力盡失，根本無法與之抗衡。

再者，共城裡的蝦兵蟹將，也不是善戰楊戩的對手，所以他一路勢如破竹，將那些小卒們打得魂飛魄散，然後再用縛妖索，把共工與碧姬兩個人給綑住，回瑤池交與西王母娘娘覆命。

當楊戩把面色如灰，全身癱軟得像團泥的共工和碧姬，丟在金碧輝煌的王座前，身穿華服的西王母將權杖重重擊地，厲聲問道：「共工，你可知罪？」

怒目圓睜的共工正欲開口，卻因為傷重，當下吐出一大口鮮血來。

碧姬見兄長命在旦夕，忍不住挺直身子替他喊冤，「明明是祝融動手打我兄長在先，為何娘娘只抓咱們兄妹，卻不逮捕元凶認罪？」

「小小蛇妖，也敢在本座面前信口雌黃，妳當本座同三歲孩童一樣好矇騙嗎？」西王母雖不瞭解祝融和共工動手的前因後果，可兩人纏鬥之時，崑崙山上的仙童們，可是將碧姬偷襲祝融的過程，給瞧得一清二楚。

只是西王母這一頓斥責，惹得心虛的碧姬無語，以為西王母猜出是她挑唆共工和祝融動手，才會釀成如此大禍。但為了避免兄長受到嚴懲，碧姬還是繼續強詞奪理，並把罪責都推給不在場的巫琅。

「衡山的巫祝得罪了河伯，導致湘水氾濫成災，百姓受害，祝融為袒護自個兒的巫祝，才會為此下戰帖與我兄長生死。一個微不足道的小小凡人，竟鬧得神、人兩界不得安寧，娘娘應該嚴懲此人才對啊！」

又是那個巫祝！西王母這才醒悟。原來這一切的始作俑者，都是巫彭那個孫子搞的鬼。巫彭知道，以瑤姬善良的性子，即使不給他孫子蓥芝草，也一定會來向她這個西王母要蟠桃，如此，他的孫子就會因救祝融有功，而更為所欲為了。

本來就對巫彭有偏見的西王母，在聽了碧姬的一番話後，對巫琅更加不滿。

「需不需要嚴懲，本座自有明斷，用不著妳這個蛇妖來搬弄是非。倒是妳和共工傷及無辜百姓的罪行不容狡辯，本座要罰共工降級三等，而妳這蛇妖，要在共城閉關五百年，其間不能再出來興風作浪。」

而西王母也不是耳根子軟的人，對碧姬一面倒的言詞，她還是要問過祝融後，再行定奪。

「不公平！」碧姬聞言喊道：「憑什麼我和兄長要受罪，那祝融和巫祝就可以逍遙法外？妳這個老太婆，分明就是見咱們兄妹倆好欺負，刻意刁難咱們。」

見王座上的西王母面色鐵青，碧姬毫不畏懼地站了起來，並伸手扶住傷重而無法言語的共工，「不見祝融和那個巫祝與咱們同罪，咱們就告到天帝那裡去，看誰有理？」

「憑妳，也想告到天帝那裡？有沒有理本座說了算，哪輪得到妳這個小小妖物，在此逞口舌之能。」西王母見共工兄妹二人，不但把自己的崑崙山弄得面目全非，竟然還全無悔意，當下怒氣更盛。

半人半獸的她，指著座下的一神一妖厲聲道：「楊戩，把共工發配到不周山，嚴加看管，沒有本座的旨意，誰都不許放他出山。」

碧姬見西王母翻臉，更是極力反抗，明知不敵的她伸手攔住楊戩，並放出數十隻蛇劍，就算拚死，也絕不能讓他們把兄長抓走。只是，王座上的西王母見碧姬不從，立即執權杖朝她一指，但見一道金光，當下擊中碧姬的心口。

「啊——」被擊中的碧姬尖喊一聲後，倒地不起。

「小小妖物不知好歹，居然還敢以下犯上？」冷哼的西王母，將碧姬修煉千年的道行一併收回後，打回她水蛇的原形。

氣息已微弱到不足以開口的共工，見自己唯一的妹妹為了他，落得如此淒慘下場，感到悲憤不已，想來都是他一時意氣用事，才會導致事情一發不可收拾。如今大難當前，他這個兄長，不僅無法護自己的妹妹周全，就連為她申辯的氣力都沒有，胸中不禁溢出一股滿滿的恨意。

咬著血唇的共工，怒視著眼前的楊戩和西王母，沒看到祝融和自己一起伏法，叫他怎麼嚥得下這口惡氣？於是，激憤的共工仰頭一聲長嘯後，吐血昏厥。

楊戩見共工倒地不起，急忙伸手探向他的心口，還好，沒斷氣。

再怎麼說，共工也是天帝賜封的神祇，哪有那麼容易就死，所以，西王母並不擔心共工的傷勢，反而問起一旁的楊戩：「祝融呢？怎麼沒有一舉擒拿？」

搗毀崑崙山的罪魁禍首還缺一人，不加以責罰，難消西王母心頭之氣。

「小臣即刻捉祝融歸案。」已鮮少見西王母如此嚴懲神祇的楊戩，不敢有所遲疑，連忙用縛妖索將共工綑起後，便提起方天畫戟趕往衡山。

走下王座的西王母，瞇起狹長的丹鳳眼，望向遠在凡間的衡山，意有所指地說道：「巫彭，想和本座較勁，你還嫩得很。」

第四章
救命靈珠

話說，火龍碎甲打從巫山神女那裡得知，二郎神要去捉自己的主人後，便載著巫琅一路飛回衡山。雖然，牠無法用言語和凡人溝通，但很清楚這個小巫祝救主人的心，比牠還急。

回到祝融住處的碎甲前腳才剛落地，就見一躍而下的巫琅，立即衝進神殿，打算讓火神趕緊逃命。只是，火神的身軀極度龐大，如果他無法自立行走，光靠巫琅這個凡人，要如何幫祝融逃離衡山？

「小人拜見火神。」急得一身是汗的巫琅，不忘在殿門口行禮，步履匆匆卻又謹慎非常，就怕驚擾傷重的火神，「小人從巫山神女那裡求得一顆草靈珠，可阻擋蛇毒蔓延，暫且保住您七七四十九天的性命。」

巫琅從懷裡拿出一顆綠色丸子，味道極其清新，還迷漫著一股百花的淡香，巫琅隔著袖袍打開祝融的嘴，將丸子送進火神的口中。

「西王母娘娘得知您在崑崙山的事後，頗有微詞，正命二郎神君來此審問您，小人擔心因此衝撞了您的聖體，想讓您遠離衡山靜養，但不知，火神有何想去的地方？」巫琅將話說得極度委婉，希望脾氣暴躁的火神，不要因此動怒。

只是，同為神祇的祝融，怎麼會不知道西王母娘娘的脾氣？以她嚴懲不貸的性格，若見自己的崑崙山毀於他與共工之手，絕不會輕易善罷干休，想必楊戩是奉命前來捉拿他的，而非巫琅所言的審問而已。

「你的好意我心領了，這件事與你無關，快走吧！」服下草靈珠的祝融，總算有些力氣，能開口說話了。這個禍既是祝融自己闖下，就該他一肩挑起，難道，還要一個凡人來幫助他逃命嗎？

「火神，這一切都是小人的錯！小人身為衡山巫祝，理應救百姓於水火，沒想到小人一時的懦弱，卻讓火神替小人承擔這樣的罪過，是小人該死，請讓小人代火神受罪吧！」愧疚難當的巫琅匍匐一拜，懊悔得涕淚縱橫。

「神界的事，就該由神界的律法來處置，你一個凡人沒有必要替我操這份心。況且，楊戩是奉命執法，對你們這些凡人可是不講情面的，他若硬來，以現在的我是保不住你的。所以，你還是快走吧！」

服下草靈珠的祝融，緩了緩心脈，頓時順暢許多，四肢也不再紫黑得難看，便起身試著凝神聚力，「剩不到五成神力，看來，打了也沒用。」嘆了口氣的祝融搖頭。

「神女說了，這四十九天裡，還可以再想其他的辦法，您一定有救！」巫琅見此刻的火神活動自如，不禁心下大喜，暗歎神女的草靈珠果然神奇。

「三界中，除了西王母的蟠桃，和巫山神女的莖芝草，再無他物能救我性命，難道，巫彭沒告訴你嗎？」熟悉神界的巫彭，當然不可能不知道此事，祝融心想。

只是祝融這一問，倒教巫琅瞬時傻了眼，怎麼大家都知道的事，唯獨他這個巫彭的孫子不知道呢？

祝融低頭瞧了眼這個小巫祝，見他若有所思的樣子，彷彿真不知情。

猶疑的祝融不免暗忖：「瑤姬是西王母一手扶持栽培的神女，在西王母嚴格的戒律下，她根本不可能捨身救自己性命。巫彭讓自己的孫子去找瑤姬要莖芝草，而瑤姬居然如此輕易，就給了巫琅珍貴的草靈珠，想必，這其中還隱瞞著不為人知的玄機。」

幾下尋思，祝融竟有了別的想法，於是對著巫琅試問道：「其實，還有另一個方法可以救我性命，但不知，你願不願意做？」

「只要火神吩咐，小人赴湯蹈火在所不辭。」聞言的巫琅大喜，火神終於又有了一線生機。

「瑤姬的草靈珠有神奇的功效，服下一顆，等於增加五百年的功力，如果能連續服下七顆，便可抵上一株莖芝草。你如果願意，每隔七七四十九天上巫山向瑤姬要一顆，如此，便可解我身上所有的蛇毒。」

「這……」巫琅記得神女曾說，拿一顆草靈珠並不礙事，但如果要七顆……。

「你不願意？好啊！那我就在此等著楊戩來捉拿吧！反正橫豎都是一條命。」見巫琅蹙眉不語，盤腿坐下的祝融要脅道。

「小人願意！」情急的巫琅大喊，只要能助火神避開這一劫，餘下的，他再另想辦法。

計謀得逞的祝融狡笑道：「很好。但為了方便上巫山取草靈珠，你需與我同行。」沒等巫琅答覆，祝融逕自捉住他的一條胳臂，拽向火龍碎甲的背上，自己再一躍跳上雲甲的龍背，同往南邊飛去。

離衡山千里之遙的南海之地，有一座神廟，是天帝賜給祝融的另一個安身所在，廟的入口有一對石獅子看守，以免外來的妖魔逕行闖入，廟門兩側豎立著一對青石華表，高聳莊重的威嚴，令人望而生畏。

躲避追捕的祝融，之所以會挑上這裡，是因為除了天帝和他，再無第三者知曉，因此，楊戩那小子就算踏遍整個衡山，也不可能找得到祝融。不過為了預防萬一，祝融還是要趕緊修復己身靈力，萬一瑤姬翻臉不給巫琅草靈珠，那他的計策可就要失效了。

來回奔波一日的巫琅，不但筋疲力竭，五臟廟也餓得咕嚕作響。好不容易落地的他望向神廟四周，可偌大的殿內，除了祝融的神像外，連個供奉的素果都沒有，想必這裡荒山野嶺，也沒有人敢來祭拜吧！

雖說，巫琅是為了救火神來到這裡，但以巫琅這個凡人之軀，沒食物裹腹便會餓死，如何談得上救神呢？

但就在巫琅搖頭嘆息之際，載他上巫山的碎甲，突然展翅飛向殿外。祝融的兩隻神獸，向來不會主動離開主人，更何況在此危難之際，碎甲這是要去哪裡呢？

百思不得其解的巫琅，正想著要不要把這件事告訴火神時，卻見嘴裡叼了隻野雁的碎甲已來到殿門口，然後猛吸口氣，瞬時一團火舌冒起，三兩下就把那隻大雁給全烤熟了。

「哇！好厲害！這是為小人我去捉來的嗎？」餓得前胸貼後背的巫琅，三步併作兩步地奔向那隻大雁，瞧那火龍不但把人雁的羽毛給焦化了，連肥嫩的汁液都給烤了出來，一時肉香四溢，讓兩眼發直的巫琅，忍不住直吞口水。

碎甲和雲甲都是神獸，自然不需要吃食，甚至覺得凡間的東西，不僅難看而且難吃，根本沒有興趣，要不是看在巫琅對主人還算盡心，碎甲才懶得理會這個凡人。

巫琅的一臉饞相，讓碎甲鄙夷地瞪了他一眼，似乎意味著：「凡人真是無用。」而後便面無表情地搖著龍尾巴，跟雲甲一起蹲守在殿外的華表下。

「火神，您傷得那麼重，這個……也吃上一口吧！」全然沒把火龍的鄙視當一回事的巫琅，摘了片大葉子，將那隻烤全雁包好並雙手奉上，眸子卻怎麼都離不開那道盛宴。

「難得這小子有心，都餓成那副德性了，還不忘禮數。」祝融當下耐住想笑的心情，大手一揮，將巫琅趕到一邊，他則打坐調養生息去了。

巫琅當然知道神祇不用吃東西，高興地收下這份大禮後，飽足了一個晚上。

月色皎潔，星兒如織，初到陌生殿堂的巫琅，躺在綠草如茵的神廟外，舉目望向北方遙遠的家鄉。這是他第一次離家，甚至不知道何時才能回得去，爺爺和爹、娘他們，該不會為自己擔心吧！

打從湘水氾濫，碧姬的出現，乃至於祝融與共工開戰受傷，巫琅上巫山求莖芝草救命，這些事情一樁樁、一件件，都發生得令他措手不及。自有記憶以來，巫琅從未聽聞神祇間曾發生如此嚴重的互鬥事件，難道祝融不知道，這麼做是違反天律的嗎？

然而一想到這裡，巫琅的腦海，驟然浮起神女瑤姬的身影。

即便身為巫祝的他，也見過不少婀娜豔麗的女妖精，但像瑤姬那樣仙姿佚貌、麗美如玉的女神，卻是第一次見。

憶起拉下瑤姬身上羅紗的那一刻，巫琅真的緊張得心都快跳出來了。當下的巫琅以為，瑤姬肯定會以大不敬的名義，賜死他這個凡人，或是刨去他的雙眼以示懲戒，可沒想到，瑤姬不僅沒有治他的罪，甚至還親自去向西王母要蟠桃救祝融。

如此心地善良，又冰清玉潔的巫山神女，怎能令正值年少的巫琅，不景仰、不愛慕呢？

為救祝融性命，四十九日後，巫琅便要再次上巫山向瑤姬討要草靈珠，屆時，他又可以見到神女了。想到這裡的巫琅，一顆小心肝不禁跳得厲害，伸手撫了撫心口的他，歡喜地勾起脣角，而後閉上眼，作著甜甜的美夢去。

接下來的日子過得新奇，巫琅為了三餐要四處奔走，除了偶爾勞煩火龍捉幾隻山鳥來吃頓肉，解解饞外，餘下的時間僅採些果實、野菜充飢。祝融因為養傷不便行走，始終都待在殿內，巫琅擔心自己干擾火神的修行，於是儘量在殿外打發時間，因而與兩隻火龍漸漸熟識。

雖說，巫琅自小受嚴格家規所縛，行事謹慎拘束，但終究年少，受不住孤單的他，難免也想要有個伴。於是，常對著無法言語的兩隻火龍自言自語、比手畫腳，久而久之竟也懂得牠們幾分。

這日，悶極的祝融走出殿外，見巫琅與火龍兩大一小嬉鬧成一團，不禁皺眉：這小子，竟連他的坐騎都不怕了？

不愧是巫彭的孫子，不僅膽大心細，就連自己那兩隻人人望之生畏的神獸，都可以納為己友，其實力不容小覷，難怪，巫彭要讓他上巫山取莖芝。

此時的祝融也尋思，離去巫山之口不遠矣，巫琅要如何說服瑤姬再給足六顆草靈珠，是個難題。

當初和共工約在崑崙山鬥法，其實是個大錯誤。祝融原以為，藉由這場大戰為衡山百姓和巫祝出一口氣，同時擒住胡作非為的水神兄妹倆，拿去西王母面前邀功，好在她老人家面前得臉。誰知，共工那個傢伙氣急攻心，非要與他來個玉石俱焚，才會釀下如此大禍，實在悔不當初。

而以楊戩狡猾的個性，如果在衡山找不到他，肯定會到天帝那裡來個守株待兔，所以天帝的凌霄殿，祝融是去不了了。想不到自己一生的戎馬功績，不但抵不過一座小小的崑崙山，竟還要為此付出幾千年的道行——甚至是性命！

一股莫名的怨懟，從祝融的心底悄然升起，而這種微妙的心態轉折，卻是修煉成仙的他，從未有過的。

祝融的傷口，在巫琅細心的照料下已經完全癒合，雖然服過一顆草靈珠，然而體內無法清除的蛇毒，在流經心脈時，總會引起陣陣劇痛。

剛開始，祝融還能運氣壓住蛇毒幾分，只是隨著四十九天的期限將至，毒發的痛苦竟是越發難忍。

巫琅每每見祝融痛得面色猙獰，不斷朝殿內的石柱捶打，總是嚇得膽顫心驚，為此，他決心提早到巫山之臺找神女求取草靈珠，好助火神脫離痛苦。

思及此，招來碎甲的他躍上龍背，跨過千山萬水趕向巫山。可是，今日的巫山雲霧繚繞，洶湧波濤的雲朵不斷將起伏的峰巒淹沒、覆上，教人難以辨認出方向。巫琅駕著碎甲一路找尋巫山之臺，卻怎麼也找不到，讓欲取救命靈珠的他，心急如焚。

碎甲見陡峭的山勢危險重重，迷濛不清的山霧又擋住去路，一不小心隨時都有可能撞上，當下張嘴大火一吐，將眼前的阻礙層層化去。

「太好了，不愧是火神的好坐騎！」巫琅高聲大喊，讓傲氣的碎甲虛榮地搖了搖龍尾，直奔巫山之臺而下。

「小人衡山巫琅，受命前來拜見巫山神女，請神女賜見。」巫琅躬身一拜，四十幾日了，神女的仙姿美貌仍在巫琅的心中盤旋不去，他竟是等得有些迫不及待。

過了許久，才聽得一聲輕軟滑過巫琅耳際，「此乃瑤姬修身練心之處，凡人理應迴避，請巫祝莫要打擾！」

巫琅猛然抬頭，只感覺一陣輕風拂面而過，卻不見神女在哪裡。

「火神蛇毒未清，劇痛難忍，小人懇請神女再賜草靈珠一顆，以救火神性命。」情急的巫琅匍匐拜下，明知自己的要求有些過了，但既然七顆草靈珠就可抵上莖芝草與蟠桃，還有什麼辦法，比這個更容易救上火神性命？

見神女久久不發一語，無助的巫琅磕頭道：「小人不想打擾神女清修，但現今火神已是命在旦夕，小人願來生侍奉神女，只求神女救救火神。」

額頭敲擊石臺的聲響令人心驚，脆弱的凡人身軀禁不起這種碰撞，漸漸凝出鮮紅的血漬，而一旁的碎甲也跟著咆哮，發出龍的悲鳴。

此時，流動的空氣微微透出一聲嘆息，一團白霧緩緩落在巫琅身邊，將不斷磕頭的他扶起。瑤姬見巫琅豐潤的額上撞出一大片血痕後，胸口的白花竟不由自主地凋了一瓣，心驚的她忙將眸光移開，問道：「你這又是何必？草靈珠也僅能再擋四十九日，那之後又該如何呢？」

「火神說，服下七顆草靈珠，就可清除餘下蛇毒，所以命我前來取珠。」巫琅不解神女為何突然對他冷淡了，前一回，不是還挺熱心地直想辦法幫助火神嗎？

可聞言的瑤姬渾身一冷，原來，祝融打的是這個主意！嬌柔的身軀感到些微發寒，難怪，她會捲入這場無謂的紛爭裡，這一切，都是因為巫琅。

打從巫琅踏進巫山，扯開瑤姬羅紗的那一刻起，她就深陷在劫難中而不自覺。

為了成仙，瑤姬這株莖芝草絕紅塵、斷情根，在巫山潛心修煉幾千年，好不容易才有了今日的道行。而西王母封印在她胸前的小白花，原是要鎖住瑤姬的情絲，讓她避開最大的劫難——情劫，可巫琅卻打開了這枚印記。

自巫琅離開後，修行的瑤姬只要閉上雙眼，少年的盈盈美目，就會深深地望進她的眼底，那清亮的朗朗聲，也總在瑤姬心中撩起莫名的漣漪，教她原本澄澈如鏡的心思，湧上一陣紊亂，不能自持。

因著西王母的提醒，瑤姬決心要與巫琅劃清界線，否則，她的第三次劫難勢必難逃。

為此，她在巫山布下結界，就希望阻斷自己對巫琅的念想，不料，巫琅再次奉祝融之命來巫山取珠，而且，要的還不止一顆！

看來，巫彭和祝融都很清楚，巫琅是瑤姬修行的劫難。只是，巫彭不讓孫子見瑤姬，是要助他逃離這場因果，而祝融卻一而再，再而三地讓巫琅陷進來。

如果瑤姬不給草靈珠，待祝融毒發一死，巫琅肯定也會以死謝罪，可光是巫琅頭上的瘀血，都已讓瑤姬胸口的印記凋萎，她又如何能眼睜睜地看著巫琅去死。這明擺著的劫難，過與不過都已由不得瑤姬，當然也注定了她唯　的結局。

「好吧！我答應你。」淒然的瑤姬，再次從懷裡取出一顆草靈珠，交與巫琅，「以後每隔四十九日來取一顆，直到……」堵住的胸口不禁發酸，瑤姬仍勉力抿住脣角。

怎麼她明明是笑著給的，卻讓人覺得分外感傷與不捨，巫琅凝視瑤姬雙眸裡隱忍的哀淒，再次確認道：「拿走草靈珠，會傷害到您嗎？」

未待巫琅說完的瑤姬，輕擺螓首地推開他，「別問那麼多，如果過了時效再服就不管用了，快回去吧！」

「那……小人告退了。」有種羈絆又不想離開的傷感，在巫琅的心裡滋長，令他的胸口隱隱作痛，難不成，他也中了蛇毒嗎？

跨上碎甲的龍背飛往天際，巫琅回眸再望，但見那巫山之臺上的纖纖麗影，在飄渺的雲霓環抱下，是那樣的淒楚悲涼，教人不忍離去。

巫琅一直認為，屢屢救助百姓於水火的瑤姬，是不下於火神祝融的巾幗鬚眉，可現下，他看到的卻是一個柔弱無助，令人無比憐惜的女子。

一團情火緩緩的、怔怔的，瞬時「轟——！」的一聲，從巫琅的心底整個竄燒了起來。濃烈的情感剎時吞噬掉他的理智、焚毀他的禮教，失心的巫琅拉住正展翅飛往神廟的碎甲，而後從龍背上站起，全然不計後果的一躍而下。

正為自己感到哀傷的瑤姬，見遠去的巫琅突然從龍背上跳下，大驚失色，忙用左足輕蹬，並將肩上的錦帶拋出，環住直墜而下的那個男子。慌亂中，瑤姬將青蔥玉指輕輕一扣，拉回錦帶，只見巫琅的淡青色袍服，在九重雲海與之交疊。

瑤姬不盈一握的柳腰裊娜，綿若無骨，翠綠羅紗的百花隨即緩緩落下，裙襬散開，彷彿來到盛開的春日。

巫琅一手環著瑤姬，一手拉住綁在自己腰上的那條錦帶，雙腳立在飛散的裙襬上，他的胸口似波浪般鼓動個不停，直視瑤姬的眸子像要迸出火星。

「你這又是為何？」嚇壞了的瑤姬，不解巫琅何故跳下龍背。

情火燃燒得熱烈，還在巫琅的心口翻滾，再見眼前的仙人櫻脣輕啟、皓齒微露，掌中的纖細溫溫軟軟，更惹得他心上一陣怦怦然。

年少的巫琅，從未對任何一個女子有過這樣的情思，他當然明白這代表著什麼，是情愫、是愛戀，是想要與之共度一生的渴望。

可巫琅只是個普通的凡人，不知道該用什麼方式，來證明他對瑤姬的愛。於是，他解下自己那塊從不離身的玉佩，遞給瑤姬，情深款款地說道：「等還清祝融一命，巫琅定上巫山，陪妳一世。」

自對瑤姬許下諾言後，巫琅便日日盼著能上巫山和神女相會，奈何火神說什麼也不願將火龍相借，但憑他一個凡人的腳力，如何能從極南的神廟，徒步走到那巫山之巔呢？於是，巫琅只好苦苦等待四十九日早點到來。

好不容易熬到第三次相見，駕著火龍而至的巫琅，已經迫不及待地對瑤姬表露自己的相思之情：「神女嫻靜，俟我巫山。愛而不見，秋水望穿。神女銜羞，貽我馨香。馨香有靈，神女姣麗。自巫歸南，洵美且香。」

年少的熾烈情感，既已燃起就難以撲滅，熱情的巫琅在巫山之臺，對著心愛的女子唱著古老情歌，也像普通百姓一樣，拉著神女的手興奮舞蹈。瑤姬從剛開始的默不作聲，漸漸被巫琅的情意給打動，淡化了她對巫琅的抗拒。

可是，祝融還在等著巫琅送去救命靈珠，一神一人能相處的時間，也只有短短的一日，縱使再怎麼依依不捨、難解難分，巫琅也終須要離開。

「巫山與神廟相隔甚遠，即便思念神女，可沒有火龍，巫琅一個人也來不了。」輕握瑤姬纖纖柔荑，含情凝睇的巫琅苦笑道：「來日等我。」

傾顏一笑的瑤姬頷首，並目送巫琅離開。

望著遠去的修長身影，瑤姬不禁嘆息，雖說是催命的符咒，可巫琅待她的情意是那樣真切，瑤姬又怎麼忍心拒絕？只是，一旦巫琅發現兩人的相守一生，竟成了短短的七日，那時的巫琅又該當如何呢？

一股未曾有過的溫熱，順著臉龐滑落，瑤姬呀然伸手一抹，竟是兩顆晶瑩剔透的淚珠，而胸前的白花，居然又落了一瓣。

「倘若是我前世欠你，今生這兩顆淚珠，就當是還你了。」潸然的瑤姬對著掌心輕吐芬芳，讓只有凡人才有的真情，在風中化為一抹雲霧散去，又說：「若是你欠我，來世再與你結姻緣。」

第五章

來世再還

沐浴在春風裡的巫琅，越發顯得亮眼，不僅臉上總是帶著淺淺的笑意，舉手投足是那麼的優雅從容，彷彿人世間再沒什麼可煩擾他的事。原本姣好的容貌，也變得俊逸非凡，清澈的雙眸熠熠生輝，更加引人注目。

日日與巫琅共處在一起的祝融，百思不得其解，巫琅不過是與瑤姬見上一面，怎麼比他吃一顆草靈珠還神奇呢？

殊不知，神祇在嚴格的律令下恪守清規，不但不能與三界眾生產生感情，還要斬情愛、絕慾念，如此才能修煉出自己的護身靈珠。祝融那顆威力無比的火靈珠，連水神共工都難以招架，可見，他對情慾是全然斷絕與陌生的。

不過，祝融也因此更加斷定，陷入情劫的瑤姬，一定會給足他七顆草靈珠，屆時祝融不但得以重生，還能給瞧他不起的西王母重重一擊。

一想到這裡，祝融竟有些得意了，沒想到，小巫祝這個凡人能幫上他這份大忙，還真是多虧了巫彭的點醒。

傷勢漸好的祝融才剛揚起脣角，可沒來由的一陣劇痛，又讓他差一點喘不過氣，「這是怎麼了？草靈珠明明緩解了蛇毒，可不到四十九日，胸口的疼痛怎麼反而越發劇烈？」

扶住大殿門板的祝融急喘著，適逢拿著果實的巫琅迎面而來，他一看到火神蒼白如紙的面孔，便嚇得將手上的果實撒落一地，急上前扶住火神，「您的心口又痛了嗎？」

此時的祝融已痛得額冒冷汗，眼出金星，幾乎要站不住腳。

「讓小人提早去找神女吧！」火神似乎有些撐不住，巫琅急了。

「不！」咬牙的祝融低吼，暗忖：「瑤姬那個臭丫頭，該不會在草靈珠裡使什麼陰謀吧？」

應不至於！瑤姬如果無心救祝融，大可置之不理，無須在寶貴的草靈珠裡做手腳，可是，究竟為何祝融在服食之後，反而會劇痛無比？

「給我水，快！」祝融伸出顫抖的五指抓住門板，銳利如刃的指尖嵌進厚實的木板裡，此刻的他極需要大量的水，唯有水能舒緩這種疼痛。

聞言的巫琅拔腿就跑，並且快速從井裡打上兩桶水給火神。幸好南海之地的井深水淨，但見祝融張開大口直接將井水灌下，一股熱氣，從火神周身的鱗片裡騰騰冒出，有如煮肉一般，頗為嚇人。

雖然，巫琅不明瞭水對火神的劇痛，到底有何作用，但略懂醫術的他深信，一定是草靈珠的問題。

很快地，取珠的日子又到了，巫琅一見到瑤姬，趕緊將火神的狀況詳細說與她聽。

「是莖芝。」經巫琅這麼一提，瑤姬輕聲道：「我是莖芝修煉而成的，所以草靈珠必然也有其功效，莖芝雖可緩解蛇毒，但也會催化毒性，待體內所有蛇毒都清完後，疼痛自會消失。」

祝融只知草靈珠的神奇，卻不知它的由來，難怪要受劇痛之苦了。

「如此說來，這痛暫時無法可解？」每次看火神痛得咬牙切齒，巫琅都覺得心驚肉跳的，而這樣的殘忍，居然還要歷經好幾次。

「讓他的身子整個泡進水裡即可。」碧姬是水蛇，她的毒性在水裡時是最無害的。」瑤姬瞧了憂心忡忡的巫琅一眼，見他為了祝融的病痛緊張難受，究竟這樣的善良，傷害的了誰呢？

豁然開朗的巫琅猛地起身，緊緊握住瑤姬的手不住道謝。在他眼裡，瑤姬不僅是個神女，也是他的救命恩人，因為若是祝融有個差池，巫琅這個罪魁禍首，肯定也不會苟活於世！

所以瑤姬懂，她當然懂，否則也不會一再拿珍貴的草靈珠，給祝融解毒。

趕回神廟的巫琅，立即將這個消息告知火神，恍然大悟的祝融敲了敲腦袋，怪自己為何沒想到這一層呢？

只是神廟建在高山之上，離河川水源地極其遙遠，光靠巫琅一個人舀水，怕是應付不了火神的需要。於是，巫琅又用陶土燒了幾個人缸，並隨時將缸儲滿井水，以備不時之需。

果然，下一次的發作更加猛烈，祝融痛到連爬起來的力氣都沒有，而神廟外的兩隻神獸，更是一點忙都幫不上，只好眼睜睜地看著小巫祝，拚命將一桶一桶的水，往主人的身上倒。

過了好一會兒，哀號不斷的祝融終於挺過了劇痛，癱軟在地上，而力氣幾乎用盡的巫琅，則跪坐在一旁，那幾缸的水也剛好用完。

戰功彪炳的祝融殺敵無數，從不畏懼死亡，可這種椎心的劇痛，令人生不如死，而且一次比一次劇烈、一次比一次久長，讓被天帝親賜火神榮銜的他，也不禁要暗暗生畏。

只是，在巫琅這個凡人面前，祝融若是露出些許驚恐的神態，不但會因此毀掉火神的一世英名，更無顏再面對衡山那些崇拜他的老百姓。於是，勉力振作的祝融斂起頹喪的神色，又重新站了起來。

巫琅連忙替火神換下一身溼透的袍服，祝融凝神運氣，緩了緩自己的心脈後，終於覺得好些。而正在收拾一地狼藉的巫琅，仍穿著一身溼衣服，現下天冷，以他脆弱的凡人之軀，繼續這麼穿著，豈不是要凍著了嗎？

祝融本想喚巫琅去換衣服，但見西邊落下的餘暉，剛好映在那張姣好的臉龐，瞬時巫琅的周身透著一圈淡淡的霓虹，宛若環繞著天帝的神光。

忍不住眨了眨眼的祝融定睛一看，混亂中，巫琅半敞的胸膛白皙如玉，高挺英氣的鼻梁精緻無瑕，俊秀的身姿在溼透衣褲的緊貼下，妖嬈更勝女子。

好一個美如謫仙的男子，真讓人離不開眼睛。

現在的祝融終於知道，為什麼碧姬不惜挑起他和共工的戰火，也一定要得到巫琅，更別說，受西王母調教又隱居在巫山的瑤姬，為了巫琅連性命都可以雙手奉上。這個男子，根本就是天帝派來擾亂神界的妖精啊！

面色鐵青的祝融猛然回頭，厚實的紫黑雙臂抿成一條直線，兩眼發直。此時，他的胸口比中了蛇毒那時跳得更加猛烈，卻一點也不覺得痛，而是一層蜜似的甜裹在心口上，猶如萬蟻鑽心的麻癢，卻教威武雄壯的他渾身發顫。

原來，食了莖芝的祝融和瑤姬一樣中了毒，而且是無藥可解的——情毒！

接下來的日子，對祝融而言可謂是沽生生的地獄，每每見到巫琅便會不由自主地想親近，可他身上未清的蛇毒，又會對巫琅造成性命之憂。

看著眼前的美少年，日日期待上巫山與心愛的女子相會，那閃爍在巫琅眸中跳躍的火焰，總會令心生嫉妒的祝融陷入瘋狂。於是祝融變得焦慮、異常憤怒，並常在殿內來回踱步、咆嘯，恨不得一劍刺穿那該死的情敵瑤姬，可他還需要三顆草靈珠，才能清除身上的餘毒。

再三次，只要再忍受巫琅去巫山三次，瑤姬就會死，屆時他的巫琅依舊是自己的。

沒錯！思及此的祝融，忍不住縱聲狂笑。

可祝融原本就不甚討喜的外貌，因為連日來的焦躁和失態，讓單純的巫琅對如此暴怒的祝融望之卻步。

巫琅不瞭解這究竟是蛇毒發作，還是服食草靈珠導致的精神異常，而火神似乎也沒有向他解釋的打算，因此，除了每日三餐進入大殿向火神問安外，餘下的時間，巫琅都自動離祝融遠遠的。

好不容易挨到四十九日後，當駕著火龍的巫琅來見瑤姬第五次時，明顯感覺到她的靈氣不若以往繁盛，臉上的氣色也孱弱許多。

巫琅不知，每回他離開後，思念著他的瑤姬便會傷心落淚，而每落下一次淚，花也跟著掉下一瓣，所以現如今，她胸口的七瓣白花，已所剩無幾了。完全不瞭解前因後果的巫琅，還擔心是瑤姬的身子有恙，可心地善良的她卻解釋，是因冬日百花百草休生養息的關係，讓情郎無須牽掛。

心疼瑤姬的巫琅，將愛人擁入懷裡，用自己的溫暖環抱住她，並衷心希望巫山的春日早點來到，莫要叫他心愛的女子受苦了。

即便如此，當巫琅最後一次來見瑤姬時，巫山之臺已籠罩在一片茫茫的白雪之中。

欣喜至極的巫琅，踩著深入腳踝的冰冷，快步踏入瑤姬的宮殿所在，因為他期待已久的這一日終於到來。只要再把最後這一顆草靈珠交給火神，治好祝融的蛇毒，巫琅就可以卸下傷害神祇的罪惡，到巫山陪伴心愛的神女，共度一生。

只是，偌大的宮殿到處結滿了冰柱，巫琅甚至感覺不到，屬於瑤姬的一丁點靈氣。

這景況似乎有些反常，焦急的巫琅到處尋找瑤姬的芳蹤，直到在一顆大石旁，發現倒臥在雪地裡的纖細身影。

「瑤姬！」巫琅大喊並朝著瑤姬飛奔而去，問道：「妳這是怎麼了？」大驚失色的巫琅，輕拍愛人蒼白如紙的雙頰，昔日皎潔似雪的肌膚，布滿黃褐色的斑點，似一片飄零的枯葉。

幽幽轉醒的瑤姬微撐著眸光，終於盼到日思夜想的情郎，她輕顫的雙唇似有話要說，可卻無力言語。

「怎麼會這樣？妳是得了什麼病，還是凍著了？」巫琅見全身冰冷的瑤姬已是氣息奄奄，連忙將她一把抱起，奔入殿內。

巫山因為有瑤姬的仙氣環繞，終年四季如春，即使在寒冬也不會降雪。可將靈力轉換為草靈珠的瑤姬，已經沒有了任何道行，巫山自然就如同凡間一般酷寒。

不知情的巫琅點亮所有的油燈，又叫碎甲噴火點燃殿內可燃燒的柴火，然而，凝結成霜的空氣仍是寒徹骨。

瑤姬是莖芝草，自然不能靠火太近，於是巫琅將自己的袍服脫下，抱著瑤姬想為她驅除身上的冰冷，可那寒氣卻怎麼都難以化去，連抱著她的巫琅，都禁不住渾身發抖。

「忍忍，妳再忍忍，晚一點身子就暖了。」巫琅努力搓著瑤姬的十指柔荑，並想哈出氣來溫暖瑤姬冰冷的雙手，卻又怕因此褻瀆了神女，正不知該如何是好時，瑤姬從懷裡拿出一顆草靈珠。

「這是……最後，一顆了。」虛弱的語調仍是那麼輕軟，彷彿聲音是融在空氣裡的，瑤姬微笑道：「以後，你……不用，再來了。」

「這是為何？莫不是妳病了？我可以找祖父來治妳。」巫琅緊握住瑤姬的手，感覺她就像要融化在自已掌中的雪一樣，隨時都會消失不見。

「你可知，七顆草靈珠……就等於，一珠莖芝草？」見直爽的巫琅猛點頭，想必祝融就是用這個理由說服他的。

「一顆草靈珠……會削去我五百年修行，我用三千五百年的道行，換這……七顆草靈珠給你。」

聞言的巫琅眸光瞬時渙散，這怎麼可以？他原就是不想傷害瑤姬，才不取她的莖芝草，如今說來，他還是用了瑤姬的命，去換祝融一命啊！

「不！怎麼可以？絕不可以！」巫琅將瑤姬單薄的身子摟緊，怎麼可以現在才告訴他這個事實，巫琅等這麼久了，就連作夢都盼著要與瑤姬攜手共度晨昏，可現下，要如何讓他接受這樣的殘忍？

「這顆草靈珠我不要了，妳把它吃下去，快！」後悔萬分的巫琅，正要把草靈珠往瑤姬的嘴裡送。

誰知，殿外的碎甲忽然一聲龍哮，震得大殿左搖右晃，並趁巫琅分心護住瑤姬之時，伸出龍爪，迅速將他手上的那顆草靈珠奪去。

「不！那是瑤姬的命，你不能拿走。」矯捷靈活的碎甲展翅，頭也不回地飛向天際，徒留下悔恨不已的巫琅，跪在原地。

巫琅雖知道神獸也有靈性，但沒料想到，他跟碎甲的感情再怎麼要好，牠護著的永遠是自己的主人，而不是他這個與之嬉戲的凡人。

「巫……琅。」瑤姬的輕喚令巫琅回神，他趕緊回身抱起瑤姬，就盼著還有什麼辦法可以救愛人一命。

「原諒……我的自私，瑤姬不想你為祝融……擔負一輩子的……愧疚。」顫抖著食指撫去他滑落的淚液，那樣溫暖、那樣清澈，就像他善良純淨的心一樣。

「不！巫琅愛的人是妳，我更不想看著妳死。」急喘的嗚咽轉眼成哭泣，巫琅緊緊抱著瑤姬，像要拉住救命的一線。

「這是瑤姬的劫數。能得巫琅的心，瑤姬……此生足矣。」正感到欣慰的瑤姬，忽然感到心口一冷，原來，她胸前最後一片花瓣也凋落了，徒剩一根細軟的花蕊，隨著呼吸起伏。

勉力一笑的瑤姬，拉住巫琅的手放在自己的心口，說道：「這裡，是瑤姬曾經被封印的情絲，是巫琅讓……讓瑤姬……識得了情愛……」

「別說了，妳留點元氣，一定還有什麼方法可以救妳。」可舉目四望的巫琅，很快就被眼前孤立無援的事實給擊潰，絕望的他只好抱著瑤姬低泣。

不忍情郎為了自己心碎，瑤姬打算將餘下的情絲留給他，沒想到遠處卻傳來熟悉的雲駕響聲。瑤姬大驚之下連忙用盡力氣推開巫琅，急道：「快走！娘娘……西王母娘娘要來了。」

「西王母娘娘！太好了，我去求西王母娘娘救妳。」不懂神界律法的巫琅起身，滿心歡喜地迎接這位救命的神仙。

「不，娘娘她……她是來殺你的。」衝著一口氣，瑤姬不得不為情郎說分明：「神人是不能在一起的……如今，你我犯了天律，娘娘一定會……會殺了你正法。」

萬念俱灰的巫琅，已經管不了那麼多，他再次向前抱住瑤姬，泣聲道：「巫琅鍾情於所愛，祈求終身相守，倘若娘娘不願意見，巫琅願一死以償宿願，只求娘娘能救妳。」

「好個一死以償宿願！」怒不可遏的西王母，見一個凡人男子，竟敢如此作踐她的女兒，還讓瑤姬失去了好不容易修來的三千多年道行，不禁大發雷霆，「那本座就成全你！」

巫琅見氣極敗壞的西王母，一掌就要朝他劈下，竟毫無畏懼地直視回去，並高聲道：「小人聽聞大慈大悲的西王母娘娘，是個救苦救難的活菩薩，現下神女已是命在旦夕，小人懇請您先救神女一命！」巫琅說完，虔誠拜下。

「怕死了嗎？」西王母睨了身旁的瑤姬一眼，見她泛紅的眼圈淚光盈盈，想必早已動了凡心，再留也無用。

「瑤姬違反天律，本座要如何懲處她，還用得著你這個凡人置喙嗎？」語畢，一腳踢向巫琅胸口，痛得讓他當場口吐鮮血。

「巫琅！」瑤姬雖知西王母嚴厲，但親眼看著心愛的人受苦還是不忍，當下捉住西王母的裙襬懇求道：「都是……臣女的錯，請娘娘……殺了臣女以謝罪！」

「本座不認妳這個不孝女。」怒斥瑤姬的西王母吼道：「楊戩，這小子敢覬覦本座的人，殺他等於汙了本座的手，你將這臭小子丟下巫山，要他粉身碎骨再不能投胎轉世。」

「不！」此時的瑤姬已是聲淚俱下，她明白西王母說到做到，但她怎麼都不能眼睜睜看著情郎去死啊！

「瑤姬，別求她了。」失笑的巫琅扶住胸口，再次拜向西王母：「這一切都是小人的錯，小人願以死贖罪，只求娘娘能想辦法救瑤姬，若有來生，小人願犬馬以報。」

「還想要有來生？」憤憤的西王母走近巫琅，厲聲道：「因為你，祝融不惜與共工開戰，令本座的崑崙山山脈盡斷，黎民百姓被水土淹埋；因為你，不甘心受罰的共工撞倒了不周山，讓四神好不容易撐起的天蓋，塌下半邊來；因為你，瑤姬三千五百年的修行不僅毀於一旦，就連天律都敢違逆，而你，居然還有臉要來生？」

巫琅知道這一切都是因他而起，雖然他曾努力想要彌補過錯，但怎知竟會越補越錯？愧疚難當的巫琅匍匐拜下，「小人知罪！如果小人的一條賤命，可以讓娘娘消氣，解救瑤姬及蒼生，那小人我——死而無憾！」

「你一個小小凡人，居然也敢左右神祇，簡直不自量力。」西王母瞅了楊戩一眼，示意他將巫琅正法。

傷心欲絕的瑤姬明白再無挽回餘地，伸長手使盡最後一絲氣力，對著巫琅深情一喊，「來世，等我——」但見花蕊化成的青煙，自她的胸口裊裊升起，瑤姬轉眼煙消雲散了。

烙到骨子裡的痛，啃咬著巫琅的心，他對著驟然散去的瑤姬，柔聲一笑，「會的，不管幾生幾世，巫琅都會一輩子等妳。」而後轉身奔出大殿，從巫山之臺一躍而下。

身旁狂嘯的風呼聲響透耳際，像要把人撕扯開來，但襲面而來的冷冽寒風，即使刺骨卻也不覺得疼痛，巫琅閉上雙眼展開臂膀，仿若要迎接的不是死亡，而是重生。

是的！來生，巫琅和瑤姬便不用再受這一世的束縛，不用擔心祝融會為他而死，也沒有神人兩界身分的隔閡。屆時，巫琅一定會好好守護瑤姬，再不讓她受任何傷害，再也不會。

落水之前的巫琅，朝著巫山大喊：「瑤姬，即便妳在海角天涯，巫琅也一定會去尋妳！」

西王母娘娘見楊戩追了出去，便不再理會巫琅那個小子，她對著留戀不去的幽幽氣息，感嘆道：「明知如此，何苦選擇這一條路？因為妳的善良，反而讓這段因果禍延千年。」

西王母伸手一張，將那些青煙收進掌心，凝入瑤姬遺落在地上的玉佩裡，「妳想等他，他未必等得了妳，妳如果想再見他，還需要再修數千年才能化為人形。」

主人一不在，這座偌大的宮殿，也變得沒有生氣，然而，殿外乍然的鏗鏘聲響，卻引起西王母注意。向遠處望去的她，見兩神纏鬥，不禁轉悲為怒：「害死本座女兒的罪魁禍首，一個也別放過，楊戩，擒拿祝融，本座升你神職三等！」

原來，服下草靈珠的祝融久久不見巫琅回返，以為他真的為了瑤姬丟下自己，於是駕著碎甲和雲甲趕赴巫山。誰知，遠遠就見巫琅從臺上跳下，想救已來不及。

痛心疾首的祝融定睛一看，原來，巫琅身後還緊追著二郎神，不就是楊戩逼死了自己的巫琅嗎？

喪失心志的祝融拔出炙烈的赤霄劍，對著楊戩又刺又砍，悲憤至極，他什麼話都還沒有對巫琅說，巫琅怎麼能不瞭解他的一片心意，就這樣死去呢？

「吼——」難以抑止的痛令祝融仰天咆哮，震得巫山群峰一陣搖晃，成堆的積雪滾下斷崖，落入冰冷的河水裡。

手持方天畫戟的楊戩，雖然努力迎戰，奈何他根本不是力大無窮的祝融的對手。西王母見楊戩不敵，手執桃木權杖朝空中一揮，一道無形氣旋劃破冰霜，筆直向祝融擊去。

揮劍中的祝融感到後背受到重擊，在一陣天旋地轉後滾落坐騎，才剛感到口中一甜，便已吐出大量鮮血，趴臥在雪地上倒地不起。鮮紅的血漬驚心觸目，兩隻神獸紛紛吐出烈火欲救主人，不料一旁的楊戩使出縛妖索，將火龍的頸部牢牢綑住，令牠們再也動彈不得。

「孽畜，還不束手就擒？」權杖落地聲響入雲霄，西王母威儀震懾四方。

隻手撐起的祝融禁不住胸中一痛，又嘔出一大口腥甜，差一點又趴回雪地裡，他怒眼圓睜，雙拳緊握，問道：「為何……要逼死巫琅？他何罪之有？」

「你很清楚。」西王母見祝融已無力反抗，緩緩走近，「凡人不知道草靈珠也會要了瑤姬性命，但同為神祇的你不可能不知道。況且，若不是你有意相助，那小子怎麼會一而再、再而三地上巫山與瑤姬糾纏?」

這的確都是祝融的主意,但他只是為了救自己性命,難道不可以嗎?

「既然都是祝融一手造成,娘娘又何苦逼死巫琅,他是無辜的。」

「三界律法嚴明,豈容一個凡間小子在本座面前撒野!」西王母憤憤道:「瑤姬本性善良,她原是可以避過這第三劫的,可你卻讓巫琅那個小子,敗壞瑤姬得來不易的修行。」

深吸口氣的西王母穩住心神,對著掌中發出翠綠光芒的玉佩,輕嘆道:「本座再三提醒,本以為有朝一日,妳能回到瑤池與本座相聚,沒料想,妳我的情分竟是那樣淺薄。」

犀利的眸光變得柔軟,立在一旁的楊戩,似乎看到西王母眼角的餘光……。

「祝融,本座欲把你打入輪迴,為崑崙山那些慘死的百姓贖罪,你服是不服?」

「除非巫琅能死而復生,否則,祝融死不瞑目。」

「好個頑強的孽畜,不怕本座將你打入十八層地獄,受永世的火刑之苦嗎?」

「哈!祝融死都不怕,還怕什麼火刑?」抹去嘴角的血腥,祝融要把話挑明:「這一世我欠巫琅的,來世都要還給他,娘娘如果不能答應我的條件,祝融寧願下地獄受刑。」

「好你個祝融!竟敢要脅本座,那本座就讓你來世償還所有的欠債,你想要的永遠都得不到,受你荼毒的百姓冤魂,卻要糾纏你一生。」西王母手中的權杖一揮,便將傷重無力反抗的祝融,打下巫山的萬丈深淵。

低頭俯視的西王母，冷笑道：「洞察天機的巫彭，都沒能保住他的孫子，憑你也想跟本座鬥？本座就讓衡山的後世子孫，永遠背負你的罪過，生生世世直到國滅為止！」

第六章
神玉輪迴

新學期的開始，中國湖北省的武漢大學，又迎來一批批的新生。這些八年級生，嬌貴的獨生子女，連國家重點培育學校的教師們，都不敢稍加怠慢，尤其對來自臺、港、澳的年輕學子，更是展開雙臂地大力歡迎。

劉雨桐的爸爸在上海開了家貿易公司，隨着經營範圍日漸擴大，一個人漸漸應付不了，於是把住在臺灣的老婆、小孩都給接來，幫忙打理公司的事物。劉雨桐就是在趕鴨子上架的惡補下，才考取了武漢大學。

一直對中國廣闊疆土和淵遠歷史，有著無限好奇的雨桐，眼看過完今年暑假就要升大二了，但礙於上學期間只能到學校附近逛，便想趁著假期，趕緊對仰慕已久的各地名勝古蹟開啟巡禮。

尤其是長江三峽，在看完和三國有關的系列劇後，雨桐就很想體驗一下，在長江那寬闊水域裡乘風破浪的豪爽。

可惜她的大學同學——冷燕卻不解風情，一心說服雨桐：「長江三峽就屬巫峽的景致最好，『襄王有情，神女無夢』的出處，就是來自那裡的巫山。」

雨桐笑道：「那不就是『落花有意，流水無情』的意思嗎？這些古代君王不好好治理國家，腦袋裡裝的，竟都是如何與神女翻雲覆雨，豈不褻瀆了神明？」

「那……那是兩碼子事。」被打臉的冷燕滑開手機，打算將之前去巫峽看到的美景，都秀給這位好同學看時，餘光正好瞄到雨桐脖子上的玉佩。

「咦，妳這塊玉佩在哪裡買的？」平日對首飾完全沒興趣的冷燕，口氣乍然冷了起來。

「上星期去江南小鎮時，見一個老伯伯擺在地上賣的，反正也沒多少錢，就當作是資助他吧！」當時的雨桐沒多細想，只覺得老人家在大熱天擺攤子辛苦，於是掏了錢就買。戴上之後，才發現這玉佩越看越有靈氣，總能讓人心頭暖暖的，讓她有些得意地拿下來給冷燕欣賞。

「不是告訴妳，別在觀光區買這種東西的嗎？百分之兩百都是山寨。」將玉拿到光照下反覆端詳的冷燕，指著玉佩中心裹著色暈的小綠點，向雨桐說道：「不過這塊玉的質地溫潤滑膩、色澤飽滿，算得上是塊好玉，只是翠色綠得不自然。」

「這妳也懂？」雨桐也跟著細看，原來只是助人為樂，完全沒考慮到玉的真假。

「一般幫劣質玉石加工的方法，多是用高壓將綠色液體注入，讓它充填至石頭本身的裂縫中，所以多像是蛛網、細紋或呈現明顯的塊狀，沒有天然生成的色暈效果。但這塊玉的質地好，翠色既不是條紋狀，又暈染得十分自然，在觀光區真的很少見，唯一的破綻就是染得太亮了，有點邪門。」

瞧出興趣的冷燕，轉而問雨桐：「這真是地攤貨？」

雨桐點點頭，回道：「不過奇怪的是，那老伯伯沒說要賣多少，反問我願意出多少錢買。我對玉石不懂，只說兩百夠不夠？他笑著說好，就賣給我了。」

「天底下竟有妳這種傻子，又碰巧遇見個笨蛋。」聞言的冷燕笑道：「那老伯不識貨，把真玉當假的賣，但如果是我開價，肯定二十塊就買到了，妳居然白花十倍的錢。」

「那……這塊玉，到底是真是假？」真是的，搞得雨桐都有些糊塗了。

「算了，買玉石是講究緣分的，只要對身體無害，真假都不重要，妳喜歡就好。」冷燕將玉佩還給雨桐，繼續討論兩個人未完的行程。

湖北說大不大，說小也不小，最有名的長江三峽就在其境內。

雖然，冷燕比較希望帶雨桐去看看中國的城市新建設，但拗不過雨桐對古蹟的堅持，只好陪著去。兩個人確定好行程後，訂了船票，風塵僕僕地趕到宜昌搭船。

宜昌雖然只是長江的其中一個港口，卻大得如海港般，過往船隻密度之高，放眼望去竟是川流不息。停靠在岸邊的豪華人郵輪，更是媲美常在北臺灣靠岸的「麗星郵輪」，精緻奢華的程度，誇張到令雨桐瞠目結舌。

上了船後，什麼五光十色、吃喝玩樂不在話下，長江水域之遼闊堪比在海上行船，加上江面比海面平穩許多，兩岸美景又如潑墨山水，教人讚歎不已。

她們的第一站「西陵峽」，西起香溪口，東至南津關，以往的航道較為曲折，到處怪石林立、灘多水又急，但自從葛洲壩水利工程建成後，水勢相對和緩。幸好綺麗景色依舊，下了船，兩個人邊走邊拍照，一路上吱吱喳喳開心得像隻小鳥。

努力登上大壩頂後，三峽雷霆萬鈞的洩洪景觀動魄驚心，雨桐只覺腳下的水流，轟隆作響，宛若真的地牛在翻身。放眼望去，雄偉的建築果然是創人類智慧之最，只是這場人定勝天的賭注，到最後究竟誰輸誰贏，也唯有天知曉了。

夜晚，船上的歌舞表演華麗喜慶，有感人的舞臺劇《少林武魂》，藉以宣揚精湛的少林武功，還有難得一見的川劇變臉絕技，讓來自臺灣的雨桐甚為驚豔。

兩個人一直觀賞遊玩到夜深，才眷戀不捨地回房休息。

白天上山下水的行程消耗掉不少體力，往後還有三天的行程要走，累極的雨桐打了個哈欠，和冷燕互道聲晚安後，幾乎是頭一沾枕就睡死了過去。

和風徐徐吹來，空氣中飄著淡淡的青草香，一泓曲水綠波盪漾，在璀璨的陽光下，粼粼閃耀。

踏上黃赭色的石階，正午的光束從薄薄的雲中穿透，如一隻隻彩蝶，在橋面上翩然飛舞，旋轉一圈又一圈，直到那個人發現雨桐的到來。

回眸，一池幽深的湖水斂在黑色的羽睫下，仍是那麼深不見底，眼前的明亮，卻讓他如見到東升的旭日，瞬時熠熠發光。

男子揚揚眉，薄薄的脣角勾起一抹難以言喻的淺笑，剎時，所有漫無止境的等待，盡化成曦光裡的晨霧，消失殆盡。

緩緩起身，男子從容優雅的身姿，流露著挺拔俊俏的英氣。他帶著溫和的笑容，不疾不徐地走近，淡青色的長衣隨風揚起，美得出塵飄逸，宛若太虛幻境裡的仙人下凡。

「終於，等到妳了。」日光如金絲灑落，男子靜靜地凝視著雨桐，眷戀得捨不得放開。眼前的神光太耀眼，伸長五指的雨桐瞇著眼，將那些光亮遮掉些，這才開口問道：「你是誰？」

「蒹葭蒼蒼，白露為霜。所謂伊人，在水一方。溯洄從之，道阻且長；溯游從之，宛在水中央……瑤姬，我是巫琅，妳的巫琅啊！」

「巫琅？」好奇怪的名字！

雨桐不懂，這個男人為什麼對著自己叫瑤姬，瑤姬又是誰？

「我們說好來世再見的，瑤姬，巫琅終於等到妳了！」媲美金城武的頂極帥哥，突然向前一步拉住雨桐的手，情深道：「巫琅這一世再也不會離開妳了，永遠不會。」

不知所措的雨桐正要扯回手，誰知，巫琅忽然一轉身，拉著她縱身往身後的山谷跳下去。

「啊——」驚叫的雨桐猛地坐起。方才的呼喊聲在耳畔迴盪，喘著氣的她定睛一看，簡潔的房裡除了四面牆，和睡在另一張床的冷燕外，什麼都沒有。

這個夢做得離奇，宛若真實的情境，令雨桐的心口隱隱泛疼，是她從未有過的夢魘，難道是玩過頭了？

雨桐不自覺地摸了摸手腕，才發現在夢裡被男人抓過的地方，竟有些莫名的疼痛，捂了捂悶得好慌好緊的胸口，彷彿要被輾碎一般，「該不會是鬼壓床吧？」

以前就曾聽長輩們說，中國很多古城因為經歷太多戰事，冤死的孤魂野鬼多不勝數，八字輕的被鬼壓也不是什麼新鮮事。只是，雨桐打從到中國來後，都沒發生過這種事，難道，三峽的鬼魂頻率和她特別相近？

想到這些的雨桐，硬是起了一身的雞皮疙瘩，方才夢裡男子的呼喚聲，好似又重新回到雨桐的腦海。

巫琅是誰？瑤姬又是誰？這種名字應該不會是現代人取的，她該不會真的撞見古代的鬼魂了吧？

雨桐拍拍自己的胸口、搖搖頭，還有冷燕在呢，不怕不怕。

只是經過這麼一嚇，原本累極的雨桐睡意全消，「唉……睡不著總要找些事來打發，打開平板電腦，上網看看明天有什麼好玩的吧！」

雨桐在搜尋欄敲上「巫山風景區」，順便瞭解接下來的重點行程，只是剛連上網路，螢幕右下方馬上跳出一個廣告，「適逢偉大文學家宋玉兩千三百一十二年冥誕，巫山將舉辦隆重的記念儀式。」

雨桐對宋玉這個名字有點熟，可印象卻不太深，只記得他就是傳說中那個「美如宋玉，貌若潘安」的中國美男子代表，只是一直不知道，宋玉竟然還是個偉大文學家。

將食指往下一點，另一個視窗跳出有關宋玉的生平事跡，雨桐沒想到這個美男子，竟然還是屈原的學生，而且，是繼屈原之後最著名的辭賦家。

天啊！她書都讀到哪裡去了？這麼有名的人物竟然不認識？難怪，連四Ａ級的巫山風景區，都要打著宋玉的旗號來吸引觀光客。

強烈的好奇心驅使雨桐找尋更多有關宋玉的資料，這個人不但年紀輕輕，就當上了楚襄王的文學侍從，還任職過楚國的議政大夫。只不過，晚年跟屈原一樣，落得被朝廷放逐的下場，難道楚國的大王都排斥有才學的人嗎？

既然宋玉那麼有名，增加一點國學常識也不錯，打跑瞌睡蟲的雨桐興奮了起來，移動食指，滑向「我的最愛」——谷歌。

第二天一大早，大船駛進神祕的巫峽。

巫峽以巫山得名，峽內終年雲霧繚繞，幽深秀麗，濛濛雨絲交織，環抱著奇峰峻石，有如潑墨山水裡的虛幻夢境。

巫峽最著名的景點，就是集仙峰下的孔明碑，相傳「重巖疊嶂巫峽」就是諸葛亮的大作，每年總要吸引大量的遊客到此朝拜。當然，崇拜諸葛亮如天神的雨桐，絕對不會錯過與偶像合照的機會。

再往前行，就到了當年楚懷王夢見巫山神女的地方，而楚辭的大文學家宋玉，還為此寫了一篇名留千古的〈高唐賦〉*。

然而，當地的導遊一邊講述傳說的典故，遊客們卻一邊相視而笑。原來，楚懷王是誤食了有毒的靈芝，因而產生幻覺與神女翻雲覆雨。說到底，就是楚懷王自己作了一場春夢，還硬拉人家神女下水，真是無聊透頂。

這讓聽得認真的雨桐，不禁在心裡暗暗忖度：「楚國的大王各個都這麼昏庸嗎？難怪

---

* 宋玉與楚襄王同遊巫山，眺望高唐之觀時所寫。賦中塑造了前楚王邂逅自由奔放的神女，但其實是鼓勵楚王振興民族，以期達到國家富強之意。

會被秦國、西漢兩次滅國。」

昨晚犧牲睡眠的雨桐，把戰國時期的楚國歷史補足理解了一些。看來屈原跟宋玉這兩個人，根本投錯了時代，枉費他們修得一身的文學見識和政治謀略，到頭來，全都毀在那些無能昏君的手上。

午後巫峽的水氣加重，大家遠遠得見山峰高聳入雲，環繞的霧氣卻像條白絹，披露在大峰與小峰之間，宛若風姿綽約的女子，妖嬈又嫵媚。

領隊的導遊說，十二峰以神女峰最為有名，因為峰上有一秀逸石柱，從遠處看上去，就像一位亭亭玉立的少女站在那裡。而戰國時期的楚國疆域廣闊，當時任職文學侍臣的宋玉，經常隨楚襄王遊走各地巡視，幾乎涵蓋現在的整個湖北省。來到這裡的宋玉為此峰著迷，有感而發地作了一篇〈神女賦〉，堪稱是中國詩賦裡，最早將女性容貌姿態的外在美，與溫雅多情的內在美，詮釋得最為傳神的一位。

雨桐隱約聽到宋玉兩個字，不免又多了些精神，想不到走到哪裡，都能聽到他的事跡，果然是名人啊！

導遊繼續滔滔不絕地講著，關於宋玉的事跡，但雨桐卻好似墜入無止境的時空隧道般，恍惚得不知所以……。

第七章

苦命的皃

春秋戰國時期的楚國曾經雄霸一方，身為南方強大諸侯國的國君，楚襄王熊橫的身世卻分外坎坷。他的父親楚懷王因為寵愛南后鄭袖，一直想廢掉熊橫這個儲君，改立楚懷王和鄭袖所生的小兒子——子蘭為太子。

為此，楚懷王不僅把自己的親生兒子熊橫，抵押在齊國當人質，還把政事都丟給子蘭，以及其他的三姓王族去處理。

由於楚懷王的執意行事，屢屢推翻左徒大夫屈原「聯齊抗秦」的主張，又誤信秦國說客張儀的謠言，張儀更以賄賂、挑撥離間楚國朝臣，導致國事全非，國力每況愈下。

性格軟弱的楚懷王，除了不斷割城、讓地，試圖緩和與秦國的軍事緊張外，根本聽不進大臣們的勸諫。終於，在一次與秦國的會談中，被秦國的謀士扣押，最後客死在異地他鄉。

其後，離鄉背井的太子熊橫，在齊國受盡各種屈辱，但為了保住性命只能一味求全，直到他的父親楚懷王，確定無法返國才被釋放回楚，立為楚國國君。

長期被質押的熊橫，不但完全不瞭解楚國政事，就連聽到打仗，都會嚇成驚弓之鳥。尤其是父親客死於秦的陰影，成為他　生最大的恐懼和夢魘，更不願和軍事強大的秦國，有任何的直接衝突。

因此，熊橫不但把重要的軍事，全然交給異母的弟弟子蘭處理，對於連政事都凌駕於他這個國君之上的三姓王族，也漸漸失去控制。

成為一國之君的熊橫，終於擺脫寄人籬下、隱忍多年的屈辱，整日放浪形骸的他，不但讓整個楚宮成為一座酒池肉林，更要求朝臣每年要進獻美女無數，供喜新厭舊的他尋歡作樂。楚國賢能的朝臣，看不慣如此委屈窩囊又沉迷美色的大王，紛紛告老歸鄉，於是，所有政務、軍事終於全落在子蘭等貴族之手。

然而，戰國時期的各國強權，無不覬覦著楚國這塊肥肉，尤其在秦國軍事不斷的威逼之下，熊橫甚至要迎娶秦國公主嬴瑩，來平息一場場無止境的邊關騷擾以及可能發生的戰事。

熊橫畏秦，人人皆知，而這位秦國公主嬴瑩名義上雖是和親，卻沒有把熊橫這個楚國國君放在眼裡。嫁到楚國後，驕縱蠻橫的她，不但在後宮鞭撻熊橫的愛妾，還堂而皇之地把秦國將士帶進後宮，讓楚國的最後一線防衛也徹底瓦解。

朝臣們見秦國，光明正大地把一個奸細送到國君的身邊卻無力阻止，而嬴瑩即使貌美如花，熊橫卻說什麼也不敢與之親近，日後萬一生下一男半女，豈不是要將楚國的血脈，雙手奉與秦國嗎？

只是，畏秦之心長此以往終究不是辦法，有朝臣私下建議，熊橫應與周邊鄰國交好，以防患於未然。但早在楚懷王反覆與秦國交好之時，周邊各國早已對楚國充滿戒心，現下熊橫又娶了嬴瑩，更遑論能像之前那樣與他國締結同盟。

不得已，熊橫終於願意聽從忠臣莊辛的建議，廣招民間賢德有才華之人，好解楚國這燃眉之急。

文學家宋玉，便是出生在楚國國力最沒落、且又兵荒馬亂的時期。

宋玉的爹，是個默默無聞的文人，讀了一輩子書，不僅沒能考取功名，又因為木訥寡言的性格，不懂得與那些政客逢迎拍馬，以至於連貴族、士大夫的門客都當不上。家境困窘的他，只能靠著幫人抄寫書籍，賺取微薄的收入充當家用。

宋玉的娘親雖不是什麼名門閨秀，卻生得一張傾國傾城的臉，教人一見難忘。她出生農家，雖沒讀過什麼書，卻非常仰慕有文采的人，有次在溪邊浣衣時，正巧聽見宋玉的爹，獨自一人坐在樹下朗讀詩書。

一個是青年才子，一個是俏麗美嬌娘，兩個人一見鍾情，便經常相約溪邊見面，可此時，宋玉娘親的家裡人卻逼著她嫁給一個富有的商賈做妾。只是，宋玉的娘親早已心有所屬，寧死不嫁，於是，便和宋玉的爹私逃到楚國結為連理。

楚人浪漫，相愛的情侶即使得不到父母同意，也能在楚國受到庶民百姓的祝福。幸運的是，宋玉的爹娘遇到一家農戶的好心收留，將一間棄置許久的木屋，讓給小倆口遮風避雨，這才免了他們餐風宿露的辛苦。

一年後，小宋玉出生了，為了養家活口，宋玉的爹還要接更多的抄寫活，才能讓妻兒沒有後顧之憂。日子雖過得清苦，但是初為人父的他，就算妻子端來的只是一碗清水，也會滿足得和抱著孩兒的妻子，相視而笑。

時光荏苒，正值小宋玉六歲生辰的那日，宋玉的娘親一如往常地在前院餵雞、撿雞蛋。丈夫能接的事情不多，所以家裡養的雞，生的蛋多是拿去賣了，換點東西充當家用，可宋母想著今日是宋玉的生辰，這幾個蛋，還是留給孩子吃吧！

一想到孩子能開心地剝著蛋殼，大口大口地吃蛋，一臉欣悅的宋母，就把那些蛋全都放進自己的兜裡，準備下鍋煮，可就在此時，卻聽得砍柴的丈夫，發出一陣劇烈的猛咳。

原本蹲在一旁沙地上寫字的小宋玉，連忙跑過來幫父親拍背、順氣，可誰知，原本身子骨就弱的宋父，竟咳出一大口血來。

「爹，您怎麼了？爹……」年紀小小的宋玉見爹爹吐血、昏倒，嚇得哭了出來。

「夫君，夫君。」大驚失色的宋母聽到聲音後，忙丟下雞蛋跑了過來，她抱著昏迷的丈夫無助哭喊：「夫君，你醒醒，醒醒啊！」

幾個下田幹活的農戶，在聽到宋家母子的哭喊聲後，紛紛丟下農具，幫忙將人抬進室內，但見面色如灰的宋父，怎麼搖都不醒，便大著膽子伸手一探，原來，人早已經斷了氣。

「不——夫君，你怎麼能丟下咱們母子自個兒走了，這叫咱們以後怎麼活啊——」悲痛欲絕的宋母，伏在死去的丈夫身上泣不成聲，卻怎麼也喚不回，那個朝夕相伴的良人了。

「宋家娘子，人走了，妳還是節哀吧！」幾個婦人向前安慰，依然止不住宋母淒厲的哀號。

「是啊！宋家娘子，人死不能復生，玉兒還小，妳千萬要保重身子啊！」

玉兒！對啊！她還有一個玉兒。

轉頭才見伏在丈夫腳邊的兒子，哭得一張小臉都慘白了，宋母這才伸手抱住兒子，大喊：「玉兒，我苦命的兒啊！」

家裡原本就已經一貧如洗，現下，連唯一的經濟支柱都倒了，無一技之長的宋母只覺天都要塌下一半，什麼主意都沒了。幸好，左鄰右舍合力弄來幾片木板，釘釘補補後勉強當作棺木，又選了個少有野獸出沒的山坡處，刨了個坑，這才將宋玉的爹，好好地給安葬了。

死去的人當神仙去了，卻留下活著的人，獨自面對茫然不知的未來。

一身喪服的宋母哭了三日三夜，直到眼淚流乾了，哀號到聲音也啞了，才像沒了魂魄的空殼似的，癱在丈夫的靈牌前。

小宋玉端著剛煮好的一點粟米粥，蹲在宋母面前，勸道：「娘親，您這幾日連一口水都沒喝上，肯定餓了，我把隔壁周大娘送來的粟米熬成粥，您多少喝一點吧！」

宋母空洞的兩眼，無神地直視著前方，似乎沒聽到兒子的勸慰。

「娘親，您別嚇玉兒，玉兒已經沒了爹爹，不能再沒有娘親了。」放下破碗的小宋玉，緊緊抱住宋母的胳膊，忍不住放聲大哭。

然而小宋玉的這一哭，才讓沒了生存意識的宋母，回過神來。

「玉兒，我苦命的兒啊！你爹爹走了，娘親也活不下去了。」宋母抱住兒子，跟著放聲哭了起來。

「娘親沒了爹爹，可還有我啊！」擦乾眼淚的小宋玉，見宋母回神，連忙振作起精神，「我會寫字，可以像爹爹一樣幫人抄寫書籍，娘親在家養雞、拾蛋，玉兒一樣可以拿去市集換吃的。」

「可是你……你還這麼小……」宋母又怎麼忍心。

「玉兒不小了，玉兒會代替爹爹照顧娘親，只要玉兒有一口飯吃，就絕不會餓著娘親。」

「孩子，我可憐的孩子……」面對這樣懂事的孩兒，宋母的心不禁揪得疼。

「娘親，玉兒日後就只能與娘親相依為命了，娘親千萬要保重好身子，不要讓玉兒一個人孤苦伶仃，可好？」

「好，好，娘親答應你，都答應你。」

小宋玉親昵地依偎在宋母的懷裡，終於免去了連日來的擔憂。

為了求溫飽，小宋玉將爹爹遺留下來的書籍重新謄抄，終日埋頭苦寫，然後搭著隔壁農戶家的牛車，將那些又沉又重的竹簡拿到城裡變賣。郢都街上人來人往，只是無論商賈或士大夫的門客，一看這麼貴重的竹簡，居然交給一個小小孩童放在地上叫賣，無不露出一副鄙夷的嘴臉。

「話說，能寫出這一手好字，卻又拉不下臉面來見人的，憑什麼賺咱們辛苦得來的錢？」幾個衣著不凡的男子，對著小宋玉的竹簡品頭論足，吐的卻是滿口的酸話。

「大人，這些書籍是小人寫的，大人若是喜歡，就賞小人幾個銅貝*買吃的吧！」擺了幾日都不見有人買的小宋玉，耐下緊張的一顆心，就希望今日能買點粟米，回去孝敬娘親。

「這，是你寫的？」高壯男子冷笑一聲，將竹簡丟棄在地上，「是你爹爹讓你出來唬弄人的吧！要本公子說，就你這年紀，還是好好回去把《詩三百》給背全，日後，興許本公子還能考慮考慮，要不要賞你一口飯吃。」

幾個男子聽後相視大笑，紛紛將手上的竹簡丟在地上，全然不理會小宋玉的解釋。

「《詩三百》我早已背全了，大人如果想聽，小人可以馬上背出來。」見狀的小宋玉

---

* 銅貝是一種上廣下尖瓜子形，面部有「咒」字，形狀似海貝的貨幣，又稱蟻鼻錢、鬼臉錢，是春秋晚期至戰國末期的楚國鑄幣，也是中國和世界上最早的金屬鑄幣。

不慌不亂，撿起竹簡拍掉沾上的泥土，大著膽子回話道。

高壯男子聞言收了手上的玉骨摺扇，饒富興致的說道：「哦！既然你大言不慚，就莫怪本公子欺負弱小了。」

「還請大人賜教！」作揖的小宋玉也不甘示弱。

「那就……背首〈關雎〉如何呢？」

「關關雎鳩，在河之洲。窈窕淑女，君子好逑。參差荇菜，左右流之。窈窕淑女，寤寐求之。求之不得，寤寐思服。悠哉悠哉，輾轉反側。參差荇菜，左右采之。窈窕淑女，琴瑟友之。參差荇菜，左右芼之。窈窕淑女，鐘鼓樂之。」

沒想到，這孩子小小年紀，竟然也能將〈關雎〉背得如流水一般，更難得的是，他的聲音猶如谷中清泉，乾淨且明亮，讓人聽著身心都不禁舒暢了起來。

凝眼注視著眼前的孩子，模樣清瘦卻不孱弱，五官精緻的臉蛋白白淨淨，應對進退更勝同齡孩子。

面色一紅的高壯男子冷哼一聲，不由分說地轉身就要離開，卻被身後的小宋玉給喊住：「大人，《詩三百》小人都會背，您就賞臉買個竹簡吧！大人。」

眾人見高壯男子停下腳步，還以為他真被一個孩童給唬住，正要勸他別理會時，高壯男子已經從腰際上扯下一塊玉佩，丟給小宋玉。

「十年後，你如果還能寫得一手好字，就拿著這塊玉佩來找我吧！」語畢，便在眾人錯愕下，逕自離開。

「謝大人，小人定會記住大人的教誨，努力習字的。」感激不盡的小宋玉，望著遠處的背影，高喊著。

與此同時，一輛剛進城的馬車，正緩緩地通過熱鬧的市集，坐在馬車裡的人，將車邊的窗格打開，好觀察都城百姓們的生活日常。只是，方才他好似聽到有孩子在朗誦《詩三百》，而且倒背如流，好奇的他便吩咐車夫，在小宋玉的面前停下。

一身輕便深衣的中年男子，搭著車夫的手走下車來，並對著眼前模樣俊俏的孩子上下打量。

小宋玉見來人衣著不凡，舉止有禮，便也向他躬身作揖，「大人，要買詩嗎？小人寫的《詩三百》可工整了，擺在書房裡絕不丟人。」

聞言的中年男子見孩子不羞不赧，還一臉的自信，便和藹笑問：「孩子，方才聽你背〈關雎〉，甚是熟稔，但不知《詩三百》你會幾首？」

「《詩三百》有詩三百零五篇，篇篇小人都能熟背。」昂首的小宋玉，大聲回道。

「好孩子，你如此聰穎，師承何人呢？」

「自小人能說話起，爹爹便教我讀書、識字，但如今爹爹亡故了，日後，怕是沒有人可以再教我了。」故作堅強的小宋玉，用短小又破舊的袖子，抹掉即將落下的淚。

「這樣啊！」斂下神色的中年男子彎下身子，伸手摸了摸小宋玉的頭，又道：「在下姓屈，名平，孩子，你可願意到老夫的府上學習呢？」

屈——平，那不是……？

天啊！受驚不小的孩子張大嘴巴，一時答不出話來。

因著左徒大夫屈原的賞識，管家周伯驅車來到城外，向宋母表明了接宋玉到屈府學習的來意。

宋母雖然捨不得宋玉小小年紀就離開自己的身邊，但能跟著楚國的左徒大夫學習，那是三輩子都修不來的福氣，為了孩子的將來，她不得不忍痛將宋玉送去屈府，免得孩子像他爹一樣，抑鬱終生。

「孩子，此去無論讀書、寫字，都要好好向大人學習，待人處事也要遵從大人的教誨，才不致辜負你死去的爹爹，還有大人對你的期望。」宋母將家裡僅剩一件沒補過丁的衣裳拿給孩子穿上後，不忘再次叮嚀。

「娘親，玉兒暫時不能在娘親的身邊照顧，您一定要好好保重身子，待玉兒功成名就後，再回來侍候您。」從未離家的小宋玉，吸了吸鼻子裡的傷心，硬是將心中的不捨深藏。

「好，好，娘親會在這裡，等著我的玉兒光宗耀祖地回來。」伸手抱住這個心肝肉，哭得像淚人的宋母，就怕孩子這一去，母子倆不知道要多久才能再見上一面。

周伯見天色不早，為了避免耽誤進城的時間，只好出口勸慰：「宋大娘子請放心，我家大人極為賞識小公子的才華，絕不會虧待小公子的，您就安心將小公子交給我家大人吧！」

聞言的宋母，連忙舉袖擦擦一臉的傷心。來楚國多年的她，當然知道屈原是個守信重諾的君子，也明白他定是慧眼瞧出了宋玉的天分，這才不惜派人親自來接，哪怕將來宋玉只能在屈府當個小小的門客，也總比在這荒郊城外，當個落魄文人的好。

勉強擠出一絲笑意的宋母，將孩子的手交給周伯，並對著周伯深深一鞠躬，「玉兒自小生活在鄉野，賤妾也不懂得管教，還望大人看在玉兒年紀尚小，能多約束指導，讓他將來成為有用的人。」

周伯見面色憔悴的宋母舉止有禮，不像其他鄉野村婦那樣粗俗，便也跟著回禮，「大娘子儘管放心，我家大人定會好好照顧小公子的。」

語畢，周伯牽起小宋玉的手，一起走向馬車。

「玉兒，要好好聽大人的教誨，千萬別鬧脾氣，記住了。」亦步亦趨的宋母，對著孩子的背影提醒。

「娘親，孩兒知道了。」小宋玉一步一回首，見娘親又哭了起來，也跟著落淚，「娘親回去吧！待玉兒學得一身本事，再回來孝敬您。」

「好，好，娘親等你，在這裡等……等你……」眼見孩子被抱上馬車，宋母的淚珠有如雨下，「玉兒……我的兒啊！」

馬車裡的小宋玉聽得娘親泣血哭喊，也禁不住趴在膝上大哭起來。

進了城後，馬車在平坦、寬敞的官道上加快速度。

周伯拿出一條帕子，讓宋玉擦乾臉上的淚痕，叮囑道：「大人剛回到都城，朝中諸多事宜都還等著大人處理，一會兒你沐浴更衣後，自有人安排你的住處，來日待大人得空時，你再拜見。」

「麻煩大人了。」好不容易止住傷心的宋玉，一聽周伯說，不知道何時才能見到屈原，頓時一顆心都冷了下來。

屈原身為楚國左徒大夫兼太子傅，即使朝政再繁忙，也不忘抽空教育楚國的未來棟梁。但除了那些王公貴族的孩子，小小年紀便能入府學習之外，跟了屈原數十載的周伯，還未見過大人如此看重一個孩子。

而今這個路邊賣書的小童，不僅讓大人為他停下巡查市集的腳步，甚至還讓隨身侍候的自己，親自出城將宋玉接入府中，可見這個孩子天資不俗。

一想到這裡，周伯臉上的笑容不覺更深了些，「小公子莫要客氣，府裡的奴婢、小廝都喊我周伯，你便也跟著這般叫吧！」

「那周伯也別喊我小公子，直接叫我玉兒吧！日後，玉兒如果有不懂事的地方，還望周伯能時時提點、照顧。」宋玉雙手一揖，感激謝道。

見孩子如此有禮，和藹一笑的周伯正要再說，外頭的車夫卻已經喊道：「周伯，到了。」

車夫打開車門，讓周伯先下，再抱著小宋玉下車。

屈府雖大，但馬車卻未駛進府裡，而是停在遠處巷子裡的一道小門前，周伯見孩子張望著兩側高聳的外牆，絲毫未見懼色，果然頗有膽識，於是牽著宋玉的小手，從側門踏入府中。

守在側門的幾個下人見管家回來，紛紛上前聽候差遣。

周伯讓人先給宋玉沐浴、更衣，又安排好飯菜後，才到書房面見屈原，但見大人神情嚴肅，奮筆疾書，似乎尚未得空，便靜靜地站在一旁等著。過了好一會兒，長嘆口氣的屈原放下筆，抬起頭，才發現周伯早已在書房立身許久。

「孩子都打理好了嗎？」將竹簡擱置一旁，揮揮長袖的屈原問道。

「都打理好了，只是小的見大人公務繁忙，未敢帶過來拜見。」周伯回報。

「如果孩子還沒有睡下，就帶來見我，若是累了，那就明日待我下朝再見吧！」雖然一臉疲憊，但屈原對宋玉這個賣書小童，還是懷著好奇之心。

「唯。」聞言的周伯心下一跳，轉身趕緊去找宋玉。

宋玉雖然是個孩子，但畢竟是屈原主動找來的，屈府的下人為了避免怠慢了這位嬌客，無不仔細侍候著。只是難得聞到肉香的宋玉，迫不及待地一口咬下汁多味美的燒鵝後，驟然想起了那個含辛茹苦，將他養大的娘親還在城外受苦，不覺又落下淚來。

守在一旁的小廝見狀，還以為是上的菜不好吃，正要開口詢問時，已聽得房外周伯急切的腳步聲。

見孩子尚未就寢，匆匆趕來的周伯面露喜色，拉著宋玉的小手說：「大人要見你，小公子快隨我來吧！」

此時的天色已晚，可屈府的每一處長廊都掛著燈籠，宛如白晝，大紅的燭火在夜風中舞動、跳躍，為孤寂的夜色，更增添幾分唯美和浪漫。

加緊腳步的小宋玉，跟著周伯彎彎繞繞，又經過了幾處假山、亭臺，這才來到屈原的書房。

「小人宋玉，承蒙大人收留，恩同再造，還請大人受小人三拜。」見到恩公的宋玉激動跪下，對著座上的屈原拜了三拜。

「收你入府，是見你有幾分才華，但能否一直留在府中，端看你的造化。」微微一笑的屈原站起，走向前，伸手扶起宋玉問道：「那日你曾說，《詩三百》篇篇都能熟背，那除了《詩三百》，你還讀過些什麼？」

「小人自幼跟著爹爹習字，除了《詩三百》，還背過四子書，和些許的《禮》與《樂》。」

「那你爹爹可有向你解釋，這些書裡的意思？」撫鬚的屈原問道。

「爹爹只跟小人說過《詩三百》，還有一部分的四子書，餘的尚未來得及講解就……」一想到亡父死前的慘景，宋玉就不禁眼圈泛紅。

沉思了好一會兒的屈原，忍不住想探探這個孩子的底，「那老夫且問你一問，四子書的《論語》裡，孔夫子有云：弟子入則孝，出則弟，謹而信，汎愛眾，而親仁；行有餘力，則以學文。你可知，是何意呢？」

仔細聆聽的小宋玉低頭想了想，恭敬回道：「聖人告誡弟子，做人要懂得孝順父母，友愛兄長，為人處事要謹慎小心、講信用，能用愛來對待百姓，就算是仁德之人，不僅如此，餘的時間還要努力學習，充實自個兒的知識，這樣才有機會報效國君。」

「好孩子，你說得很好。」拍拍小宋玉的肩膀，開懷一笑的屈原，對著一旁的周伯說：

「待明日起，你就帶著玉兒到學塾[*]，和那些孩子們一起聽課吧！」

周伯見宋玉小小年紀，就能將聖人孔夫子的話闡述得如此精闢，也是受驚不小，連忙回：「唯。」

一臉歡喜的宋玉，連忙躬身拜道：「玉兒謝大人。」

* 盛行於春秋戰國時期的一種學制，《禮記．學記》有載：「古之教者，家有塾、黨有庠、術有序、國有學。」有家世背景的士大夫，都會請當朝或退休的官員到府裡指導、教育自家子弟，以便日後從政為官。

第八章

生存之道

周伯按屈原的吩咐，將小宋玉帶到學塾和大家一起研習，這裡除了屈氏、景氏、昭氏三姓王族的子弟外，還有一名較為年長的孩子，名叫唐勒，因其文采過人，被屈府的門客引薦入學。

按理，宋玉的年紀、個子都小，應該安排坐在最前頭，但考慮到三姓王族們的強勢和霸道，斟酌再三的周伯，還是讓宋玉到後頭與唐勒一起，以免招惹其他人的不快。

可即使是思慮再怎麼周全的周伯，也很難讓外表出眾的宋玉，不引起其他孩子們的注意。尤其，在得知宋玉是屈原從外頭撿回來的鄉野窮小子時，幾個仗勢欺人的世家公子，無不想找機會羞辱他。

幸好，周伯派來的小廝，總是一下課就將宋玉接走，省了許多不必要的麻煩。

轉眼五年過去，宋玉在屈原的教導下，辭、賦皆有見長，甚至凌駕於早先入學的世家子弟之上。幾位公子紛紛揣測，長期寄居在屈府的宋玉，是否私底下受太傅的個別指導，才得以進步神速。

這日，拿著竹簡坐在前方的屈原，正捋著長長的鬍鬚，對弟子講解四書五經裡的《易》。

「你們手上的《易》，是先人記載天地萬物變化的典籍，有著『群經之首，大道之源』的美譽。《易》分為《連山》、《歸藏》和《周易》，其中《周易》便是巫覡用於求問吉凶禍福的卜筮書。咱們楚人素有崇巫尚卜的習俗，而卜筮就是為了對事物的發展，進行更準確、客觀的預測。」

「宮中有為國君占卜的巫祝，專責傳達天帝的旨意，還有負責祭祀的沈尹氏，讓大王的願望得以上達天聽。至於，巫祝要如何從占卜出來的卦象中，判斷事情未來的發展與趨勢，你們就跟老夫一起來唸唸。」

「天氣為歸，地氣為藏，木氣為生，風氣為動，火氣為長，水氣為育，山氣為止，金氣為殺……」在座的諸位公子，宋玉和唐勒，跟著屈原一起朗朗背誦。

《易》雖然是集哲學、政治、科學等諸多領域的經典，但既有巫祝代勞，他們這些公子們也就無須親力為之，所以都聽得有些意興闌珊，唯有宋玉伏案，學得津津有味。

昭氏的嫡子昭唐早就看宋玉不順眼了，因著屈原朝中有事提早離開，小廝又還未來得及接人，便趁機將宋玉桌案上的竹簡給搶了過來，並大聲喊道：「瞧瞧這沒爹的落魄窮小子，居然學得比咱們都有模有樣啊！」

聞言的幾位貴族子弟見狀，哄堂大笑。

連忙站起的宋玉一驚，正想將竹簡搶回去，卻又怕得罪昭唐，只好恭敬說道：「還請公子唐將竹簡還予小人。」

「急什麼？」身材魁梧的昭唐故意將竹簡舉高，並走入公子們中，譏諷道：「來來來，讓咱們瞧瞧，窮小子都寫了些什麼？」

幾位公子見屈原不在，沒人能當宋玉的靠山，於是壯著膽子與昭唐一起瞎鬧了起來。誰知，高聲喧嚷的昭唐還沒有開始唸，便有人趁他不防，將昭唐手上的竹簡又給搶了去。

「誰！誰小子膽子恁大，敢找本公子的碴。」怒不可遏的昭唐，掄起拳頭就要揍人。

「他寫了些什麼都不關你們的事，大家都是同窗，何必找人麻煩。」說話的，正是景氏的嫡長子——景差。

語畢的景差，將竹簡還給眾人身後的宋玉，再說道：「太傅常告誡我們，學習不論身分貴賤，難道，你們連太傅的話都敢不聽了嗎？」

眾人你看我、我看你，誰都不想招惹這位景氏的大公子，於是紛紛無趣地散開。

感覺被拆臺的昭唐，氣得回嘴道：「你我同為羋姓分支，為何反替一個外人說話？」

「宋玉生在楚國，長在楚國，和我們一樣受太傅的教誨，何來的外人之說？」景差拉著宋玉的手，走入公子們中，「況且，現下楚國正是用人之際，大王廣招民間賢德，指不定來日，宋玉便是我朝堂上的棟梁賢才。」

「就憑他那來路不明的身世？」昭唐大笑。

景差是景氏嫡子，雖然年紀尚輕，但從小耳濡目染，對朝堂之事也多有瞭解。

誰都知道，楚國朝政早由令尹子蘭和屈氏、景氏、昭氏三姓王族把持，熊橫雖是國君，但根本沒有實權。所謂的廣招民間賢德，不過是順應朝臣莊辛的意思，至於所謂的賢德能否真正入朝為官，還不是貴族們說了算。

只是，宋玉既是屈原親自帶回來的，學習又比他們這些公子認真有長進，日後若是由屈原引薦，要登上楚國朝堂也不是不可以。

思及此，景差不得不替宋玉辯駁：「昔有魯人顏子，雖然家境貧窮，卻能安貧樂道；為人聰敏好學，聞一便能知十；就連聖人孔夫子都讚其品性優越，有賢德。由此可知，富貴、貧困並不能貶抑一個人的才華與德性，諸位又何須拿宋玉的出身作文章呢？」

昭唐不過是想藉機數落宋玉，沒想到景差卻為了一個賤民出頭，昭唐知道自己說不過景差，憤憤咬牙後，冷哼一聲，甩袖而去。

眾人不願見罪於景氏嫡子，於是也紛紛跟著逃之夭夭。

面對昭唐的仗勢欺人，拿回竹簡的宋玉始終不發一語，但心裡對景差的果敢和仗義直言，欽佩不已。

見公子們走後，宋玉慎重的對著景差深深一揖，「謝公子差，子淵感激不盡。」

「我只是見不慣他們老是欺負你，沒什麼好感不感激的。」不以為意的景差拉住宋玉的手，小聲道：「他們都說你住在屈府，肯定受太傅不少關照，都心生不平呢。」

眉眼一皺的宋玉，謹慎回道：「這五年來，子淵確實受太傅不少關照，食、衣、住、行無不妥貼，但絕非公子唐口中的私相授受。」

景差知道宋玉向來不多話，本想藉此機會探探，沒想到宋玉口風這麼緊，於是故作輕鬆笑道：「那是，即使像我這麼有天分的，太傅都未曾私下多教我一些，可見太傅對所有弟子都是公允平等的。」

「公子差是人中鳳凰，辭、賦皆得白太傅真傳，太傅又何須再多教你呢？」

「沒想到你平日少言語，一出口便驚人，難怪太傅喜歡你。」

對景差的恭維，宋玉沒有再多作回應，像他這麼貧賤的出身，小心避開貴族間的爭鬥，才是真正的生存之道。

時光荏苒，宋玉來到屈府已經十年，年紀漸長的他，比起同齡的孩子都要懂事、穩重，所以便跟著周伯打理起屈府的大小事，並負責抄寫屈原從各國帶回來的詩辭、經書，日子過得還算充實。

周伯可憐宋玉整日掛念孤獨守在城外的母親，於是，經常利用外出辦事的名義，讓宋玉一同乘車去照看。宋母得知兒子在屈府受到重視，也不禁寬慰，總是勉勵兒子早日成為屈府的門客，為亡父爭光。

可此時的屈府，卻籠罩在一片不安的烏雲之中。

大殿上，坐在王座的熊橫一臉鐵青，子蘭立在一旁，肅穆的屈原和靳尚則站在大殿中央，兩側的朝臣們交頭接耳，面露懼色。

「大王，秦王自打下韓國後，就對我等虎視眈眈，大王應當趕緊命將士們操練兵馬，以期能與日漸壯大的秦國相抗衡啊！」好不容易等來熊橫上朝，洞察秦王嬴稷野心的屈原，不得不出言提醒。

「左徒大人，現如今我與秦國相安無事，你這是要故意挑起兩國爭端嗎？」受秦相張儀挑撥的靳尚，極力反對抗秦。

「相安無事？靳尚，秦王狼子野心，天下誰人不知，大王怎可貪圖一時安逸，而故作不知呢？」可屈原的這番直言進諫，卻讓不以為然的熊橫，冷哼一聲。

「屈左徒，大王自繼任以來，日夜為國事操勞，朝臣都是有目共睹的，何來貪圖安逸之說？」令尹子蘭跟著唱反調。

聽到異母弟弟子蘭，在大臣面前稱讚自己，熊橫面露喜色。

「大王難道忘了，先懷王是怎麼死的嗎？殺父之仇不共戴天，為人子女焉有不報之理？」對於子蘭的逢迎拍馬，屈原根本不予理會。

被屈原罵得動怒的熊橫，反駁道：「但寡人不僅是先王的兒子，也是楚國國君，寡人必須護楚國百姓周全。」

「大王說的這些都是藉口。其實，大王根本就是想躲在王宮裡，苟且偷安而已。」再也看不下去的屈原道出事實。

「屈原，你、你好大的膽子，竟敢汙衊寡人，來人啊！」難得上朝的熊橫，在眾人面前被屈原罵得禽獸不如，拉不下臉面的他怒指著屈原下令：「將屈原貶至陵陽，未經寡人允許，永不得回朝。」

屈原沒想到自己的一腔熱血直諫，竟換來國君的無情對待，痛心疾首的他，指著王座上的熊橫搖頭道：「昏君啊昏君，楚國總有一天會毀在你的手裡。」

怒極的熊橫揮袖大喊：「快快快，快把他帶走，能滾多遠滾多遠，再也別教寡人瞧見。」

大殿外的御衛，奉命捉住這位尊貴的左徒大人，並將口中不斷喃唸的屈原給架走。

「昏君，昏君，天要亡楚，要亡我楚國啊！」

熊橫氣得轉頭離開，一旁的令尹子蘭與靳尚相視而笑，可大殿兩側的朝臣臉上盡是擔憂。

屈原是個懷抱鴻鵠之志的人，一心想讓楚國興盛強大，但先懷王熊槐因受小人離間，與屈原漸漸疏遠、不重用他。現任的熊橫昏庸又怕事，更不敢聽從屈原所提的激進主張，以至於屈原未能得志，便又再次被貶到遠處他鄉。

王令很快傳遍整個郢都城，原本學生、門客眾多的屈府，頓時變得門可羅雀，府裡的家僕和奴婢，也面露哀容地聚集在院子裡，等著領錢走人。

心灰意冷的屈原坐在書房，緊握著筆，卻再也寫不出勸諫的半個字，聽到消息的景差趕來為恩師餞行，見愁著臉的宋玉正立在一旁。

「大王命我即刻離開郢都，咱們師徒日後要想見面，恐怕很難了。」這一去何止百里，感歎國君無情的屈原，不禁搖頭道：「如今，唯有玉兒讓為師放心不下。」

「太傅，讓小人和周伯一起去侍候您吧！」忍著啜泣的宋玉，終於掉下淚來。

「如今，楚國已經到了危急存亡的時刻，最需要的就是人才，玉兒，你是個有才華的孩子，將來一定要留在郢都輔佐大王。」即使國君不要屈原，但他還是一心為楚國的將來設想。

「難得你有心，願意來送為師。」屈原轉頭看向景差，這孩子亦是他看重的人才，更何況還是景氏的嫡長子。

「太傅的教育之恩，子逸沒齒不忘，日後，子逸定不負太傅重望，好好輔佐大王，振興楚國。」政治雖然無情，但面對恩師十年來的教導，景差還是對著屈原恭敬一拜。

屈原向前扶住景差的手，滿心寬慰，「好孩子，景氏是楚國貴族，為師希望你能照顧好玉兒，等候時機引薦給大王。」

「太傅，讓小人隨行吧！」屈原對宋玉有再造之恩，宋玉實在捨不得離開他啊！

屈原對著落淚的宋玉，嚴正斥道：「你忘了對母親許下的承諾，還有亡父的教誨了嗎？

日後，楚國就靠你和子逸了。」

聞言的景差正色，再次躬身對著屈原一拜，「唯。」

積極認真的宋玉，自從跟著屈原學習後，始終盼著有朝一日，能像太傅一樣，將所學貢獻給國家社稷，然而隨著屈原被熊横放逐，這條仕途算是就此斷了。就連原來在屈府就學的那些門生，也都避嫌的避嫌、離散的離散，願意繼續留在郢都的反而不多。

屈原將鍾愛的學生宋玉託付給景差，因為屈原知道，宋玉是塊璞玉，只要經過磨煉，肯定能成就一番大事業。而唯有景差，願意與家貧又沒有靠山的宋玉為友，相信年紀輕輕，便能隨侍熊横左右的景差，必能將宋玉舉薦給大王。

果然，屈原離去沒多久，宋玉就當上了文學侍從。

宋玉與景差都在辭賦上見長，是屈原極為賞識的，身為學生的兩個人也經常一起作賦，相互交流。因此，景差也歡喜與宋玉共事，免得自己在朝中無聊。

即便如此，離景差舉薦將近三個月，宋玉卻始終無緣見到熊横，雖然身為文學侍從的他，每個月都有俸祿可領，只是這樣的閒差，宋玉還是當得心裡不踏實。不過令宋玉雀躍的是，宮裡的藏書閣有數不盡的書籍可供閱覽，所以連日來，他都待在閣裡翻閱各國經典。

楚國的藏書雖多，但仍偏重神鬼的巫行之術，拜當年屈原出使五國之便，抄回不少其他國家的著名典籍，這才使藏書豐富了許多。

楚國朝政日益腐敗是不爭的事實，貧賤出身的宋玉即使入朝，依然得不到大王的青睞，也讓滿腹經綸的他，有志難酬。幸好，因為景差的關係，讓無事可做的宋玉，得以任意進出藏書閣重地，否則真不曉得在這偌大的楚宮中，要如何度日。

這日，剛下朝的景差推門而入，見好友正坐在桌案旁認真翻閱典籍，不禁笑道：「就猜到你在這裡。」

聞言的宋玉抬頭，對著景差一笑，原本背著手的景差從身後拿出竹簡，得意道：「瞧我拿了什麼來。」

不拘小節的景差，率性地坐在桌案上，並將竹簡放在宋玉面前，「聽說，是當年屈太傅從齊國稷下學宮抄回來的副本，一直收在大王那裡，我是好不容易向大王借來的，你可要好生保管。」。

難掩興奮的宋玉，急忙將竹簡攤開，果然是他想要的那本書籍，「沒想到，你真的找到了。」

屈原曾和宋玉提過這本《天文》，是魏國天文學及占星學家石申所寫，記錄有關五星、交食和恒星等活動的稀有典籍，楚國僅王宮抄有副本八卷，景差拿來的，正是開頭的第一卷。

「那可不。現下大王正為了要不要和秦國議和的事煩心，沒空召見你，為兄我自然要對你多關照關照。」雖然只比宋玉年長幾個月，但論起出生，景差還是一臉得意。

提起召見，一臉無奈的宋玉收起竹簡，感嘆道：「大王自有大王的難處，如果不是你，我還當不了這小小的侍從。」

不以為意的景差拍拍宋玉的肩膀，安慰道：「放心，有為兄在，大王絕不會冷落你的。」

入朝後，宋玉便看出景氏在朝堂的勢力，自是不會懷疑景差的承諾，抬頭一笑的他點點頭，而後將竹簡收好，並打算謄抄一份拿回家再仔細研讀。

早在屈原收宋玉為學生之時，出入屈府的眾多門客，就常對宋玉驚人的外表為之傾倒。隨著宋玉進出宮中的日子頻繁，許多不曾見過他的朝臣們，也開始注意起這個屈原的得意門生。

雖說，宋玉的絕美容貌是源自於母親，但在日漸豐沛的文學養成中，他的一舉手一投足，無不流露出高貴俊雅的風流韻味。即使因為家貧、地位低微，卻絲毫沒有阻退那些仰慕他的貴族女子，甚至是——男子。

楚國人愛美，無分男女，開放的民風也不排斥同性之愛，於是，宋玉的迷人丰采在郢都城，可以說是家喻戶曉、無人不知。

屈原在時，大家看在太傅的顏面不敢造次，然而靠山一失勢，各種吃不到葡萄說葡萄酸的傳聞，便不脛而走。

宋玉一如屈原，生性素潔，雖然在宮中只是當個小小的文學侍從，然而，登門送禮和邀宴的達官、貴人從不間斷。但宋玉既不愛與陌生人親近，更不喜歡交際，讓覬覦他的那些人，只能遠觀，卻如何也吃不到，硬是恨得牙根發癢。

連同景差舉薦他一事，也被說得極為難聽，什麼「以色侍君」的鬼話，都傳得滿天飛。

雖然，還沒機會見到大王的宋玉，並不理睬這些流言蜚語，他行得正、坐得直，根本無須把這種謠言放在心上。只是，自宋玉入宮到現在，大王一次都沒召見過，他多少還是會有點擔心，大王是否會因為謠言而疏遠他。

第九章

以色侍君

這日，宋玉仍舊是風塵僕僕地走到藏書閣，打算繼續埋首在成堆的書卷裡，卻不料，身後傳來一陣急促的叫喊聲：「先生？——先生！」

聽到陌生呼叫的宋玉疑惑轉身，見一清瘦的宮中侍者臉紅脖子粗，氣喘吁吁地從他身後一路跑來，「先生……讓小的好找。」

拍了拍胸口，身穿宮服的瘦小侍者，急嚥下一口水後說：「大王找您呢！請趕緊隨小的晉見吧！」

終於，等到了……。

跟著侍者急急忙忙趕到宮門外時，大王還在與朝臣們議事，宋玉不是什麼大官，只能在門口候傳。夏季的毒日頭晒得泥地滾燙，他不得不拿出太傅送的檀木扇子，幫自己搧搧涼，以免流汗失儀。

等了近半個時辰，朝臣們才陸陸續續地從議殿裡走出。

宋玉雖至宮中不久，但在太傅府上也習得不少該有的禮儀，見大臣們浩浩蕩蕩向此處走來，他連忙退到一旁，對那些朝臣恭敬的拱手作揖。

「我道是誰塗的粉這樣香，原來是宋玉這廝。」走在朝臣們前頭的，是名身穿華麗服飾，腰戴精美龍形玉佩的令尹子蘭。

想不到阻撓了三個月，王兄還是召見了他，子蘭冷冷地朝一旁的宋玉睥睨一眼，滿臉不屑。

「令尹大人此言差矣。莫說是楚國，就算把全天下的粉都找來，也無法與大人府上的相比。況且，這宋公子看似膚若凝脂、細如白瓷，但他可是從不抹粉的。」隨行的上官大夫靳尚跟著幫腔，就差沒澆上油，讓火燒得更旺。

「上官大夫對他瞭若指掌，莫不是也看上了這廝？」子蘭見靳尚那半百的年紀，頭髮都花白了，有那力氣嗎？

「大人說笑了。宋公子這般麗質天生，就連倚蘭苑的姑娘都要自嘆不如，老夫又怎會不知呢？」打從兩年前，靳尚在屈原府上見過宋玉後，對他舉手投足的丰采便已無法忘懷，雖說靳尚並不好男色，但對宋玉這樣的天仙完人，還是不由自主地迷戀。

「如果年紀輕輕就要擦香抹粉，恐怕那一點俸祿都不夠他用。再說，倚蘭苑的姑娘愛打扮，是為了給男子取樂，宋玉這廝長得貌美如花，難不成，是要給那些姑娘作樂的嗎？」

子蘭說話的聲響大，讓走在他身後的靳尚和眾朝臣，也跟著一哄而笑。

其實，宋玉與子蘭從未有過交集，子蘭無端羞辱宋玉，只是因為宋玉的美是麗質天生，不像子蘭，是擦脂、抹粉堆砌出來的。再加上子蘭是王族，身分高貴，但宋玉不過是個賤民，憑什麼美貌傳遍郢都，甚至被眾人拿來與子蘭相提並論？

即便如此，朝臣中還是有一高壯男子，正眼瞧了瞧宋玉腰際上的玉佩，卻也是不動聲色地匆匆瞥過，沒再多停留。

眾人見宋玉不羞不惱地恭敬依舊，反倒無趣地冷哼，快步而過。

宋玉對他們如此禮讓，這些人卻毫不掩飾地惡言嘲諷，真是令人難以忍受。

「罷了，類似這種閒言碎語聽多也麻木了。」宋玉甩甩衣袖，不理便是。

散朝後，宋玉隨著侍者來到議事的偏殿，見景差早已在那裡候著，他朝宋玉努努嘴，示意大王在裡面。

兩個人又等了約一刻，才見大王換了身輕便寬衣，緩緩從殿後走出。

熊橫今日刻意換了件繡有火紅鳳凰及祥雲圖飾的袍服，來召見他的新臣子。頭戴玉冠的他，神采奕奕地坐在王座之上，寬廣的額頭豐盈飽滿，濃密的劍眉微微揚起，黑白分明的目光灼灼，略為魁梧的身形，在寬大的袍服下，更顯得神氣威武。

「微臣宋玉，拜見大王。」斂下雙眸的宋玉恭敬地跪著，卻忍不住好奇地用餘光瞄向前方，大王的步履穩健、豪邁，看起來心情不差。

「抬起頭來。」溫厚而有磁性的嗓音帶著些鬆軟，卻不失威儀，熊橫期待這一刻很久了，終於見到這個傳遍整個郢都的盛名男子。

雖然，眾朝臣都說宋玉此人徒具美貌、不學無術，憑著屈原的關係到處招搖撞騙，實則一點才學都稱不上，然而因為景差的舉薦，熊橫還是把宋玉召進宮來。

景差跟隨熊橫一年有餘，他對景差的學識是知道幾分的，如果景差都認同宋玉的文采，那多一個人為他歌功頌德，豈不更好？況且，熊橫也很想知道，整個郢都城為之著迷的男子，究竟是何樣貌？

然而，眼前跪著的男子不若熊橫所想像，看來還很年少，似白玉般通透的肌膚，隱隱泛著盛夏的紅光，雙眸熠熠如秋水，卻又像一汪大湖深不可測。

果然是天仙絕色、俊俏非凡，就連後宮的三千佳麗也很難與之相比。

閱女無數的熊橫，打從心底發出一聲讚歎，此人如果是個女子，該有多好？

可跪著的宋玉不解大王何故歎息，便猶疑地將自己的眸光迎向他。一時間，殿內的氣氛靜謐尷尬，大王一直不說話，任由那道赤裸裸的目光，毫無忌憚地燒著宋玉。

景差見苗頭不對，大膽乾咳兩聲。

硬是被拉回神的熊橫會意，意猶未盡地收回自己貪婪的目光，連忙道：「好、好，起來吧！」揮揮長袍，即使換了一身輕便衣裳，熊橫還是覺得熱。

「謝大王。」又一拜，宋玉這才敢起身退到大殿一側。

「寡人聽聞先生自小跟著屈先生學習，琴、棋、書、畫無一不通，尤為辭賦更是精妙。」熊橫拿起桌案上的茶一飲而盡。

「屈先生學富五車、學術淵博如滔滔之江河，宋玉不才，不敢辱沒先生盛名，只期能跟在大王身邊吟詩作賦，以娛聖駕。」早已聽聞大王喜歡受人恭維，再加上有太傅這個前車之鑑，宋玉不得不更加小心應對。

「屈先生才高氣傲令人佩服，但就是不懂寡人的難處。」

雖說，熊橫與屈原決裂是事實，然而，屈原畢竟是楚國倚重的老臣，以後興許還有用得到的地方。況且，熊橫根本不認為驅逐屈原是他的錯，有朝一日等屈原想明白了，自然會回來。

面對複雜的政治算計，屈原並沒有向自己的學生解釋太多，甚至沒提過自己被大王流放的原因。宋玉還是透過府中門客的談論，才得知一些細微末節，後來又從景差那裡探得，是屈原與大王在政見上相左所致。

宋玉自小跟著屈原，察言觀色的本事自然學得不少，他知道自己並非名門之後，即使有滿腔的理想、抱負，但在羽翼未豐之前，還是不宜鋒芒太露。再者，大王耳根子輕，易受小人挑撥，因為好色又經常不理朝政，唯一把持政要的令尹大人和上官大夫都不喜歡他，即使宋玉講得再多、再好也無用。

思及此，宋玉的滿腔熱血，竟是滅了大半。

「大王非常欣賞你的詩賦，興許很快便有機會再次召見你，出遊陪王伴駕。」出宮後，景差興致勃勃不停地講著，可一旁的宋玉卻苦著臉，許久未答，讓好奇的景差不禁問道：

「怎麼，不高興？」

「唉……心灰意冷。」宋玉只能在心中嘆息，無法在景差面前直言，畢竟身為貴族一員的景差不像自己，凡事都要步步為營，說的再多，在旁人聽來不過都是庸人自擾，無病呻吟而已。

「怎麼會，只是覺得大王似乎更喜歡大哥——你作的賦。」答非所問的宋玉避重就輕。的確，景差隨侍熊橫的時間長，自然比宋玉更容易投其所好。

「那是，我可是屈太傅的得意門生，怎可輸給你這半途殺出的臭小子？走，今日我請客，咱們去喝個痛快。」洋洋得意的景差拉著宋玉的手，一副非去不可的態勢。

「大哥請客，小弟怎敢不從？只是，這回酒錢可要帶夠，否則，小弟就算是舌粲蓮花，也強不過酒家掌櫃的那隻掃帚。」宋玉想到上回兩個人因為酒錢不夠，被掌櫃掃地出門的糗事，還記憶猶新，自己可不想再丟人了。

「放心，瞧！這些夠不夠？」景差掂了掂腰間重重的錢袋，與垂掛腰側的翡翠玉佩，敲得叮噹作響。

宋玉不善飲酒，可景差卻往往不醉不歸，常弄得他疲累不堪。

無奈的宋玉搖頭一笑，既然景差有恩於他，就當作自己陪客謝恩吧！

隔日一早，陽光明媚，輕悠悠的浮雲淡淡地飄過，院中燦燦的金色在樹蔭下晃啊晃啊，像極了抖落一地的金黃花瓣。

宋玉的酒量本就不好，前一晚的宿醉，讓他幾乎起不了身，搖搖晃晃的他走下床，灌上幾口隔夜茶，強迫自己的腦子能快點清醒。

嘆了口氣的宋玉心想：「這酒真不是個好東西，不懂景差為何那樣喜歡？」

呆坐在門前好一會兒的宋玉，頭還是昏沉，半敞的袍衫裸露出白皙鎖骨，引人遐思。晨光金黃飽滿，院子裡迷漫著淡淡橘香，看似真實卻又虛無縹緲，他伸長手在空中拂了幾下，眷戀地深吸一口後，又倒頭睡下。

為杜絕眾朝臣的悠悠之口，熊橫忍下再次召見宋玉的渴望，只讓景差陪他到殿後的花園走走，順便打聽點狀況。

「是嗎？宋先生不勝酒力醉倒了？」熊橫當然不知道，宋玉是被景差拉去灌醉的，還以為宋玉是年少輕狂，放縱作樂，便失笑道：「昨日才第一次上朝，今日就因酒醉不來，似乎不成體統。」

「都是微臣的錯。宋先生昨日有幸面聖，微臣為好友高興，便陪著他把酒言歡到深夜，哪知宋先生的酒量如此不濟，早上派車夫去接他時，竟還躺在床上起不來。」謹慎回答的景差深深一躬，平日只知大王愛美女，不料對美男子也如此在意。

「如此，下了朝，愛卿就代寡人去看看宋先生吧！」

只是，熊橫不經意的一句話，卻叫景差訝異地回不出話，堂堂一國之君，居然對文學侍從這樣的小官如此看重，未免有失君臣禮法。

但當熊橫意識到景差的想法時，立即就斂起了關心的神色。

對於宋玉，熊橫心中自有一番計較，可不能在此時給景差瞧了出來，便換了個說法：

「酒醉傷身，你們都是寡人重要的臣子，各個都要注意自己的身子，宋先生年少不懂事，愛卿既然是他的好友，那就多擔待點吧！」

「唯。」受命的景差恭謹行禮，不再多言。

轉眼日落時分，身穿華服的景差掀開簾子，下了車。

換下一身繁複朝服的景差束起黑髮，僅插上一支白脂玉簪，龍眉鳳眼的精緻五官令人稱羨，兩塊垂掛在腰側的翡翠玉佩，隨著他氣宇軒昂的步伐叮噹作響，很快便來到一處木造房的院子前。

推開那扇搖搖晃晃的紅木門，這處破院子雖小，還算得上清幽雅致，難怪宋玉不肯搬去與他同住。景差知道，這是屈太傅同情宋玉，要管家周伯留給宋玉一個可遮風避雨的地方。

宋玉自小模樣好，性情又與太傅相近，總能討太傅歡心，但即使太傅視宋玉如己出，到頭來，也只能給他一間破屋子。

向前走沒幾步，一股清香的氣味撲鼻，景差狐疑地看了下左右，見院子裡除了樹，連一朵花都沒有，真是無趣。

景差吩咐了車夫在外頭等著，便獨自往內室裡走去。

院子看起來都如此冷清，家徒四壁也就不足為奇，只是屋內的各個角落都放有一盆水盅，養著兩三朵小白花，想必香味就是從那裡來的。純白的花兒再怎麼清香高雅，終不及大紅的好看貴氣，果然符合宋玉質樸小家子的性格。

放眼望去，除了簡單且必要的陳設，屋裡連個像樣的器皿都沒有，成堆的竹簡落在桌案、地上，有的題了字，有的還空著。

景差拿起其中幾片讀了遍，一笑。

雖說屈太傅生性浪漫，但其文藻華麗、情思奔放，到底是他們這些後生小輩望塵莫及的。但現在的景差覺得，太傅的這個得意門生宋玉所寫，竟都是溫文婉約的兒女情長，就像個女子一樣，柔弱得毫無力道可言。

在宋玉進屈府之前，太傅最喜歡的是景差，屈府的那些學生，也無一不以景差馬首是瞻。然而，打從太傅在市集撿了宋玉回來後，天資聰穎的宋玉，就一步步地跟上了景差，又一步步超越了他。

「知己知彼，百戰百勝。」這句話即使用在文人身上，也是適切的。為此，景差花很多時間和宋玉培養默契，窺探他的所有喜好，直至能作出與他同等的辭賦來。

「一個領域，只能有一位強者。」景差這麼告訴自己。但他要用實力證明，自己之所以比宋玉更好、更優秀，不是因為景氏的身分、地位，而是他自己努力鑽研得來的。

所以，舉薦宋玉為官不為太傅所託，除卻太傅對宋玉的私心，朝堂之上大王與眾朝臣當可證明，他景差——比宋玉更上一層。

可令景差沒料到的是，宋玉因酒醉耽誤上朝已是大錯，大王不僅沒有問罪，居然還讓自己多跑這一趟來探視他。看來「色不迷人人自迷」，就連坐擁後宮佳麗三千的大王，也不例外。

話說，自熊橫見過宋玉一面後，便屢屢召喚官卑職小的他入宮晉見，明的說是談論政事，但談的到底是什麼「政事」，恐怕連熊橫自己都不知所以。

也因此，宮中風言風語日盛，眾臣暗暗納罕，直說熊橫忽然轉了性，竟然「禮賢下士」，重用起小小的文學侍臣宋玉。於是，看不順眼的眾朝臣，對漸漸受寵的宋玉更加嫉妒，每每在宮中遇到宋玉，總要以言語譏諷一番才肯罷休。

這一日，轉了性的熊橫再次上朝，想炫耀一下國君的威風。坐在議事殿王座上的他，昂首接受朝臣們的行禮、跪拜，默不作聲的子蘭卻是站在一旁，待行完禮的朝臣們退到殿旁兩側後，手持笏板的靳尚已走到王座前。

「啟稟大王，想我楚國一泱泱大國，官職制度向來權責分明，可老臣近日聽聞，竟有文學侍從宋玉頻繁進宮諫言，妄想要干涉國政，還請大王能嚴加查辦。」

沒了屈原的朝堂，幾乎成了子蘭和靳尚的天下，身為上官大夫，靳尚自然要對文武百官多加管束。所以靳尚的這番諫言，很快便得到子蘭的稱許，其他朝臣也開始交頭接耳，議論紛紛。

身為一國之君，熊橫想接見誰就接見誰，何時需要經過他人的同意？況且，景差也是文學侍從，怎麼就沒有人提過，日日與熊橫在宮中行走的他呢？

對於靳尚的突然發難，有些不安的熊橫顯得語塞，不知道該先為自己還是為宋玉辯解。想了又想的熊橫，只好緩頰道：「愛卿誤會了，是寡人召宋先生入宮談論政事，並非是他干涉國政。」

「大王，昔有齊景公問政於孔夫子，說：若是君不君，臣不臣，即使糧食再多，能吃得到嗎？意即：君應盡為君之道，臣應盡為臣之道，守五倫才能避免天下亂。大王，不能不警惕啊！」靳尚知道熊橫愛面子，於是搬出聖人孔夫子，教他有口也難辯。

果然，面露尷尬之色的熊橫，無言以對。

「上官大夫此言差矣。正所謂：克己復禮為仁。宋先生不能約束自個兒的行為，卻越權干涉不屬於文學侍從的事，錯的人應該是宋玉，並非大王。」

一個黑臉，一個白臉，子蘭與靳尚兩個人一搭一唱，明擺著是在指桑罵槐。

熊橫怒瞪子蘭一眼，可見他這個國君，也不是完全無知。

然而，出言挑釁的子蘭，卻轉身對著王兄一笑，繼續說道：「臣還聽說，宋玉仗著大王寵愛，經常對朝中大臣不敬，如此膽大妄為的狂徒，大王應該將他免職才對。」

「宋先生謙恭有禮，為人處事又謹慎，怎麼可能對他人不敬？令尹大人莫要聽他人胡言，就誤會了宋先生。」此時的熊橫，終於知道靳尚和子蘭為何發難了。

「若是宋先生真的如同大王所說的那樣，又怎麼會有不利他的耳語傳出，臣還是請大王將宋玉革職查辦才是。」好不容易除掉一個屈原，靳尚怎麼可能留下他的愛徒，擾亂自己的計畫，定要趁宋玉羽翼未豐之時，趕緊將他踢掉。

眾朝臣見令尹和上官大人聯手，於是持笏板齊聲道：「臣請大王，將宋玉革職查辦。」

「你！你們，簡直欺人太甚！」熊橫站起身，手指著得意揚眉的子蘭和靳尚，想著身為臣弟的他，居然如此傲慢不知進退。

子蘭把持朝政多年，當然見不得熊橫這個國君日日上朝，於是，便拿宋玉這件事來逼迫他，可熊橫堂堂萬人之上的一國之君，怎麼會老是受他人擺布？

不甘心的熊橫甩袖憤而離去，貼身侍者司宮見大王震怒，大喊：「退朝。」而後，忙指揮侍者們跟上。

想當年，是屈原和昭雎兩個人，力抗擁護子蘭為王的朝臣們，才有熊橫今時今日的位置。可屈原如今被貶，昭雎又已告老還鄉，熊橫如果不再趕緊培養自己的人馬，就算子蘭不篡奪王位，熊橫也只能是個空有虛名的國君。

為此，熊橫只好找來景差和唐勒，想聽聽他們兩個人的意見，問道：「子蘭執意要將宋愛卿革職，兩位愛卿你們說，寡人該如何是好？」

同為文學侍臣的唐勒，勸熊橫道：「近來宮中各種不堪的流言蜚語，傳得沸沸揚揚，不僅不利楚國朝政，更會損害大王清譽。依微臣愚見，不如先撤去宋先生的官職，待此事風波告一段落後，再讓宋先生復職。」

「萬萬不可啊！大王。」可持反對意見的景差，急忙向前作揖道：「令尹大人想必對宋先生有所誤會，如果大王此刻將他免職，眾人只會對流言更加深信不疑。宋先生丟官事小，讓大王背負縱容侍臣的過失事大，微臣請大王務必三思。」

斂下眸的熊橫深思。

景差說的不無道理，子蘭明面上是將這個莫須有的罪名，安在宋玉的頭上，但暗地裡罵的卻是他，熊橫身為國君，倘若受人誣陷都不能還手，還算什麼天子呢？

「也罷。這件事，寡人自會和子蘭說明白，你們都下去吧！」揮揮袖，熊橫讓景差和唐勒退下。

其實對於宋玉的處置，熊橫心中早有定見，所謂的商議，只是希望得到他人的支持。既然景差與他的立場一致，那麼，熊橫自會將宋玉護到底。

因著屈原的舉薦，唐勒與景差先後入宮，並得到熊橫的賞識。雖然唐勒家世不如景差，但憑著豐厚的家底，經常宴請、拉攏朝臣，唐勒很快便在宮中占有一席之地。

兩個人一起走到宮門口，唐勒向景差禮貌性地作揖後打算先行回家，可景差卻叫住他，「先生如此迫不及待地趕宋玉走，莫不是，擔心他取代了你的地位？」

脣角微揚，景差從不把唐勒看在眼裡，但他好不容易找了宋玉這個可與之抗衡的幫手，怎麼可以輕易地讓唐勒給除去。

「公子差此言差矣。」聞言的唐勒回頭，肅冷的臉孔毫無表情。

「在下與兩位先生都是大王的臣子，理應為大王分憂、解鬱，何來取代之說？況且宋先生才華橫溢，勒望塵莫及，然而，若是挑起君臣間的矛盾與衝突，亦非我等所樂見。先生想要保全宋先生，何不請他先約束好自個兒，免得日後風波不斷，朝廷無一日可安寧。」

唐勒不理會景差眼中的怒火，拂袖轉身而去。

「好啊！咱們就來看看，子淵能不能保得住。」景差咬牙。

昨晚，大王讓宮裡的侍者來傳話，要宋玉暫且別進宮，免得成為眾矢之的，今日景差又將朝堂上的經過細述了番，惹來宋玉一個勁兒地苦笑。

「虧你還笑得出來？唐勒那傢伙存心落井卜石，要不是我，大王恐怕就真的將你革職了。」硬拉著宋玉出來的景差，自行倒了一碗酒一飲而盡，接著又幫宋玉斟滿。

「想落井下石的又豈止他一個？若是大王不願意留我，你也別再費力氣了。」入朝這些日子以來，什麼針鋒相對的場面宋玉沒見過？只是自己的一再退讓，卻使得他們步步相逼至此，除了心冷，宋玉已經不曉得能說什麼。

「大王如果不願意留，早將你免職，何苦逼得令尹大人籠絡眾朝臣上奏章？官場如戰場，不如，咱們就與他們轟轟烈烈地廝殺一番，總比躲在暗處受人欺負的好。」景差幾碗黃湯下肚，話就說得理直氣壯，絲毫忘了令尹人人是何許人也，自己拿什麼跟他廝殺？

「我不願見大王為難，身為楚國的臣子，應該為大王分憂解勞，而不是徒增大王的煩惱。」事已至此，宋玉心想，還有什麼可挽回的？

「怎麼你說的跟唐勒一個樣呢？」景差又喝下一碗，醉眼迷濛地說：「大王現在的處境你我並非不知，長此以往，王權必然旁落……」景差話還沒說完，嘴就被宋玉用手堵住。

不明所以的景差眨了眨眼，見宋玉對自己頻搖頭，總算會意過來，一句到口的話，硬生生得再吞回肚子裡。

「想不到公子玉的手感這樣細滑，難怪，整個郢都城的姑娘，都被你迷得顛三倒四，我若是女子，必然立刻娶你回家。」景差摸了摸宋玉的手，調侃了起來。

「你若是女子，也娶不了我，怕是早被大王收到後宮，談詩寫賦去了。」拍掉那隻來回戲謔的手，宋玉飲下一碗，暖暖他即將冷卻的心。

第十章

高唐賦

話說，楚國人祭祀之風極為盛行，上至國君，下至庶民，莫不如此。因此，熊橫每隔幾年就會帶著愛姬、美妾，到巫郡的巫山「高媒」設壇祭祀，祈求風調雨順、國泰民安，順便遠離那沉悶的宮廷，好好玩樂一番。

身為楚國令尹的子蘭自是要隨行，而靳尚與新進的臣子同乘一車，宋玉也有幸與景差、唐勒三人一同前往。

為保護國君安全，隨行的御衛高達數百個，侍者及宮女也不少，一行人浩浩蕩蕩，綿延地走在還算平坦的山路上。

景差自小便與長輩來過巫山，連著幾日枯燥地乘車，令他顯得不耐煩，可是第一次出門遠行的宋玉，卻不時掀開車簾，好奇地望向車外美景，唐勒雖未來過，但謹慎行事的他一直閉目養神，話都難得說上幾句。

「子淵應是第一次來巫山吧！」百無聊賴的景差，只好找宋玉搭話。

聞言的宋玉回頭，略感興奮的他放下車簾，答道：「是。以前常聽太傅說，巫山是楚人祭祀始祖高陽氏，以及火神祝融的所在，子淵能隨大王來此，實在有幸。」

「那是。早期先民為求穀物豐收，會將貌美的少女獻給神靈，因此傳言，巫山有神女出沒其中。」景差饒富興致地說道。

可景差的這一說法令宋玉呀然，唐勒則睜開眼睛看向景差。

「我以為，巫山山高水秀、仙氣繚繞，那神女是神靈所變……」宋玉當然聽過巫山神女的傳說，但不曾想，竟是先民犧牲少女所化。

「神靈所變？哈哈，難不成，子淵也想像先懷王一樣，在巫山會一會神女？」景差笑道。

「自然不是。」未曾有過男女情愫的宋玉，被景差調侃得臉紅。

「敢問，宋先生以為，先懷王遇上的神女，是怎麼樣的呢？」唐勒好奇宋玉心中的神女是何樣貌，故而提問。

然而景差一聽唐勒開口，瞬時起了戒心。

「昔有碩人其頎，衣錦褧衣。手如柔荑，膚如凝脂。領如蝤蠐，齒如瓠犀。螓首蛾眉，巧笑倩兮，美目盼兮。子淵以為，神女應該更勝此女吧！」比起景差的不正經，宋玉還覺得與唐勒較談得來。

擰著眉的唐勒，手持骨扇在掌心拍了兩下，思忖了番才回答：「既是神靈幻化的女子，又怎可與人間的凡夫俗子評比？」

見唐勒如此認真，宋玉反而輕鬆一笑，答道：「唐先生與我都只見過凡夫俗子，不與之評比，又當如何描繪天上的神女呢？」

被宋玉回得啞口無言的唐勒，面色鐵青地轉頭看向車外，而一旁的景差，卻不住在心裡叫好，喜滋滋地用眼神向好友示意。他贏了。見唐勒不再多言，斂下神色的宋玉也一起看向車外，三人一時無語。

巫山縣尹得知國君到來，立馬率領眾人隆重迎接，並將他們領至驛館內休息。

熊橫素來好色，對神女傳聞更是嚮往不已，祭祀完後，便領著眾朝臣一起品茗，聽當地的縣尹講述「高唐神女」的風流韻事。

可惜站了一下午，聽那些縣尹胡謅瞎編的，盡是些逢迎拍馬的杜撰故事，一伙人興沖沖地瞎起哄，最後告罪的告罪，有事的離開，徒剩熊橫仍意猶未盡地聽對方滿口胡話。

巫郡是楚國國君祭祀始祖的聖地，奇偉的山峰巒谷陡峭俊麗，溝壑縱橫的溪水潺潺，更有那參天的古樹林立，氣勢雄渾壯闊。三峽中，也唯有巫山，最合適隱匿仙人所在。

第一次飽覽巫山雄奇的宋玉，為如此壯麗的景色吸引著迷，卻又不禁為日漸頹敗的國勢感到一陣噓唏。當晚，仍迷戀著巫山月明星稀、雲海翻騰的宋玉，作了一個夢。

夢裡的他，站在一高臺之上，五彩的朝雲如瀑，一波波向他襲來。身穿翡翠長衣、立在百花叢中的一陌生女子，正站在不遠處，深情款款地看著他。

宋玉雖說不熟識，但那女子的樣貌，彷彿在很久以前便已鐫刻在他腦海中，宛若昨日般鮮明，即使女子離他那樣遠，宋玉仍能感覺得出，其精緻柔美的五官。

瞧那女子初見宋玉時，眸中散發出來的光采，一如早升的朝陽那般，直接耀眼，可為何才一轉眼，女子便對宋玉流露出異常哀悽的神情？

這女子是誰？她認識自己嗎？

「巫琅。」微顫的青蔥玉指，輕掩如櫻瓣的朱脣，女子對著宋玉輕喚。

被喚得有些恍然的宋玉，不知不覺地走近，終於看清那女子的臉，姣好的容貌猶如天仙下凡，美目盈盈，教人移不開眼睛。

一股莫名的悸動在心口翻湧，直至喉間，但宋玉不願被錯認為他人，於是歉聲道：「在下，不是巫琅。」

一句真誠的表白，卻讓女子臉上的神采，瞬時消散。

宋玉見女子那黑白分明的雙眸凝結出珠，裊娜的身影不禁顫巍巍地向後退了好幾步。

「姑娘？」泫然欲泣的她令宋玉不捨，彷彿是自己的這一句話，讓女子墜入了萬丈深淵。

「你，真不是我的巫琅嗎？還是，已經忘了我了？」微傾的臉龐訴說著難以置信，女子咬著無一絲血色的脣，淒然擰眉。

宋玉本想再與她說些什麼，但見女子回身一轉，奔向那無際的高山之巔，獨留下悵然若失的宋玉，怔怔地遙望著她纖弱的背影，漸漸遠去……。

隔日一早，熊橫便令宋玉、景差與唐勒來到巫山的「雲夢之臺」，觀賞這「上屬於天，下見於淵，珍怪奇偉，不可稱論」的高唐之觀。

君臣數人舉目向眾山之巔望去，但見變幻不定的朝雲之氣，縹緲旋繞於群山之間，恍惚中，似見隱身未現的美麗，翩然地穿梭在眾人眼前。那美妙輕盈的身姿一如跳躍的精靈，又似紛飛的羽翼，在眾人驚歎的眸光中，一再幻化，直到夢醒。

能徜徉在這片澎湃濤浪，旖旎秀色之中，除了讚歎天地鬼斧之神奇，再多的筆墨，都難以描摹媲美。然而，宋玉卻突然想起昨晚夢裡的自己所站的地方，彷彿就是這雲夢之臺。

今日晨起，在夢裡被刨開的心口還缺了一塊，宋玉失魂般地走近，俯身凝視。腳下高岩壁立、溪谷幽深，一曲碧水激石、瀲灩奔騰，一股莫名的牽引，像無數盤根錯節的糾纏，好似就要拉著他——跳下去！

正為這抹朝雲之氣著迷的熊橫，見原本立在他身後的宋玉，越走越接近崖邊，不禁擰眉對著他，急喊：「宋先生——？」

猛然回神的宋玉頓時止住，緩緩將身子退回穩當之處，這才驚覺自己發涼的脊背，已經沁了一身溼。

「看來，就連先生也被眼前的朝雲，給迷惑了去。」不疑有他的熊橫笑道：「先生可知，此處為何會有如此美景？」

來巫山之前，宋玉早已聽屈太傅說過，有關於楚國先懷王在世時，曾在這裡夢見高唐神女，主動求歡並與之纏綿的動人故事。也許，正因為常有這樣變幻莫測的雲出現，先懷王渴望再見神女，便在此臺上建了一座廟，名為「朝雲」。

略略斂下心神的宋玉，便將這一番典故，引述給建廟之時，還質囚在齊國的大王聽。

聞言的熊橫曖昧一笑，想試試宋玉的文采，便要他為高唐作賦。

收起方才的恍惚，受命的宋玉，不疾不徐地向前跨了兩步，並對著熊橫等身後眾人作揖後開始吟誦，清亮的嗓音此起彼落，宛若玉瓷般輕脆無瑕。

「惟高唐之大體兮，殊無物類之可儀比。巫山赫其無疇兮，道互折而曾累。登巉巖而下望兮，臨大阺之　水。遇天雨之新霽兮，觀百谷之俱集。濞洶洶其無聲兮，潰淡淡而並入。滂洋洋而四施兮，蓊湛湛而弗止。長風至而波起兮，若麗山之孤畝。勢薄岸而相擊兮，隘交引而卻會……」

景差見大王只讓宋玉作賦，卻把自己和唐勒晾在一旁的尷尬，在心裡隱隱覺得不悅。

本以為就憑宋玉貧賤的出身，不論他再怎麼努力，也無法在看重貴族身分的楚國立足。

然而，因著大王的偏愛，宋玉竟是擺脫重重阻礙，漸漸在朝堂上得臉。

宋玉與景差同為文學侍臣，為大王歌功頌德才是他們的本分，但宋玉進宮才沒多久，大王召見他的次數卻與日俱增。也許，不日便可與身為貴族的景差平起平坐，甚至，凌駕於景差之上。

這令景差好不甘心，自己好不容易掙得的地位，怎麼可以因此拱手讓與他人，還是讓給自己生平最大的敵人？

寬大袍袖下的雙拳緊握，景差豎耳仔細聆聽，就希望在宋玉的吟誦中，聽出一丁點破綻。

「於是水蟲盡暴，乘渚之陽。黿鼉鱣鮪，交織縱橫。振鱗奮翼，蜲蜲蜿蜿；中阪遙望，玄木冬榮。煌煌熒熒，奪人目精。爛兮若列星，曾不可殫形。榛林鬱盛，葩華覆蓋。雙椅垂房，糾枝還會。徙靡澹淡，隨波闇藹。東西施翼，猗狔豐沛。綠葉紫裹，丹莖白蒂。」

宋玉從巫山奇偉盛大、陡峭高聳的山巔，形容到峽谷裡洶湧的波瀾壯闊、水勢滔天，還有山林裡的猛禽巨獸，水裡的遊魚鱉蝦，各個都如此鮮活跳躍，彷彿就在眼前。

「……竟找不到一點破綻。」這不是景差所認識的那個宋玉，不是那個溫軟無力，兒女情長的宋玉。是怎樣的靈思，怎樣的天賦，讓宋玉得以在大王面前，賣弄這樣的才情？

景差好嫉妒，真的好生嫉妒。

形容完巫山的壯麗，望向遠處的宋玉，語調一轉：「纖條悲鳴，聲似竽籟。清濁相和，五變四會。感心動耳，迴腸傷氣。孤子寡婦，寒心酸鼻。長吏隳官，賢士失志。愁思無已，歎息垂淚。登高遠望，使人心瘁。盤岸巑岏，裖陳磑磑。磐石險峻，傾崎崖隤。巖嶇參差，從橫相追。陬互橫啎，背穴偃蹠。交加累積，重疊增益。狀若砥柱，在巫山下。仰視山顛，肅何千千，炫燿虹蜺，俯視崝嶸，窐寥窈冥……」

始終仔細聆聽的唐勒，揣摩這一首賦到最後，也不免要為宋玉這篇驚世之作，佩服得五體投地。

即使在朝中，已經聽過不少宋玉作的賦，但獨獨這首〈高唐賦〉，能把先王與神女如夢似幻的愛情，妝點得如此美麗，又將巫山的山川美景，描述得這般細膩、婉約。

賦中提的雖是巫山繁茂的花草，和樹林松濤與風的迴響，但語鋒一轉，想到家中老小，不免悲從中來，說的豈不是此刻的楚國百姓，與賢臣們心中的真切寫照呢？

現今的大王不僅昏淫無道，對朝政也漠不關心，有志之士就算有滿腔熱血，願意為國家肝腦塗地也無用。這樣令各國稱羨的廣大疆域，若因昏庸的國君，而淪落他國之手，還不知要奏上怎樣悲壯的哀歌，真是不如歸去，不如歸去啊！

剛入朝的宋玉，雖然只是個侍臣，然而憂國憂民，胸懷大志的情懷已經表露無遺，幾與屈太傅無異。難怪太傅要視他為得意門生，果然是承襲了太傅的政治精明，以及出類拔萃。

宋玉的賦裡雖然字字雲雨，卻又句句暗諷勸戒，只是無德昏庸的大王，不知能否聽得出宋玉賦裡的弦外之音。

因著賦中講述高唐神女對先王的垂愛，以及辭藻之華麗，聽完的熊橫笑逐顏開，心想宋玉果然懂他，急於探訪巫山神女的心思啊！

熊橫想起來巫山之前，朝臣還在議論南方的領地無人看管，頓時心中一喜，隨即就把這個機會給了宋玉，「愛卿的才華，堪比孔夫子門生子游與子夏，寡人這就把南方的雲夢之田賜予你，作為愛卿的首個封地，如何？」

面對這份突如其來的恩賜，有些錯愕的宋玉一時頓住，但見大王一臉的熱切，他也不好在眾臣面前拒絕大王的美意，只好朝著熊橫跪拜道：「微臣，叩謝大王賞賜！」

即便宋玉作的〈高唐賦〉無人可及，但以一個文學侍臣的身分獲得封地，未免鋒芒太露，引人側目。因此回朝後，宋玉極力在朝臣面前表現得謙恭，然而同為侍臣的景差和唐勒，早已將他視為敵手了。

第十一章

登徒子好色

回宮後，熊橫幾次想要拔擢宋玉，升他的官，但總受到令尹子蘭與上官大夫靳尚的阻撓。後來，竟連唐勒也諫言要熊橫遠離他，並在背地裡說了不少有關宋玉的壞話。

熊橫不是不清楚，這些人心底的打算，說穿了就是嫉妒。他們不是說宋玉俊美，不宜侍主；要不然，就是說他好色，道德有瑕疵。

熊橫雖不疑心宋玉，卻不能不讓他知道，別人是如何詆毀他的品性，因此，總是將這些謠言一一說予宋玉聽。行事光明磊落的宋玉，當然不願蒙受這樣的不白之冤，只好逐一向熊橫解釋。

「天下之佳人，莫若楚國，楚國之麗者，莫若臣里，臣里之美者，莫若臣東家之子。東家之子，增之一分則太長，減之一分則太短；著粉則太白，施朱則太赤；眉如翠羽，肌如白雪；腰如束素，齒如含貝；嫣然一笑，惑陽城、迷下蔡。然此女登牆窺臣三年，至今未許也。」

說到容貌俊美那是天生，如何說是宋玉的錯呢？

要說好色更不可能，因為楚國最美的女子，便住在自家東鄰，其容貌之麗美足以迷倒陽城、下蔡的所有人，但與那女子一牆之隔的宋玉，卻謹守男女分際，並未因此覬覦女子姿色半分，何來的道德瑕疵？

「登徒子則不然：其妻蓬頭攣耳，齞脣歷齒，旁行踽僂，又疥且痔。登徒子悅之，使有五子。王孰察之，誰為好色者矣？」

宋玉當然猜得出是誰在詆毀他，於是便將那些陷害他的人，都比喻作登徒子，還批評得一無是處，辭鋒之犀利，惹得一旁的熊橫哈哈大笑。

「愛卿的登徒子好，比喻得真好。」聞言的熊橫佩服不已。

如果唐勒知道自己娶妻蓬頭攣耳，還能悅之，並與她生了五個孩子的登徒子，不氣得吐血才怪。

「秦章華大夫曾言，目欲其顏，心顧其義，揚《詩》守禮，終不過差，故足稱也。微臣以為，正是這個道理。」宋玉再進一步解釋。

原來秦國章華大夫所言，謹守道德規範，遵從男女之間的禮儀，自然不會因為美色而有所越軌，這才是宋玉真正要傳達給熊橫的意思。

沉吟的熊橫點頭，卻也沒再與宋玉多談。

自此後，熊橫對宋玉的才華更加地仰慕，眾臣見議論無效，終將戰況稍稍緩解。

既然升不了宋玉的官，熊橫也不在這個議題上與大臣們較勁，畢竟宋玉的年紀尚輕，要拔擢官職有的是機會，況且宋玉現在風頭正盛，容易招惹是非，倒不如先養精蓄銳一陣子再說。

於是熊橫轉而求其次，頻頻對宋玉賞這、賞那，並准許他不用傳召，就可以隨時入後宮晉見，以表示對宋玉的看重與賞識。

為了避免引起朝臣更多議論，宋玉不僅沒有收任何金銀、玉飾，對大王的恭敬仍是一如往昔，更不敢私自踏足後宮禁地或有絲毫的僭越，免得再落人口實。

但自巫郡回宮後，除了大王對宋玉的態度有了很大的轉變之外，也因大王過度的袒護，讓景差莫名地與宋玉漸行漸遠。

景差是宋玉在朝中唯一能依靠，並且信任的人，宋玉已經沒有了太傅這位恩師的教導，不能為此再失去同窗共事的好友。於是，除非大王特別指示宋玉作賦，否則他都儘量讓自己隱蔽鋒芒，並常在下朝後，拉著景差到酒館喝酒、聊天，寫詩作賦來自娛。

直到半年後，景差因侍奉大王有功，被拔擢為大夫後，才和宋玉又重拾起往日的友好情誼。

西元前兩百七十九年，宋玉時年十八。

覬覦楚國廣闊土地已久的秦國，幾次舉兵擾亂邊境，但頹靡的楚軍屢戰屢敗，除了一再割地讓步再無他法，也令整個國家陷入更無能為力的困境。

秦國的大良造「白起」善於用兵，自事秦以來，不但屢屢率兵攻打韓、魏兩國，且所到之處除了成功斬殺敵方將士首級外，對攻下城池的百姓更是殘暴不仁，絕不留一個活口，故也被稱為「人屠」。

此時的楚國既無法越過韓、魏兩國，向齊國求助，就連唯一能信賴的趙國也被秦攻下，臨近北方的領土邊疆，已是岌岌可危。

白起原是楚人之後，可是他的先祖，卻因為在楚國受到莫大屈辱而遭到驅逐，族人輾轉流浪到秦國後被重用，終能在那裡為白氏一族爭得一席之地。

白起在秦國任職武官之時，就展現他過人的軍事才華，不僅戰術精確而且從無敗績，因此深獲秦王嬴稷的信任。白起攻打韓、魏、趙三國，只為將秦兵的觸角更加深入東、南兩地，其實，物資豐饒的楚國，才是白起真正的目標。

楚國國力雖然積弱不振，卻仍擁有與秦國相抗衡的兵力及馬匹，為成就自己攻無不克的太良造美名，也為替他的先祖平反冤屈，白起即使窮盡一生，也定要將楚國拿下。

為此，熊橫不得不密集召見軍事大臣，商討議事。

熊橫早年質押在齊國的屈辱記憶猶新，先懷王死在秦國的慘劇，好似再次襲擊了他的脆弱，讓他極為恐懼，熊橫再也不想當任何人的俘虜，他必須先救自己。

楚國的軍事雖然有子蘭等人主持，但如今秦國都快打到家門口了，熊橫如果再不管管，他這個國君之位，隨時都可能易主。

此時的宋玉，已得到熊橫的重視，准許他與景差一同參與議政大事。只是，當今楚國朝野早已離心離德，眾朝臣除了極力諂媚阿諛熊橫，安撫他焦躁不安的情緒外，餘下的心力，無不是想方設法為自己謀取更多利益。

尤其昭氏一家，身為楚國貴族，不僅沒能為國家人民謀福祉，還到處搜刮民脂民膏，荼毒百姓。三姓王族總是相互包庇縱容，熊橫因朝政把持在他們手裡，即使現在有心，也使不上力。

一心想為大王排憂解難的宋玉，礙於自己文學侍臣的職權太低，無法光明正大地在朝中與大臣們較量。景差雖位為大夫之職，但他終究是景氏貴族的一員，宋玉又如何能與他商量聲討貴族們的大事？

為今之計，只有再從宮外找人，來解這燃眉之急。

宋玉記得初見大王那年，跟著子蘭一起嘲諷他的眾多朝臣中，唯有一人曾拿正眼瞧他，但當時低著頭的宋玉並未認出那人是誰。直至後來的巫山之行才讓宋玉看清，那個人就是幼時贈他玉佩之人。

此人名為莊辛，在幾個月前，因責罵大王「專淫逸侈靡，不顧國政，郢都必危矣」，憤而離開楚國，隱居到趙國去了。

為報知遇之恩，宋玉一直想方設法將莊辛請回來，只是，莊辛當初是因大王的斥責而離開楚國的，以宋玉一個小小侍臣的身分，如何能請得動莊辛呢？

而現在貴族的問題正是個大好機會。

所以，宋玉趁著進宮私下向熊横舉薦莊辛，並稱讚道：「唯有莊大人的剛正果敢，才能力抗貴族，救楚國百姓於水火。」

熊横早就對這些貴族深惡痛絕，有他們在楚國的一日，他這個國君就不能為所欲為，於是應道：「只要莊辛能把這批老傢伙剷除，就算要寡人拉下臉又何妨？」

說到做到的熊横，當下修書一卷，對著司宮高喊：「來，派個妥貼之人，務必要慎重地從趙國，將莊愛卿迎回。」

聞言的貼身侍者司宮，連忙恭敬的用雙手，領來大王旨意：「唯。」

黯然離開楚國政治圈的莊辛，雖然身在異鄉，但對楚國的政治及軍事狀況依舊瞭若指掌。再加上，攻下趙國的秦軍留在當地休養生息，讓就近的莊辛，更容易探到秦軍的蛛絲馬跡。

收到熊横旨意的莊辛命人四處打聽，終於從白起的親信口中得知，楚國的昭氏庶子與秦國祕密往來，甚為頻繁。

「昭奇這廝，竟敢做出此等逆族叛國之事。」咬牙切齒的莊辛，趕緊派人快馬加鞭，將此重大消息傳回郢都。

與此同時，宋玉也趁著莊辛尚未返國，眾臣還沒來得及提防他時，旁敲側擊打探昭氏的一舉一動，終於也發覺到某些蹊蹺。

鑑於茲事體大，勢單力薄的宋玉，為了避免遭受貴族們的反擊，只好等莊辛回國再作打算。

「原來，是昭奇暗地裡向宮中的秦國公主通風報信，再由公主的親信，偷偷將軍事機密傳給白起，難怪秦兵對楚軍的動向一清二楚、攻無不克。」

悄悄回到楚國的莊辛，先與宋玉在宮外密會，在得知身為楚國貴族的昭氏，居然生出這樣的叛國奸細後，不禁罵道：「為了個人利益，昭奇連這種賣國求榮的蠢事也幹得出來，實在令人不齒。」

「下官雖然查得昭奇通敵，但苦無人證、物證，若是告到大王面前，昭氏一族恐怕也是不會認的。」考慮到貴族勢力龐大，擔心被反撲的宋玉憂思。

「當然不會認。不過現在兩軍交戰在即，昭奇勢必得傳遞消息給宮裡的秦國公主，這麼一來，咱們就可以利用一下白起的人……」熟知昭氏狡猾的莊辛，冷笑一聲。

見莊辛笑得一臉詭異，好奇的宋玉，不禁貼耳過去。

「在趙國時，我的門客重金讓人從秦軍那裡，偷來一套軍服和令牌，咱們可以找個面生的門客，假扮成白起的親信，待我修書一封，讓他送去秦國公主那兒催一催。」莊辛的門客眾多，要找個面生的人假扮自然容易。

「可是公主的行事隱密，恐怕不容易和一個來路不明的秦人勾搭？」宋玉皺眉。

「現下，大王正與朝臣商議對抗秦軍的對策，公主怕錯漏了消息給秦軍，肯定會親自與昭奇密會。屆時，咱們再來個抓奸成雙……」

「抓奸成雙？……」

雖然，莊辛的用詞不甚妥當，但宋玉對他鉅細靡遺的謀劃，卻深具信心。

事情的發展果然如莊辛所料，嬴瑩一見到令牌，以為真的是白起派來的人，當下便將昭奇透露給她的消息，通通寫下來交與那名假扮的門客。

門客將信轉交給莊辛，見公主的回信中，詳實地寫下昭奇對秦軍的警告。如此一來，人證、物證俱全，雷厲風行的莊辛待正式回宮恢復了官職後，馬上就頒布熊橫逮人的旨意，讓那些聞訊而至的貴族，慌得措手不及。

昭奇和嬴瑩通敵叛國一事，罪證確鑿，昭奇及其黨羽當廷被熊橫一聲令下，收入死牢，而礙於秦國可能的報復，免於死罪的嬴瑩，則幽禁於冷宮。

差一點釀成大禍的昭奇之難，不費一兵一卒，就被宋玉和莊辛給擺平，熊橫大喜，除了讓莊辛升官、加俸，更封功不可沒的宋玉為——議政大夫。

這無疑是給同為大夫的景差，和文學侍臣的唐勒，一記當頭棒喝。

想不到短短幾年，年紀輕輕的宋玉，便從卑微的文學侍臣，一躍為居高的議政大夫之職，假以時日，豈不是要飛上枝頭，當起尊貴的上大夫？

只是，昭氏一族受昭奇牽連甚廣，受到重挫的貴族們大大傷了元氣，再也無力彈劾宋玉的不是。況且，還有莊辛這個不怕死的，也讓平時愛打小報告的唐勒乖乖閉嘴，不敢再向熊橫挑撥離間。

入朝多年的宋玉，終於能一展長才抒發心中遠大的抱負，而熊橫也如願以償，讓他的宋愛卿得以出人頭地，在朝中占有一席之地了。

得以光耀門楣的宋玉，本想將城外病弱的娘親，接到郢都城內與自己同住。可緊守亡夫的宋母怎樣都不肯離開，倒是即將弱冠的宋玉，至今連個婚配的對象都沒有，實在令宋母這個做娘親的擔憂。

其實，早年屈原曾替宋玉允諾一門婚事，是一名喚作麗姬的女子。

麗姬原為崔氏官家之女，長相雖無法與宋玉媲美，但賢淑、端莊又識大體，只是後來屈原被貶，原想攀上左徒大人愛徒這根高枝的崔父，便直接與宋玉退了這門親事。

雖然，現今的宋玉高居議政大夫之職，但昭奇一案，讓不少貴族痛恨宋玉，恨不得啖其肉，飲其血，怕得罪眾人的崔父，更不敢撣起自家與宋玉的任何一點關係，於是，能避多遠就避多遠。

誰知崔女麗姬，對戀慕已久的宋玉情根深種，非君不嫁，結果，鬧得崔父與麗姬斷絕父女關係，並將她逐出家門。

可憐的麗姬身無分文又無處可去，只好獨自一人在街上掩面哭泣，正巧遇到路過的景差。

崔氏長輩對族下的兒女家教甚嚴，因此聲名遠播，郢都宗族無人不知，景差與麗姬自然也認識。在問明麗姬離家的詳情後，自作主張的景差，即刻就將她送到城外宋玉的老家，與麗姬的未來夫婿團聚。

宋母在得知麗姬與兒子已有婚約的事後，歡喜不已，於是將麗姬留在老家，並叫人通知兒子準備迎娶的婚禮。

接到消息後，趕忙奔回老家的宋玉，一見宋母便急著解釋：「娘親，早在屈太傅離開郢都之時，崔大人便已經退了崔家小姐與孩兒的婚事，這婚禮，實在辦不成。」

「如何辦不成？麗姬並未應允她父親的退婚，如今她人都來了，你們成親便是。」麗姬雖與宋母僅相處一天，但恭敬又應對有禮的樣子，讓宋母滿意得不得了，早認定了這個準兒媳。

然而，謹守禮教的宋玉卻堅持，「娘，常言道：婚事還需父母之命，依媒妁之言才能進行，可現下崔家長輩都已經退了親……」

急著娶兒媳的宋母，完全聽不進兒了這些道德禮俗的話，難得動怒的她，打斷宋玉的藉口：「當初，要不是你爹帶著娘私奔到楚國，娘早就被迫嫁給無情的商賈為妾，哪來今日的你？只要兩情相悅，自能成為夫妻，哪還需要什麼長輩同意。」

可是我，對麗姬並無心悅之意啊！

「娘，就算要成親，也須把崔家小姐送回去，否則，是要壞了小姐名聲的。」宋玉見勸不了，只好以拖待變。

「公子差說了，麗姬已經被他父親趕出家門，如今唯有我……我們……」

宋母素有咳疾，即便宋玉請大夫醫治也不見好轉，見娘親咳得厲害，宋玉連忙向前拍背，「娘，您緩緩，別著急，別著急啊！」

「我……我怎麼能不急，你爹，你爹他……在等著為娘！」宋母咳得連氣都快喘不上，情急的宋玉只好喊來侍候的奴婢，但第一時間趕到的，卻是麗姬。

「大人。」聽見宋玉的喊叫聲，開門進房的麗姬，這才發現倒臥在他懷裡的宋母，臉色發白，不禁嚇得驚呼：「老夫人這是怎麼了？」

「快讓隔壁的周大娘請大夫來，快！」宋玉急道。

其實，宋玉的娘親早已病入膏肓，但為了不讓剛升任議政大夫的宋玉掛心，便一直瞞著自己的病體，不讓兒子知曉。如今，宋玉有了媳婦，心中寬慰的宋母，便想著早日到地下與丈夫相聚，不再忍受一個人的孤獨寂寥。

宋母既已打定了這番主意，也未打算對任何人透露過半個字，所以就算宋玉早晚以米湯侍候，也不見一心求死的宋母，喝上幾口。

城外老家雖有奴婢侍候，但宋母的執拗，還是令日日上朝的宋玉很不放心，於是在景差的遊說下，宋玉勉為其難地讓麗姬留下來，照顧自己的娘親。

麗姬只是宋玉未過門的妻子，不但為了兒子與娘家人反目，還紆尊降貴地照顧宋母這個垂死老人，實在令宋母感動不已。

這日，難得等到休沐的宋玉趕回老家時，見宋母在麗姬的勸說下，喝了好幾口雞湯，頓時感到欣慰不已。

「玉兒，過來。」時日無多的宋母，知道有些事，她不得不逼著兒子趕快做。

「娘親，您多休息，有什麼話，等身子好全了再說也不遲。」宋玉扶起娘親，伸手幫她揉肩，驚覺娘親的骨架，已經猶如風中枯葉，隨時都可能飄零。

「娘親……等不了了。」見兒子還要開口，宋母打斷他。

「玉兒啊！不孝有三，無後為大，你是宋家唯一的獨苗，娘……娘沒有見到你娶妻、生子，無顏去見你爹和宋家的，列祖……列宗！」

「娘，別說了，玉兒求您了。」見宋母咳得凶，拍背的宋玉眼眶漸紅。

「娘現下唯一的……的心願，就是見你，見你娶……娶妻，否則，就算死，也……也不能瞑目九泉……」

「玉兒知道了，玉兒答應娘親，娘親千萬要保重身子，親眼見玉兒完成婚禮。」緊緊握住宋母的手，宋玉頓時心如刀絞。

「好……好孩子，好。」宋母滿意地連連點頭，因為她知道，兒子是絕不會違背自己的意願的。

退守在房門口的麗姬，將裡頭母子的對話，聽得一清二楚，激動的她落下兩串淚，終於也能放下心中大石，成為宋玉的正妻了。

原本繁複的婚禮辦得匆促，該有的納采、問名、納吉、納徵、請期、親迎等六禮全都省略，麗姬這個新嫁娘，也僅穿上樣式簡單的大紅衣裙，蓋上紅布巾，直接就在宋家老宅與宋玉拜了堂。

位居楚國議政大夫的宋玉娶妻，被請來觀禮的人並不多，除了家裡的奴婢，和經常照顧宋母的周大娘外，同住一個村子的幾家農戶，還是見宋宅掛上大囍的紅燈籠後，才趕過來看熱鬧。

因為牽掛宋母的病情，守在病床旁的宋玉，擔心得整晚都沒有闔眼，更別提和麗姬洞房花燭。果然，病重的宋母，在兒子拜堂成親後的隔天，便沒有遺憾地含笑西去。

失去唯一親人的宋玉痛心疾首，不眠不休地跪在娘親靈前，守了幾日幾夜，事後才得知的景差，見宋玉無心上朝，便代好友向大王告假守喪。

即便儒家孝道觀念根深蒂固，但此時的楚國，面對虎視眈眈的秦國，光靠莊辛一個人，如何能抵擋秦國的千軍萬馬？尤其如今的宋玉高居要職，守護國家才是他的重責大任，於是，在宋母安葬後沒多久，重新振作起來的宋玉，便又開始進宮議事。

整日憂慮國家大事的宋玉，雖然奉亡母之命娶了媳婦，卻無心在兒女私情上。雖然宋玉並非守舊之人，但他最大的念想，就是與所愛之人終其一生、白頭偕老，可惜，麗姬不是他的心悅之人。因此，新婚的夫妻倆就在同一個屋簷下，過著相敬如賓、謹守分際的日子。

第十二章

鳳鳥巫舞

宋玉自當上議政大夫後政務繁忙，經常在宮中待到三更夜深才返家，加上冬日天寒地凍，熊橫為體恤他的辛苦，欲配置一名車夫給他，沒料想竟被宋玉拒絕。

「大王可還記得，臣一年多前所作的〈風賦〉？」宋玉見熊橫一臉苦思，似乎早已將自己的幾番勸諫拋諸腦後，不免尷尬一笑。

「大王深居在華麗的楚宮之中，有朝臣們幫著分擔國事，有侍者、宮女為大王服其勞，有美人、姬妾陪伴左右，就連風吹來，都覺得是舒暢、涼快的。然而，現下秦軍逼境，楚國的百姓擔驚受怕，惶惶不可終日，臣若是蒙受大王恩寵，忘記百姓生活的艱苦，又如何能兢兢業業地輔助大王，治理朝政呢？」

被一棒子打醒的熊橫豁然開朗，搖頭失笑道：「愛卿總愛說一些大道理給寡人聽，難道，寡人關心你也有錯嗎？」夜深天涼，穿著一身官服的宋玉，身子還是略顯單薄，熊橫邁開步伐，向低頭恭敬的宋玉走近。

「臣不敢！」宋玉躬身一揖，謹慎地向後退開，並道：「現下混亂的局勢剛有些和緩，臣不過是盡本分。」

「罷了！不談這些惱人的事。聽他人說，你成親了？」熊橫的眸光一冷，轉頭看著這個情緒向來淡漠的男子。

「是早年屈先生為臣訂下的親事。」宋玉白皙的雙頰一紅，暗想：這件事唯有莊辛和景差兩個人知曉，但不知是誰跟大王提的，只好從實招來。

「寡人本想為你安排個好親事，沒料想，你心中早已有人了。」熊橫嘴上雖這麼說，實則什麼親事也沒給宋玉安排，況且，宋玉的親事結得太出乎熊橫意料，讓他這個國君極度不滿。

「家務事，臣不敢勞煩大王操心。」始終低著頭的宋玉，並未忽略周邊那突降的冰冷，無奈的宋玉暗自嘆息，他也不願意啊！

「那愛卿須找個時間，給寡人補上這杯喜酒才是。」熊橫伸長手，忽然扣住宋玉的手腕，厚實掌心的炙熱溫度，透過袍服傳了過去。

宋玉一驚，也不知道怎麼抽回手，只好連忙躬身道：「承蒙大王不嫌棄，臣……臣一定恭候聖駕。」

勾起脣角，熊橫似乎很滿意宋玉的反應，這才緩緩地放開他，悠然離去。

雖然，莊辛和宋玉平定了差一點滅國的昭奇之難，但白起對楚國的野心，依然未減半分。

眾大臣見戰事稍緩，便建議大王到巫郡，祈求高媒先祖和火神祝融，庇佑國泰民安，此舉止中一心想著遊玩取樂的君主下懷。於是，熊橫便將那些煩人的軍務政事，全都拋諸腦後，興致勃勃地期待，再與傳說中的神女相會。

此時的宋玉和景差，雖已升任大夫之職，但熊橫依舊吩咐他們一同前去，連同仍是文學侍臣的唐勒，也一併伴駕隨行。

雖然，不再是侍臣的宋玉，近來鮮少作賦娛樂國君，但四年前，他的那首〈高唐賦〉仍令熊橫記憶猶新，當然希望有機會再讓宋玉展露驚人的才華。

君臣上下一行人，浩浩蕩蕩多日，來到巫郡已過了晌午。當地縣尹招待眾朝臣吃了頓飽食，又安置好各處居所後，身為一國之君的熊橫，不免要例行性地聽一聽，縣尹的彙報。

巫郡因為河川湍急，地勢險要，所以，暫時不受秦軍的要脅。只是這幾日天象不穩，山風狂嘯，霧氣又重，為了安全起見，縣尹勸大王除了祭祀之外儘量少外出，不料，此舉卻引來熊橫極大的不快。

此次，因為大臣們對祭祖之禮有頗多顧忌，熊橫無法帶喜歡的姬妾前來，但他好不容易出宮一趟，沒有道理只能待在官驛處，豈不是要教他這個大王給悶壞了？見狀的縣尹別無他法，為討得大王歡心，只好趕緊網羅民間容貌姣好之女子，進獻給大王。

然而，此時的宋玉正為祭祖之事，忙得焦頭爛額。

跳祭祀巫舞的老巫師年邁，再加上這幾日連綿的山雨，讓他虛弱的身子不堪折騰，竟病倒了。隨行的小巫師們沒參與過如此盛大的祭典，各個面面相覷，誰也不敢頂下老巫師的要職。

縣尹一時找不到可替代的人選，主祭司沈尹氏眼見天色就要暗下，除了趕緊安排人手外，也要張羅諸多法器及祭品，根本沒時間再訓練一個新手。

國君上巫山高媒祭祖是件大事，不僅勞師動眾，更不能對先祖有絲毫的不敬和褻瀆，如今最重要的巫者因病無法以歌舞來酬謝先祖，為楚國消災祈福，豈不是犯了欺君禍國的大罪？

現下，仍記得當年祭舞形式的人，唯有宋玉，沈尹氏和縣尹為保住自己一命，還不苦巴巴地盼著這位議政大夫，能夠好心幫上忙。

雖說宋玉擅長歌舞，但那是幼時在屈原府上學習時，和太傅兩人在自宅吟詩跳著助興，自從屈原離去，宋母病故後，鬱鬱寡歡的宋玉，就再也沒有跳過舞了。

不過，第一次上巫山祭祖的他，對當年巫舞的莊嚴與悸動記憶猶新，不知怎麼了，那舞他好似看過一遍就已爛熟於心。

受沈尹氏和縣尹重託的宋玉，微嘆了口氣，為救眾人性命，他只好踰矩了。

翌日正午時分，鮮冠組纓的熊橫絳衣博袍，腰間掛著楚國君王歷代相傳的赤霄寶劍，神情甚是莊重，祭壇上擺著瑤席、玉瑱，還有許許多多楚國最為豐盛的佳餚與美酒。

主祭沈尹氏見大王就位後，示意其他祭司開始擊鼓，高音浩唱：「吉日兮辰良，穆將愉兮先祖。」

鼓聲「咚！咚！咚！」敲了三響。

沈尹氏領著大王及朝臣們朝東方一拜、再拜，三拜後，朗聲再唱：「瑤席兮玉瑱，盍將把兮瓊芳；蕙餚蒸兮蘭藉，奠桂酒兮椒漿……」

沈尹氏的高亢歌誦，響徹整個巫山溪谷，像是迴繞在天地間的自然旋律，與山色融合在一起。一旁穿著正紅袍服，身下衣襬繡有五彩圖騰的舞者，戴著面具，赤腳踏在祭壇的蓆子上，端正腳步，隨著沈尹氏的音律擺動身軀。

「靈偃蹇兮姣服，芳菲菲兮滿堂……」

款款舞動的秀麗風姿綽約，修長的身段窈窕令人目不轉睛，但見那一頭如瀑長髮，在風中似一道黑墨飛灑，舞者奮力展開雙臂，火紅的寬袖，似要拂去巫山的雲雨般，在風中呼呼鼓動，細看下，又更像是隻展翅欲翔的鳳烏，正蓄勢待發。

眾人見他輕盈地將上身微傾、左足輕抬，五彩的衣袂隨之在身後揚起，像極了鳳烏炫麗斑斕的尾翼。

鳳烏是楚國的圖騰，也是熊橫最為崇拜的神鳥，卻從來沒有任何一個舞者，能將翩然展翅的火紅鳳烏演繹得如此唯美傳神。在場的大臣們，也從未見過有人能把祭祖這樣莊嚴的舞蹈，表演得活靈活現，各個看得屏氣凝神、兩眼發直。

前方的舞者一扭身，原來輕抬的左足點地躍起，雙臂同時輕巧地將長袖揮開，飛騰的紅袍將正午的太陽，渲染出兩道耀眼霞光。

翩如蘭苕翠，婉如游龍舉，除了面前的俊逸身姿，熊橫耳裡沒有了祭司們的鼓聲，沒有了沈尹氏的朗誦聲，呀然張口的他瞪大眼睛，心神全都沉醉在這份奪目的絢麗裡，並深深為之著迷。

「五音兮繁會，先祖欣兮樂康——」專心朗誦的沈尹氏，自是沒注意到一旁舞者的動作，然而，那些祭司們隨著主祭的詩唱完畢，不但沒有停下來，反而更加熱烈地擊起鼓來。

「咚！咚咚隆！咚……」震天響的鼓聲節奏起落，舞者從嚴肅莊重的翺翔，變成輕盈的瀟脫。但見舞者不斷地蹲下起身，翻騰、旋轉，飛袖如蛇般與窈窕的上身糾纏，修長的雙足一會兒點踏，一會兒又抬起，將一身紅袍，揮灑得猶如炙火燃燒的烈焰。

這原本是一個人單調獨舞的巫舞，卻跳得眾人目不暇給，震驚四座都不足以形容啊！

「這是……」眨了眨眼的沈尹氏，幾乎被面前的這一幕，給震懾住了。記得這場巫舞是他親自拜託大人跳的，可……可素日行事一絲不苟的宋大人，他——怎麼可能呢？

不僅是沈尹氏，就連同陪侍在一旁的景差、唐勒和巫郡縣尹，也被眼前的舞姿給驚得不知所以。那足以鼓動心跳的節奏，交雜著緊湊呼吸的起伏，彷彿一揮袖，就要擊中人心般的震撼，一躍起，就會將人兒的魂魄給勾去。

這根本不是他們所熟識的祭祀巫舞，而是結合鳳鳥，與火神祝融於一體的神姿啊！

「咚咚！咚隆……咚隆！咚！」隨著舞者高舉雙臂，仰首跪地，祭司們擊下最後一鼓，但見舞者翻湧起伏的胸口仍在急喘，眾人也跟著他的呼吸緊握雙拳。

過了好一會兒，戴著面具的舞者緩緩起身，一一朝熊橫及沈尹氏躬身後，才在眾人驚歎不已的眸光中退下。

渾然忘情觀賞的熊橫，原想叫住那個舞者，只是，一旁沈尹氏的再次朗聲，提醒了熊橫未完的祭禮。耐住高昂興致的熊橫勾起唇角，跟著沈尹氏朝祭壇躬身一拜，迫不及待今晚夜幕的降臨。

夜晚陰霾得厚實，讓月光也透不進來，勞累一天的宋玉才剛踏進房門，感激不盡的縣尹，就連忙派人為他送來暖身的佳餚和酒水，而後才千恩萬謝，欣然離去。

正午的那場巫舞，跳得宋玉精疲力竭，他不知道自己是怎麼了，記得腳才剛踏上祭壇的草蓆，整個人就像被什麼東西附了身似的，全然不由自主。

宋玉雖然很會跳舞，也對四年前的那場祭典印象深刻，但再怎麼說，《祭五方神舞》

和《大鵬金翅鳥》*都是難度極大的步伐，他居然連思考都不用，就能輕易將之揮灑出來，宛如跳過幾百回那般熟稔，連他自己都難以置信。

喝下一口暖身的水酒，腹中終於有些溫度。宋玉想起舞蹈時，內心的澎湃激昂和極想要掙脫的寂寞交雜，彷彿侵蝕他的不僅僅是魂魄，還有心心念念的牽掛。

但，是誰，還有誰，曾令這樣的他掛懷呢？……不！宋玉完全想不起來有誰，曾如此令他掛懷。

舉杯又飲下一口，難得大王今晚不召見任何臣子，宋玉為自己鬆了口氣，關上門，脫下那一身溼冷的沉重後，才舉步安然就寢。

迷漫山峰的霧氣愈來愈重，殘弱的日光衰敗地躲了起來，天還沒黑，但暮靄的沉重，已將天色染成一片灰藍。忽然間，眼前出現一窈窕身姿，婷婷玉立，猶如一朵出水紅蓮。

女子立身不動地看著宋玉，沉靜的眸光柔情似水，又像幽深的湖水緩緩湧動，她靜靜地凝視宛如停格的畫面，教人想逃都難。

---

*《祭五方神舞》和《大鵬金翅鳥》均是《端公舞》的一種，端公舞源於楚國的宮廷舞，保留了巴文化和楚文化、巫文化的印記，其舞蹈與楚辭的《九歌》相近，被譽為楚文化的活化石。

傍晚的山風徐徐，站在那處的人兒衣袂飄飄，不滿盈握的柳腰下裙帶翻動，一頭青絲如流瀉的黑瀑，在風中飛灑成墨。

四年前的那一場夢，陡然浮上心頭，宋玉想起了這個陌生女子，那個喚自己巫琅的人。她今日的面色紅潤，透著霞光，與身後的陰霾有著極強烈的對比。

宋玉並未忘記，當那日他說自己不是巫琅時，女子臉上流露出的那種哀悽，而現下的她，宛若已經忘記。

宋玉見她不像上次那樣喊自己為巫琅，不免好奇地走近。

細細一瞧，女子綰起的髮髻上，有對活靈活現的鳳凰珠飾，身上的繡衣滿是精美的祥雲圖案，鑲嵌著五顏六色的綴飾，霞彩照人，薄透的長衣，一如翡翠的蝶翼在風中紛飛，似要展翅而去。

這樣精緻的華服宋玉見都沒見過，更遑論那宛若蟬翼的薄紗，如何是一個凡間女子所能穿的？

「姑娘是誰？為何再次來到在下的夢裡？」宋玉並非不信鬼神，只是從未見過怪奇的他，為自己對這位女子莫名的熟悉，感到幾分詫異。

「巫琅，我是瑤姬啊！」女子輕喚，而那一聲「瑤姬」，彷彿是從宋玉心裡叫出來似的，那樣深刻又清晰。

「瑤姬？」傳聞中的巫山神女，也名喚瑤姬，難道就是這位女子？即使，宋玉曾聽屈太傅說過先懷王夢見神女之事，也作了首〈高唐賦〉歌頌這段傳奇，但也僅此而已，從未想過平凡的他，能夢見傳說中的神女。

神女應是神聖不可近觀的，有些驚疑的宋玉，不自覺向後退了幾步。

瑤姬以為他又要否認自己是巫琅，急急向前環住宋玉，「你曾說不管幾生幾世，都會一輩子等瑤姬，瑤姬現下來了，巫琅可以不走嗎？」

女子擰眉，環抱在宋玉腰上的雙手輕似扶柳，滿是情意的眸光盈盈流轉，傾訴流淌不住的傷，輕軟的語調哽咽，令人聽了萬般不捨。

宋玉一度遲疑，隨即伸手撫去她臉上的冰冷，指腹傳來的溫度讓人幾近心疼，展開雙臂的他，用自己的溫暖貼近包覆，而後緊緊擁住。

宋玉不是無情之人，但從未有任何女子像瑤姬這樣，只見兩次面，就輕易地動搖了他的心。

宋玉已經不知道，要如何拒絕這個女子了，只因為——無法拒絕！

第十三章

神女賦

熊横自觀看了祭祀的巫舞後，心下早已暗暗生疑，以往的巫舞都跳得千篇一律，萬般無趣，何時有巫者，能將這舞步跳得如此驚心動魄，又將鳳鳥的仙姿發揮得淋漓盡致？興致勃勃的熊横，差人將主祭的沈尹氏抓來逼問，才知道那個蒙面舞者，居然是宋玉！欣喜若狂的熊横，立即派人去請他的宋愛卿，誰知，縣尹說疲憊不堪的宋玉早已睡下，為了不驚擾他的好愛卿，熊横只好按下心中的躁動，期待隔日的會面。

終於，一道曙光驅散了前日的陰冷，風和日麗的爽朗，讓人忍不住出外開懷暢遊。閒逛到神女峰的熊横不見宋玉隨行，便問了身邊的景差，景差恭敬答道：「宋大人說他身子不適，正在官驛處休息。」

昨日才聽縣尹說宋玉疲憊，今日又身子不適，焦急萬分的熊横不放心，趕緊遣了隨行的醫官觀紹前去探望。約過了一個時辰，才見宋玉與觀紹兩個人，匆匆忙忙地趕來。

「身子好些了嗎？」越等越難耐的熊横見宋玉到來，連忙主動上前迎了兩步，伸手扶住宋玉欲行禮的上身。

熊横見昨日還舞得仙姿神采的一個人，如今不僅面容憔悴，連向來謹慎平穩的腳步也略略飄浮，尤其是原本就修長的身段更顯消瘦，令人生憐，果真病得不輕。

「回大王，方才觀大夫已為臣扎了幾針，不礙事。」勉力支撐住身子的宋玉恭敬回答，但大王在眾人面前如此關心一個臣子，實在不宜。

「啟稟大王，宋大人只是勞累過度，再加上夜不安枕，待臣回去熬幾帖安神的湯藥服下，睡一覺應該就會復元。」觀紹知道大王看重宋玉，還不趕緊逢迎拍馬。

憂心至極的熊橫揮袖致意，讓觀紹早早去做準備。他的好愛卿如此多才多藝，不但詩詞、歌賦樣樣精通，就連祭祀的巫舞都跳得猶如仙人下凡，教熊橫這個國君，怎能不對宋玉另眼相看？

只是，眼前的宋玉一臉精神不濟，讓熊橫心疼得不知所以，於是關心問道：「愛卿為何夜不能寐？」

宋玉知道大王到巫山只為一事，就是希望有幸能像先懷王那樣，在夢中與神女雲雨，然而經過昨日一晚，宋玉明白，瑤姬並非是先懷王口中，所述的那位神女。

而該如何說服大王，才能讓他放棄見神女的念想呢？

宋玉心生一計，推說自己夢見神女，所以睡不好。

「當真嗎？那神女長什麼樣子？快說予寡人聽聽。」此次的巫山之行驚豔之處真是不少，期待已久的熊橫一時目光灼灼，興奮異常。

禁不住大王再三催促，振作起精神的宋玉，朗聲道：「茂矣美矣，諸好備矣。盛矣麗矣，難測究矣。上古既無，世所未見，瑰姿瑋態，不可勝讚。其始來也，耀乎若白日初出照屋梁；其少進也？皎若明月舒其光。須臾之間，美貌橫生：曄兮如華，溫乎如瑩。五色並馳，不可殫形。詳而視之，奪人目精。」

宋玉想到兩次在巫山乍見瑤姬的驚奇，連他自己都難以置信，這巫山之上果然有神女，只是宋玉不懂，為何瑤姬總喚自己為巫琅，教人實在想不透。

「其盛飾也，則羅紈綺績盛文章，極服妙采照萬方。振繡衣，被袿裳，穠不短，纖不長，步裔裔兮曜殿堂，忽兮改容，婉若遊龍乘雲翔。嫷被服，侻薄裝，沐蘭澤，含若芳。性和適，宜侍旁，順序卑，調心腸。」

宋玉憶起昨晚夢見神女時，她身上華麗的服飾，即使貴為楚國後宮的王后和美人也未必穿得。巧奪天工的織圖和精緻的珠綴，宋玉連看都沒看過，宛如把仙境的繽紛，鑲進五彩的錦緞裡，裁成美麗的衣裳穿在神女的身上。

瑤姬啊瑤姬！妳屢次入我宋玉的夢中，卻只為找尋妳的巫琅，可惜我既不是巫琅，卻又為妳陷入情網，這教我情何以堪？

如今我將為妳作賦，縱使不能留下妳在夢境裡的千嬌百媚，也要將妳的風華與我一同留芳百世。

「夫何神女之姣麗兮，含陰陽之渥飾。被華藻之可好兮，若翡翠之奮翼。其象無雙，其美無極。毛嬙鄣袂，不足程式；西施掩面，比之無色。近之既妖，遠之有望，骨法多奇，應君之相，視之盈目，孰者克尚。私心獨悅，樂之無量；交希恩疏，不可盡暢。他人莫睹，王覽其狀。其狀峨峨，何可極言。」

「果真是天姿絕色，好啊！可惜寡人無緣得見。然後呢？愛卿快說，快說。」沒想到，巫山神女長得更勝於傳說中的美貌，色慾薰心的熊橫，直催著宋玉繼續講下去。

「貌豐盈以莊姝兮，苞溫潤之玉顏。眸子炯其精朗兮，瞭多美而可觀。眉聯娟以蛾揚兮，朱脣的其若丹。素質幹之醲實兮，志解泰而體閑。既姽嫿於幽靜兮，又婆娑乎人間。宜高殿以廣意兮，翼放縱而綽寬。動霧縠以徐步兮，拂墀聲之珊珊。望余帷而延視兮，若流波之將瀾。奮長袖以正衽兮，立躑躅而不安。」

「哎呀！這樣的美人兒，若能讓寡人見上一見，肯定要將她留下。」熊橫頓足，唉聲連連，心想：「怎麼神女就只入宋玉的夢，卻不與楚國國君的我相見呢？」

一旁的景差聽到這裡，也跟熊橫一樣不免質疑。大王是楚國至高無上的國君，巫山神女既然願意現身，理當找的是大王，一如先懷王那樣，又怎麼可能去找一個官大夫，未免太不合情理。

然而，唐勒想的卻不是如此。廷議的朝臣們都說，宋玉平日在朝堂之上雖不常發言，但每每提出的建議都正中朝政上的缺失，其實，他對楚國的政治動向是非常有主見的。

一如前兩年與大王在蘭臺之宮時，宋玉以雄風與雌風，引喻富裕的君王與窮苦百姓，對風有著截然不同感受的諫言。可惜，當時的大王並不引以為鑑，依然故我地縱情聲色。

自宋玉入朝以來，大王雖愛極了他，卻也厭極他像屈原一樣處處約束，提醒著大王的為君之道。

如今宋玉仗著自己年輕麗美，受大王寵愛而肆無忌憚地撻伐國君，這樣的人才若不被他國請去重用，遲早也會像屈原一樣，受大王唾棄而被流放異地。

屈原離開後，宋玉已經沒了靠山，景差表面上雖是幫他，但始終嫉妒他的才華。若連最親近的朋友亦是如此，唐勒也只能感嘆，像宋玉這種出淤泥而不染的人，根本就不該活在世上，尤其，還進入是非不分的朝堂之中，無非是徒留遺恨而已。

「大王莫急，且讓臣將神女之意表明。」宋玉躬身一揖，揮動手上的檀香扇，繼續吟誦。

「澹清靜其愔嫕兮，性沉詳而不煩。時容與以微動兮，志未可乎得原。意似近而既遠兮，若將來而復旋。褰余幬而請御兮，願盡心之惓惓。懷貞亮之絜清兮，卒與我兮相難。陳嘉辭而雲對兮，吐芬芳其若蘭。精交接以來往兮，心凱康以樂歡。神獨亨而未結兮，魂煢煢以無端。含然諾其不分兮，喟揚音而哀歎！頩薄怒以自持兮，曾不可乎犯干。」

「原來如此！就連宋愛卿這般俊俏的才貌，也打動不了神女，可見她的清高脫俗，是神聖不可侵犯的啊！」即使心底隱隱覺得有些遺憾，但熊橫仍對宋玉苦心的循循善誘，再次發出讚歎。

先懷王遇見的神女情思奔放，所以「自薦枕席」，而宋玉口中的神女，卻是另有其人，究竟是現在的熊横不及先懷王的好運氣，還是宋玉在故弄玄虛？

但此時的熊横只是曖昧一笑，對這位愛卿的才氣，更加打從心底讚歎與佩服。

熊横的神色變化，宋玉並非看不出，大王雖一心想與神女雲雨，但憑他後宮佳麗無數，又何嘗真心對待過任何一個女子？

即使天仙絕色，一夜承寵過後，不過是徒增一朵凋零的美麗。

所以，任何女子對大王而言，只是過眼的新鮮，宋玉又怎麼能讓瑤姬受這樣的輕蔑？

——絕對不許！

「是的，大王。於是搖珮飾，鳴玉鸞；整衣服，斂容顏；顧女師，命太傅。歡情未接，將辭而去；遷延引身，不可親附。似逝未行，中若相首；目略微眄，精彩相授。志態横出，不可勝記。」

思及此，宋玉想起與瑤姬的偶遇別離，竟只能在那虛無縹緲的夢境裡。

上天既然安排他們在巫山再次相見，又為何讓宋玉的情感，落得如鏡花水月般在夢醒後獨自惆悵？

瑤姬尋的人是巫琅，愛的不是宋玉，但宋玉已經深陷在這段夢境裡不可自拔、身不由己。究竟是怎樣的因緣，讓瑤姬錯認了宋玉，到底誰能來與他說明白？

宋玉只想得到一個真實的女子，一位可與他相守一生也愛他的女子。倘若瑤姬是凡夫俗子的他不可逾越的，哪怕從此要千山萬水、萬劫不復，宋玉也絕不後悔！

「意離未絕，神心怖覆；禮不遑訖，辭不及究；願假須臾，神女稱遽。徊腸傷氣，顛倒失據，闇然而暝，忽不知處。情獨私懷，誰者可語？惆悵垂涕，求之至曙。」情難自禁的宋玉，衝著一口氣說完，突然感到胸中一痛，不慎踉蹌。

此時的熊橫，依舊在為他錯失與神女的偶遇而搖頭感嘆不已，景差則不可置信地睜瞠著眼，想那最後幾句的意思，唯有唐勒看出宋玉的不適，連忙向前扶了一把，喊道：「大人？」

心痛如絞的宋玉艱難抬頭，回道：「不，不礙事！」

在稍稍穩住心神後，宋玉再也支撐不住情感的潰散，匆匆向大王告退後，急急趕回驛站。

回到官驛的熊橫，擔心宋玉的身子受了涼，直催著觀紹開湯藥給宋玉喝。

楚國的醫官向來喜歡以巫術治病，觀紹因受熊橫看重，得以在醫官中占有一席之地，所以面對大王的寵臣，觀紹自是要使出渾身解數，盡力醫治。

宋玉既是勞累過度，夜不安枕，觀紹自然要讓他睡得更沉些，於是，便在藥裡加了點安魂草。這安魂草可讓人的神智陷入短暫的昏迷，是巫術裡常用的草藥。

夜半，喝下湯藥而沉睡許久的宋玉，終於悠悠轉醒。僵化的他伸展四肢，但腦子依然昏沉，看來這藥不能常服，否則好好一個人都要給食笨。

宋玉本是勉為其難地讓觀紹扎兩針應付了事，但從神女峰回來後實在不適，大王又三番兩次地叫觀紹來看，催得他不喝藥都不行，果然一喝就昏睡到大半夜。

春寒料峭，穿著單衣下床的宋玉，身子不禁微微發涼，正想到桌前給自己倒杯熱茶時，才發現房裡多坐著一個人。

「大王——！」吃驚的宋玉連退兩步，抬高雙手正要躬身拜下。

「現下只有你我二人，無須多禮。」熊橫站起，向前扶住宋玉。

怎麼回事，大王來多久了，自己竟然毫無察覺？

「臣罪該萬死，不知大王在此，竟然……」

「是寡人讓他們不要叫醒你，愛卿何罪之有？」熊橫打斷他。

當觀紹跟熊橫說在湯藥裡加了點「東西」後，熊橫就迫不及待地來到宋玉房裡。

想到與宋玉相處的這幾年，他隱藏的萬種風情，總教身為國君的熊橫驚喜不斷，像是盛世中那抹綻放的桃花，讓人忍不住極欲摘下來占為己有。

然而，當熊橫看著宋玉那沉靜的睡顏，美如冠玉的臉龐，卻鎖著淡淡的憂思，那原本蠢蠢欲動的心，居然就漸漸平息了下來。

「寡人聽觀紹說你愁思不解、氣瘀不順，所以來瞧瞧。愛卿性子向來沉穩持重，有何事讓你想不開？」熊橫示意宋玉坐下，但宋玉不敢與君王同坐，只好略側於桌旁。

「只是昨夜未睡好，精神不濟，並無他事。」應該是昨日的祭舞跳得太累，身體有些虛脫，再加上，連夜作夢確實讓自己感到些許疲憊。

而這天氣真的有些冷，但宋玉不好只替自己倒茶，正想幫大王倒一杯時，熊橫反而先動手了，「那就好。寡人以為，你被昨晚的神女勾去了魂魄，一覺不醒了。」

遞上熱茶，宋玉連忙用雙手恭敬地接下，熊橫見他凍得唇色發白，便解下自己的貂裘大衣，反披在他身上。

「大王，萬萬不可。」宋玉一急，連忙向後退了幾步，手腕卻被熊橫給扣住。

「在這裡，我不想當你的大王。」宋玉總是這樣老古板，時時恪守著君臣之禮，可知自己有多厭煩。

熊橫的強勢不容拒絕，他魁偉的身子靠了過來，執意將被自己焐熱的大衣披在宋玉背後，他舉起伸長的食指把宋玉那精緻的下顎微微抬起，並拉上大衣兩側的束帶，繫緊。

受驚不小的宋玉，頓時腦筋一片空白，目光更不知道該投往哪裡去。

他和大王的距離如此之近，連灼熱的氣息都感覺得到，宋玉不知道該為這樣的舉動做何反應，更不明白，自己能不能接受大王這樣的禮遇？

素日大王對他雖然縱容，也不在意什麼君臣之分，可是此刻，還是太踰矩了。

時間宛如停滯的湖水，平抑不揚波，寂靜的空間裡，除了兩道刻意劃開的眸光，徒留抖動的燭火跳躍。

熊橫那繫好束帶的雙手始終沒有放下，難得宋玉這麼安靜地任他擺布，心裡真有說不出的爽快。

這幾年，熊橫看著眼前的人從初長成的少年漸漸茁壯，再從一個小小的文學侍臣，展露鋒芒成為楚國的議政大夫，而這一切，竟然還不是他真正的面目。

昨日的一舞，讓熊橫更確認宋玉是如此俊美超脫，如此的驚世駭俗，這猶如謫仙一般的男子，怎麼還能再擁有無人可及的機智與才藝？

上天實在不公平！太不公平了！

只是，宋玉總是有意無意地避開與他的獨處，用詩詞歌賦暗喻他的昏庸與放縱，熊橫不是不懂，而是不想、也不願意懂。

宋玉何嘗徹徹底底地瞭解自己受過的苦難和屈辱呢？又何嘗瞭解一個君主所要背負的責任，究竟有多大？

熊橫從先懷王手中接下一國之君的位子，本應是受楚國萬民敬仰的國君，但他卻要面對親生兄弟三番兩次的挑釁，朝臣不分輕重的嘲諷，至於自己想要的權力、忠誠，還有民心，卻始終都得不到。現下的他，只能在偌大豪華的宮殿裡，揣度著每個人的心機、謀略和算計。

身為國君的熊橫，多麼渴望有人理解他的痛苦，渴望有人能安撫他內心的寂寞和孤單，而唯有宋玉一人能成為他心靈的託付。但是此刻，宋玉不僅沒有同情，已自覺如此不堪的熊橫，反而和那些朝臣們一樣，蔑視他自己這個一國之君。

穩重內斂也好，自命清高也罷，宋玉在他的面前越是神鬼莫測，熊橫就越想揭開那層蒙著的面紗，而現下，不就是最好的機會？

「大王！」見熊橫的眸光湧動，宋玉不能不阻止進一步的可能。

宋玉知道大王「嗜美色如命」，稍有不慎，就可能讓「以色侍君」的謠言成真，屆時他和大王，豈不是都要身敗名裂了嗎？

「噓……寡人知道你素來不擦粉，為何身上還會有花香？」

宋玉明白大王只是想轉移話題，自己午後才喝下氣味濃郁的草藥，渾身都是苦澀味，哪來的花香？

「大王聞到的，可是記憶中神女的味道？」宋玉略略側身，好離開熊橫觸手可及的範圍。

「哦？何以見得？」

「因為下午臣說：神女『嫷被服，侻薄裝，沐蘭澤，含若芳。』大王心裡惦記著神女身上的蘭花香，便把臣身上的藥草味，誤以為是花香了。」宋玉頗具玩味的比喻，讓熊橫莞爾。

「罷了，你身子不適，服藥後應該多歇息，明日一早，寡人會再遣觀紹幫你診治，回宮之前務必調理好，寡人還想與你……與你商議許多事。」熊橫明白，以宋玉剛直的性子，絕不會輕易服軟，他又何必自討無趣。

「將來還會有機會的。」熊橫心想。

「謝大王。」鬆了一口氣的宋玉深深一揖，趕緊恭敬地打開房門，送走這位「貴客」。

閒來無事的景差，拿著一壺酒來到後院正想飲酒賞月，才發現深夜的宋玉住處仍燭火通亮。

景差畢竟是宋玉的唯一知己，好友生病不適，他多少要做做樣子，免得教人懷疑。思前想後的景差，正要邁開步伐向西廂走去，誰知一靠近才看清，大王的兩個貼身內侍竟守在宋玉的房門口，而大王恰巧從那一間房裡走了出來。

夜半三更，大王偷偷跑到臣子的房裡，還叫人在門口守著，這說明什麼？兩個人的曖昧關係昭然若揭！

想不到宋玉人前自命清高，私下卻也懂得惺惺作態、故作可憐，教喜歡他的大王放心不下。

嗤之以鼻的景差不禁「哼」的一聲，覺得真是矯情。

其實，午後回到驛站的景差就已知曉，跳巫舞的人正是宋玉。祭祀之時，向來與大王形影不離的宋玉並未隨侍在身邊，再加上景差與宋玉同窗多年，自是清楚他很會跳舞，以往宋玉和屈太傅一人撫琴，一人舞蹈，景差就在一旁舞劍，以娛眾樂。只是宋玉的舞向來溫柔婉約，何時學習如此驚心動魄的舞步，確實令景差不解。

就算景差和宋玉兩人親如手足，但宋玉總有許多出人意表的舉止，叫景差措不及防。然而自古「酒不醉人人自醉」，景差以為，自視甚高的宋玉，絕不屑用美人計來討取功名，但若是大王一昧痴迷，宋玉哪有不順從的道理？

紅顏美色，向來都是引誘國君敗德的禍水，宋玉若不能持重，莫怪景差讓他溺死在這灘渾水裡。

第十四章

秦國奸細

巫山前兩日的明媚春光不在，取而代之的是陰溼的寒冷天氣，陪同的侍者擔心大王聖體受凍，苦勸大王待在官驛處休息，不要出去。縣尹也忙把這兩日網羅的民間女子往大廳裡送，經過一番緊急指點和培訓，好歹能充充場面，不過這些女子在縣尹的堅持下，都必須讓景差和宋玉評過後，才能進獻給大王。

一群婀娜女子得知要侍候的是大王，無不千嬌百媚、淺笑吟吟地穿過迴廊，身上的服飾雖然簡單樸素，相貌也不若宮裡的鶯鶯燕燕，但各個身姿秀麗，勉強算可以。

前一夜獨酌的景差，至今仍醉得人事不醒；而被大王嚇得半醒的宋玉，雖然精神還有些恍惚，但已經好上許多。

民間女子不若宮裡的懂規矩，宋玉還是要親自去瞧瞧才放心，但剛走到一僻靜處，就聽見不遠處傳來女子的驚喊聲。

「你們不能抓我，我不是這裡的人，到底要說幾百次才聽得懂？」

那熟悉的聲調讓行走的宋玉一怔，咦？——像極了夢裡的那個女子。

步履匆匆的宋玉來到後院柴房，感覺聲音止是從裡面傳出來的。

「住口！不是楚國人，難道是秦國的奸細嗎？臭丫頭，還不趕緊從實招來？」手持長鞭的御衛舉手正要揮下，忽聽得身後「咿啞！」一聲，柴房木門突然被打開。

「何事在此喧嚷不休？」行色倉皇的宋玉跨步進來，見大王身邊的三名御衛持刀、揮鞭，似乎正在圍著誰嚴刑逼供。

「救命！我不是奸細，我是被抓來的，快放我出去！」女子對著突然出現的宋玉大喊，就希望有人能救命，她努力扭動雙手和腰身，只想趕快把身上的繩子給解開。

宋玉見柱子上綁著一纖細人影，走近一瞧。

「瑤姬？」大驚失色的宋玉喊道：「妳，妳怎麼會在這裡？」

「不！我不是什麼瑤姬。唉唷！這是怎麼了？難道，巫山還住著一群未出世的古人嗎？有沒有哪個現代人，可以出來解釋一下，現在是什麼狀況？」驚恐萬分的女子快哭出來了，眼前除了將她五花大綁的士兵，又來個更莫名其妙的人，她身上的繩子綁得又牢又緊，弄得細皮嫩肉的她手上一陣生疼。

「你們暫且先退下！」面色鐵青的宋玉雙拳緊握，示意御衛離開。

「可是，此事攸關大王安全……」御衛們面面相覷，誰也不敢作主。

「本官識得這個女子，把她交給本官即可，你們去忙吧！」宋玉心想，他必須趁大王還沒起身前，先把這件事給緩下。

「唯。」從未見過面和心善的宋大人如此疾言厲色，識相的三個御衛，誰也不敢得罪宋玉，便拿著逼供的刑具趕緊離開。

見御衛們退下後，宋玉再次走近，將女子看得更為仔細。

「妳,真的不是瑤姬嗎?」

雖然她的樣貌不若瑤姬柔美,神韻卻極為相似,而且就連女子身上穿的服裝、戴的髮飾,也與前晚夢裡的瑤姬一模一樣。

巫山神女真的來找他了嗎?真的來凡間找宋玉了嗎?

「我不——是——瑤——姬——」嚷紅了臉的女子,既氣憤又狐疑,但因為聽到瑤姬這個名字,她也想把眼前的男人給看得通透。

「你,該不會是巫琅吧?」細看之下,女子也有點糊塗了,不禁怔怔地問道。

然而這一問,卻把宋玉結結實實給嚇到了,她不是瑤姬,卻打扮得如瑤姬一般;自己不是巫琅,卻被她誤認為巫琅。

這讓宋玉不得不暗想:「難道,這個女子也作著與他相同的夢嗎?」

不!現下的自己並非在作夢啊!

「在下也不是巫琅,敢問姑娘芳名?」僵直的身子不聽使喚,宋玉止不住衝動地想要抓住女子,問個清楚。

原來,和冷燕一起到巫山遊玩的雨桐,為了留下紀念,便租了風景區的漢服,打算拍照過過當神女的癮,沒想到,轉身就遇見了幾個身穿古代服裝的男人。

雨桐起初以為他們是風景區為了招攬遊客，故意變裝的工作人員，正高興得想湊過去拍照，誰知他們一見到自己，二話不說便拿出繩子將她綁了起來。

嚇壞了的雨桐急喊救命，但回頭一看才知，不但方才跟她一起拍照的冷燕不見蹤影，連上巫山遊玩的眾多旅客，也都消失得無影無蹤。

驚慌失措的雨桐叫天天不應、叫地地不靈，任憑她再怎麼掙扎、叫喊，都沒有半個人來相救，害怕激怒這幾個綁架她的人，雨桐只好跟著這些人來到一處復古的建築物裡。

天真的雨桐本以為她是誤觸了少數民族的禁忌才會被抓，待見了族長或是誰解釋一下，應該就可以被放回家。

沒想到，抓雨桐的人將她轉交給三個全副武裝的男人，他們不僅身披鎧甲，手上還拿著稀奇古怪的兵器，看起來更為恐怖嚇人。而後，雨桐被那三個男人關進一間堆滿雜物、又髒又亂的小房間裡，還拿起真刀真槍，逼問她是不是楚國人。

這狀似古代刑求的場景把雨桐給嚇傻了，她不過是想拍一張照，竟然會遇到這種不可思議的事情。難道，她跟上電視劇的流行，也「穿越」到古代了嗎？

強作鎮定的雨桐四下張望，在這個滿是雜草和木柴的小房間裡，不但沒有電燈，窗戶也僅用幾根木條架住，沒有電線、玻璃窗，可以說，完全看不到任何屬於現代文明的痕跡。

就在雨桐恍然不知所以的同時，身穿鎧甲的其中一人見天色已晚，和另兩個人嘀咕了幾句後，將雨桐綁在柱子上就離開了。

雖然，雨桐不是很清楚他們在討論什麼，但依稀聽到大王、大人什麼的古代稱謂。這讓努力理智分析，判斷的雨桐更難過了，她真的穿越了，而且，還穿越到一個極不友善的朝代。

驚惶失措的雨桐整個晚上憂心不已，想喊救命又怕招惹來更多古人，好不容易熬到隔日一早，將她關起來的那三個男人又回來了。

他們其中一個揮動長鞭，一個拿起冰冷冷的劍抵在她的脖子上，一個繼續逼問她是哪一國人。幸好，那個長得像巫琅的男人及時出手相救。

這時的雨桐終於頓悟了，她前晚作的夢不是什麼鬼壓床，根本就是穿越到古代的前兆。因為，眼前的這個男人，居然跟夢裡的那個巫琅長得相同的一張臉。

難道，這一切都是眼前這位帥哥，還是，那個名叫巫琅的男人搞的鬼？只是，眼前的這個人自稱他不是巫琅，但為何會和自己夢中的那個巫琅，長得那麼相像呢？

心急如焚的雨桐顧不了那麼多，她只想快一點回到飯店和冷燕碰面，否則，找不到人的冷燕肯定會以為她失蹤了。

雨桐見這個人儀表堂堂似乎比較好溝通，搞不好還能放她一馬，於是趕緊向宋玉求救：

「我叫劉雨桐，是臺灣人，這幾天剛到巫山玩，我不知道這裡是哪裡，你們又是哪個族群的人，總之，我是莫名其妙被抓來的，請你們快點放我回去，拜託！」

「姑娘說：妳是臺灣人？」這個陌生地名宋玉從沒聽說過，也不知道有哪個諸侯國叫臺灣，只見女子一臉焦急得猛點頭，卻對他像巫琅這件事一點兒都不關心，與夢裡的瑤姬全然不同。

「可是就算在下願意放姑娘出去，妳也離不開這個驛站。方才那三人，是大王的貼身御衛，而整個驛站的御衛不下數百人，姑娘若是出這房門一步，恐怕會被當成奸細處死。」宋玉見這個叫雨桐的女子，雙眸閃過一絲懼色，似乎極為惶恐。

「所以才要求你啊！」這個人賣什麼關子，既然他剛說的話御衛會聽，叫他們放了她不就得了，雨桐急得跳腳。

「在未確認姑娘的真實身分之前，在下還不能放了妳。」在宋玉看來，眼前的這位女子果真不是神女瑤姬，除卻外表、衣飾和聲音外，她的行為舉止與瑤姬幾無半分相似。

「那要等到什麼時候？」糟了，她該不會困在這個時代回不去吧？

「請姑娘在此稍候，在下處理完大王的事後會立即來找妳。記得，無論誰來都不要叫喊，也不要逃跑，在下保證絕不會傷害姑娘的。」信誓旦旦的宋玉，終讓雨桐懸著的一顆心暫時緩了下，見她微微點頭表示認同後，宋玉拉起袍服下襬趕緊離開。

「喂！你還沒告訴我，你叫什麼名字呢？」人都轉身走了雨桐才想到，但再叫喚已來不及，只能希望這個古人能言而有信，不要誆騙她才好。

大廳裡的樂音琤瑽，景差和唐勒分坐在兩側，眼前美女如雲讓人目不暇給，而這兩個人卻是各懷心事，鬱鬱寡歡。

景差宿醉，神志尚未清醒，擰著一張明顯不悅的臉，原來，是找不到宋玉的縣尹怕耽誤正事，急忙把這位景大人從暖被裡給請了出來。一旁的唐勒則是為了宋玉作的〈神女賦〉一夜未眠，那個人的才華，早已不是他這種凡夫俗子可比擬的，然而，輸給一個出身貧賤的臭小子，憑著豐厚身家入宮的唐勒，又覺得心有未甘。

宋玉趕到時，景差已將美人兒物色好，再經由唐勒一一盤問後，挑出幾個懂規矩，讀過書的給侍者們領去梳洗打扮。大王愛美色，但不代表徒具美貌就能拉攏聖心，這點唐勒比誰都清楚。

既然，已經有人把事情都打點好，宋玉自然鬆了口氣。

離大王起身還有一點時間，宋玉必須先去柴房把那名女子的事給釐清，否則一旦讓其他人發現，那名女子的小命可就不保了。

只是，向來八風吹不動的人突然變得神色慌張，舉止失常，教人不疑心也難。見狀的景差，本想隨後看宋玉在搞什麼鬼，奈何大王的貼身侍者跑來問東問西，讓他錯失了機會。

去柴房之前，宋玉先到廚房拿了些小點心和饅頭，心裡一邊想著不知道那女子被抓來多久了，御衛是否對她動粗？

在朝多年的宋玉，自是清楚御衛對付奸細的手段，雖然對方是個女子，但並不表示那些御衛就懂得憐香惜玉。憂心至極的宋玉不禁加快腳步，急往柴房走去。

現下韓、趙、魏三國已被秦軍攻下，遠在北方的齊國更無力與楚國周旋，如果那個女子不是楚國人，很有可能會被當成是秦國派來的奸細。大王一向畏秦，寧願錯殺一百也絕不放過一人，那女子當真出現的不是時候。

「靜下心。」宋玉告訴自己。儘管第一眼見到那女子時的悸動仍在，但宋玉已不若方才那樣舉止無措。輕輕推開柴房的木板門，迎向他的是一對欣喜，卻又陌生的眸光，這讓宋玉有一點失望。

「怎麼樣？可以放我走了嗎？」見到宋玉的雨桐掩不住心喜，幸好這個人守信用。

看來，這名喚作雨桐的女子，並不像瑤姬那樣眷戀著他，比起剛剛諸多的揣測和擔憂，此刻宋玉的心反倒顯得有些鬱結。

解開雨桐身上的繩子，見她那纖細的手腕，已被縛出一圈紫青，讓宋玉的胸口沒由來一陣抽痛。他急忙撇開臉，把剛拿來的點心和饅頭遞給女子，總要先填飽了肚子才能問話。

「你真貼心，居然知道我還沒吃飯。」微微一笑，雨桐就不和他客氣了，打從昨天下午被抓來後，雨桐連一口水都沒喝過，古代人還真是沒人性。

「貼心？」宋玉不明白女子說的這詞是什麼意思，但見她毫無警戒地展露笑顏，吃著自己拿來的東西，全然不似個奸細那般謹慎。

「姑娘，識得巫琅？」既然女子不承認她是瑤姬，那宋玉能和她溝通的，也唯有巫琅這個人。

「不認識。」實在餓得太久的雨桐，艱難地嚥了口饅頭後說道：「前晚在巫山作夢時夢到的，他跟你一樣也叫我瑤姬，說約好來世要見面的。」

見男人看她的眼睛突然瞪得老大，雨桐心想：「該不會，這個帥哥也跟我作了一樣的夢吧？」

說來奇怪，雨桐原以為夢裡的那個巫琅就已經夠帥了，沒想到，眼前的這個男人長得更迷人，再加上脾氣好又體貼，簡直就是個少女殺手。

猛地回神，咬著饅頭的雨桐搖搖頭，現在哪有心思想這些啊！再不走，恐怕一輩子都回不去現代了。

「你能幫我逃走嗎？」長得帥的男人對女生，應該比較有惻隱之心吧？雨桐再次哀求。

「難道姑娘對在下，就沒有一點……好奇嗎？」宋玉再次對上那雙饒富光彩的盈盈美目，不若瑤姬惹人憐愛，反倒有些令人……著迷。

「當然有啊！例如你是什麼人，叫什麼名字？還有，這裡又是哪裡？」雨桐再撕下一塊饅頭往嘴裡送，看來，這個人真的把她當成瑤姬了，雨桐乾脆把話講清楚，免得欠他人情。

「在下姓宋名玉，楚國鄢人，這裡是楚國的巫郡。」見雨桐眸中的光彩變得艱深，甚至帶些驚奇和不解，又宛若不是民間的普通女子。

「姑娘若執意離開，在下也不能勉強，只是大王在驛站這段時間，禁衛森嚴，恐怕無法任姑娘隨意進出。倘若姑娘信得過在下，就請再委屈一日，待大王回宮後，在下自會找個機會帶妳離開。」直視雨桐的宋玉，心中似乎在期盼著什麼，卻又說不上來。

可這突如其來的驚奇，讓雨桐整個人瞬時怔住！

自己眼前的這個男人，居然就是繼屈原之後，楚辭的偉大文學家——宋玉！

天啊！原本還在猜自己來到哪一個朝代的雨桐，居然是穿越到兩千多年前的戰國時代，而且，還遇到中國四大美男子之一的宋玉，簡直教人難以置信！

雨桐不懂，到底是什麼原因讓她闖進這個時空，難道是這個貌似巫琅的宋玉，和她有什麼牽扯不清的關係嗎？只是，不管他們之間曾經有過什麼關係，現在的雨桐，一點兒都不想和這個宋玉有任何關係啊！

但再仔細想想，宋玉說的話也不無道理，即使現在自己想回到現代，但一國之君所到之處警備總是特別森嚴，她一個不明不白的現代人，突然闖了進來，不被誤會成刺客才怪！

一想到早上真刀實槍的可怕，雨桐就禁不住腳底發涼，當即是先留下來保命，還是冒著生命危險離開，孰輕孰重，雨桐不會不懂。

「那可以把背包還給我嗎？」包包裡有手機，雨桐必須賭一下，還能不能打電話回現代給冷燕。

終於，她願意留下了。

露出淺笑的宋玉，心中升起一絲莫名的欣喜，雖然，他不清楚女子所說的「背包」是何物，但應該指的是隨身的包袱吧！

「在下會命人打點一間清靜的客房給姑娘，若有人問起，姑娘就說是在下的遠房親戚，是特地來找在下的。」宋玉見女子若有所悟地猛點頭，似乎不那麼堅持離開，便微微放心。

只是這女子的容貌姣美，一身的華麗打扮又太過於醒目，萬一讓大王瞧見了可不好。宋玉打算替她張羅點衣物，便道：「姑娘且在這裡待一會兒，在下去去就來。」

雨桐急忙叫住：「等一下！可不可以給我一杯水，我口好渴啊！」

在驛站裡遍尋不到宋玉的景差正惱著，沒料想他又急匆匆地一路走來，這小子在忙什麼？一副神鬼莫測的詭異。

「子淵，上哪裡去了？大王正找你呢！」景差向前，阻斷宋玉的去路。

看看天色不早，宋玉倒忘了還有大王這件正經事，於是致歉道：「方才勞煩你和唐先生了，大王若是高興，肯定又要大大地獎賞你們。」

一國之君雖不宜太親近女色，然而，悶在這小小驛站實在無聊，來一點歌舞助興，也不失是個打發時間的好辦法。

「就只有你宋大人懂得謙虛？為大王做事是臣子應盡的義務，景差怎敢奢望大王的賞識？」這句是學宋玉說的，景差不過就把名字改成他而已。

「子逸何必挖苦我。」和景差熟識並非一、二日，宋玉當然聽得出他話裡的調侃，但並不特別介意。

「忙什麼去了？」景差聽侍者說，宋玉大清早就到廚房找東西吃，莫不成服了藥，胃口大開？

「今日起得早，肚子有些餓得慌，到處找吃食去了。」見景差一副未卜先知的模樣，斂下眸光的宋玉，淡然一笑，而後回道：「既然大王在找我們，就快走吧！」

越是想瞞的事就越瞞不住，宋玉不是不懂得這個道理，然而，他瞭解景差更勝於景差瞭解自己，事實有幾分真相，宋玉就會對景差坦誠幾分。但在回宮之前，那名女子的身分絕不能透露出半分，否則宋玉和她，都極可能因此背上叛國的罪名，而死無葬身之地。

第十五章
心中所愛

自巫山回朝後，各方討伐宋玉的奏表便如雪片般飛來。罷黜的理由，無一不說是宋玉作的〈神女賦〉內容淫穢不堪、極盡挑逗，不僅玷汙了巫山神女的聖潔，還有誤導國君沉淪美色，荒廢國事之嫌。

再者，宋玉假裝病重不事朝務，不但罔顧君臣禮儀，讓大王親自與他餵食湯藥，甚至，還挑唆大王與眾朝臣的是是非非……各種以訛傳訛的話越說越離譜，為此添油加醋者，更繁不勝數。

熊橫雖明白事實並非如此，宋玉早年作的〈高唐賦〉深獲眾人賞識，怎麼今日作〈神女賦〉就淫穢不堪了？

況且，國君深夜造訪臣子住處只是探病，並不算逾禮，但傳言把如此單純的君臣往來，說成宋玉想要與熊橫密謀朝廷機密要事，還引起令尹與上官大夫的極度恐慌，現下就算熊橫想為宋玉緩頰，也是百口莫辯。

為此，熊橫不勝其煩，趕緊找來景差和莊辛商量，如何替宋玉化解這場莫須有的災難。即便景差心裡對宋玉已有嫌隙，可表面上仍是一味地袒護好友，並指責眾朝臣不該蜚短流長。

「大王乃一國之君，宋大人有才，深受大王榮寵是理所當然。然而，朝臣們卻因為嫉妒宋大人升任，便處處排擠，豈不是要誤了大王，誤了楚國？」話說得鏗鏘的景差，一臉的義憤填膺。

「愛卿說得是，說得極是！」此番剖析聽得熊橫龍心大悅，不禁連忙拍手叫好。

「子逸不愧為宋愛卿知己，明白寡人純粹是出於愛才惜才之心，並非是宋愛卿罔顧君臣之義。這班昏庸老臣，仗著貴族的勢力，總是想凌駕於寡人之上，寡人豈是一個易受擺布之人？」哼了一口氣的熊橫，一定要趁機殺殺這班老傢伙的銳氣。

「那是，大王聖心豈容他人汙衊，臣一定盡力為宋大人洗清冤屈。」景差躬身一揖，極盡討好、諂媚。

於是，熊橫便認真地和景差一起想辦法幫宋玉解難，只是，景差對大王的這番提議，令冷眼旁觀的莊辛始終保持緘默，不發一語。

宋玉升官縱然是因為平定了昭奇之難，但因他早先為文學侍臣時，屢屢干涉朝政，已令許多朝臣們不服。再說，大王不管如何寵愛宋玉，大半夜跑去臣子的房中探視，總是招人物議，尤其密謀一事經此傳出，只會讓宋玉與令尹、上官大夫之間的積怨更深。

楚國目前的大部分朝政，幾乎都掌控在屈氏、景氏和昭氏三個貴族手裡，即使貴族們暫且不動聲色，但並不表示不會對宋玉發難。再加上令尹大人手握重兵，是一個能左右楚國興衰的重要人物，大王的一意孤行不僅會激怒這些人，還可能讓宋玉身陷險境，甚至喪命。

景差明面上是為宋玉說盡好話，暗地裡卻是要將宋玉推進刀山火海，景差這招借刀殺人的計謀果然厲害，不愧是個陰險小人。

虧宋玉還把景差當好友、知己，當真是死了，都不知道找誰償命去。

每每有人彈劾宋玉，熊橫便不准他上朝，免得一個不小心，當廷被人拖進死牢。雖然宋玉自己問心無愧，但壯志未酬，他又怎麼甘心像屈太傅一樣，受小人陷害而離去呢？

與宋玉成親多時的麗姬，見多日不上朝的丈夫，在院子裡沉思許久，想必，也正為自己多舛的仕途愁思不已吧！

這幾個月來，在城中與丈夫同住的麗姬，即便說不上什麼話，但見丈夫眼中的隱憂日益沉重，不免也擔心起幾分。

天涼露重，麗姬燒了壺熱茶端到廊下，想為丈夫驅驅寒，「大人，麗姬已將前兩日大王差人送來的茶葉煮好了，您喝幾杯暖暖身子吧！」

雖然麗姬的音調放得極其輕緩，但仍讓深思的宋玉小驚了下，他一直忘了家裡多了個人，至今還不習慣。

跪坐在簷下的麗姬，就算沒有閉月羞花的美貌，然而優雅秀逸的氣質，教人一眼就看得出是個大家閨秀。可惜，她因為宋玉和娘家人決裂，不僅沒有貼身侍候的奴婢，就連個像樣的婚禮都沒有，終歸是委屈了。

「大王之前賞的宅子，我已經叫人打理好了，過幾日妳便可住過去，我會找個合適的奴婢服侍妳，不教妳再受這樣的委屈。」自從麗姬嫁到宋家後，灑掃煮食都親力親為，宋玉因為忙於政務，也顧不得家裡的一切，但讓一個嬌生慣養的官家女子操持家事，還是太難為她了。

「大人不是不想搬離這裡嗎？怎麼突然……」聽不出宋玉語意的麗姬不明白。

「這裡簡陋窄小，妳跟著我難免不便，大王賞的宅子雖稱不上豪華，但至少寬敞，妳們主僕二人住著會舒適一點。我每月會差人拿些俸銀過去，不至於讓妳們吃苦……」自從宋玉的心裡有了瑤姬後，更不可能再容下任何女子，與其繼續耽誤麗姬的青春，倒不如早點為她作番打算。

「大人可是要休了麗姬？」主僕二人？麗姬不懂，難道宋玉不與她過去同住嗎？

「如果可以，子淵情願是小姐休了我。」嘆了口氣的宋玉倒上一杯熱茶，遞給麗姬，「成婚之前就與小姐言明，子淵的妻子僅能是心中所愛，跟著這樣的我，只會讓小姐受委屈。」

「大丈夫就算有個三妻四妾也不為過，況且，我並不想與誰爭名分，就算在您身邊當個侍妾都不行嗎？」每回宋玉提起此事，總令麗姬的心中隱隱生疼。

麗姬自幼就識得宋玉，記得還是小小年紀的他，因為父親早逝，不得不在她家門前擺攤賣書。麗姬的爹見宋玉聰穎伶俐，不僅長得一表人才，又當了屈太傅的得意門生，便欣喜地與屈太傅訂下這門親事。

可惜，這段姻緣並非宋玉所願，兩個人雖然同住一個屋簷下，卻謹守男女分際，絲毫不曾逾越，麗姬至今仍不明白，宋玉為何不能為她所動？

「大人若是對哪家姑娘上心，大可光明正大地將她迎進門，就算是世家貴族之女，以您今時之地位，懇求大王賜婚也無不可。您口口聲聲說的心中所愛，究竟是何人？所謂的真愛，莫不是想逐妾出門的藉口而已？」柔軟的聲調再也止不住激動，面對宋玉這樣幾乎不染塵，甚至坐懷不亂的聖人，麗姬竟覺得獨白向他奔來的自己，過分輕賤。

「婚事原是崔大人和太傅訂下的，如不是小姐執意下嫁，子淵斷然不敢有這種非分的念想，更何況是休妻這樣的殘忍？」誰又會知曉，宋玉心悅的，竟會是巫山神女峰上的神女瑤姬，倘若他真要言明，也只會像先懷王那樣，淪為他人茶餘飯後的笑柄而已。

「子淵不敢耽誤小姐終生，所以為妳另行安排住處，時日一久，自然不會有人再記得妳我曾經結過婚。他日，若是妳有好的對象，儘管修書一封，子淵必不敢留妳。」既然沒有感情，倒不如斷得乾淨些，就算孑然一身，宋玉也絕不後悔。

「既是遵從了娘親的意思，你我便是同甘共苦的結髮夫妻，大人說這樣的話，豈不是辱沒了麗姬？日後別再提這裡簡陋窄小，就算露宿街頭，我也會跟著大人。……大人何時將心中所愛納進門，麗姬就何時離開，否則，大人明媒正娶的妻子就只有妾一個，麗姬是絕不會辜負娘親所託，狠心丟下您一個人的。」麗姬微微欠身，站起來向宋玉致意後，款款離去。

自成婚以來，嫻靜委婉的麗姬，鮮少這樣疾言厲色地與宋玉說話。平時舌粲蓮花的宋玉，此刻竟被她訓斥得一時啞口，怔怔地不知所以。

宮裡不能去，家裡又待不住，此時的宋玉，竟找不到一處可容身。嘆了口氣，才想起還有一件事正等著他去處理，邁開腳步，宋玉獨自往城外一靜謐處走去。

初春的日光暖暖，微風送爽，河道旁的枯柳樹剛冒出了點嫩芽，點點綠黃。順著水流蜿蜒曲折，有些地方甚至窄小如腸徑，岸邊布滿了青苔水草，在清澈的水下流連婉轉。

回想與大王回宮那日，宋玉信守承諾，要把名喚劉雨桐的那名女子，帶回她被抓來的地方，然而，兩個人找了半日，都無法回到女子熟識的那個地方。為了避免離開太久，引起同行的大王和御衛們起疑，宋玉只好將女子藏在自己的馬車裡，一併帶回郢都。

宋玉猶記得，找不到路回家的她，在馬車裡極力地隱忍，直到大王的人馬進城後，才掩面放聲大哭。

女子不是楚國人，也沒有入城的許可和令牌，即使進城也不知道能住在哪裡，宋玉只好將她安置在自己城外的舊居住下。

宋玉明白失去親人依靠時的恐懼，更瞭解那種迷失在陌生地域，孤立無援的孤單感。也許正因為兩個人的際遇如此相像，宋玉才不忍心讓她在世間受無情的摧殘，更遑論，將她丟在如此可怕的混亂時局裡。

蜿蜒來到一處靜僻小巷，矮矮的黃赭色土牆，裹著一層薄薄的青衣，紅漆斑駁的木門，爬上幾株新生的翠綠。

習以為常的宋玉伸手推開門，一縷熟悉的幽香撲鼻，院子裡那棵高大的樟樹，正冒著紫紅的肉芽。院子不大卻打掃得乾淨，正前方有間木造小房，看起來雖有些破舊，但整體上依然算完整。

環顧四周，宋玉見女子獨坐在迴廊邊，仰著頭若有所思，熟悉的神態和樣貌令宋玉迷惑，似乎有某種綺思在隱隱騷動著他。

自穿越後，雨桐不止一次回想到底是什麼原因，讓她來到兩千多年前的楚國。在巫山時，雨桐曾讓宋玉去找她被御衛抓走的地方，可應是眾多遊客倚欄拍照的觀景臺，此時卻是樹木林立、雜草叢生，只有一條小小的泥石路可走。

回郢都的路上，藏在宋玉車上的雨桐越想越著急，可即使她想請宋玉這個古代人想想辦法，卻又怕駕車的車夫會聽到他們的對話，只好一路隱忍。直到宋玉將她安置在城外故居，雨桐這才意識到，自己真得一個人在古代生活了。

在這個沒有手機、網路，舉目無親又隨時會被當成奸細抓去砍頭的戰國時代，雨桐第一次感到恐慌、害怕，無助又絕望。她哭著、喊著，問老天她做錯了什麼要這麼懲罰她，可是，有用嗎？

沒用。

況且，雨桐會穿越到古代絕非偶然，一定是某個事件引發她來到楚國，既然如此，她得讓自己先活下來，再找機會研究穿越回現代的方法。

正想著如何解決困境的雨桐，感覺到異常集中的視線，揮開眼角餘光的她從迴廊邊跳下，說道：「你來啦！」

「讓姑娘委屈了，還住得慣嗎？」兩個人不過相處幾日，宋玉就發現這姑娘的一舉一動，不若尋常人家，雖說不至於踰矩，但總覺得少了些矜持。

「哪裡，還要感謝你，找了間房子給我住呢！」哭了好幾晚，雨桐也哭累了，反正穿越就這麼回事，既來之則安之，有人依靠總比流落街頭的好。

「在下平日忙於公務無法出城，所以請了隔壁的周大娘幫著打點照料，姑娘有事儘管找她，無須客氣。」宋玉從懷裡拿出幾枚銅貝，放在院子裡的石桌上，「這些銅貝姑娘自個兒留著，若有需要也儘管拿去用。」

「這個是？」雨桐沒看過楚國貨幣，自然不清楚銅貝是用來做什麼的。

「這是楚國使用的錢幣，雖然鄉下地方多是以物易物，不過隨身帶著幾枚銅貝，也可備不時之需。」見女子原本清亮的雙眸，瞬時淚光閃閃，宋玉不解問道：「姑娘這是怎麼了？」

「叫我雨桐吧！老是姑娘姑娘的，感覺好生疏。」吸了吸鼻腔，沒想到宋玉這個古代人不僅借房子給她住，還不忘給她錢買東西，感動得差點兒掉淚的雨桐振作道：「我看大家都是自給自足，不如拿這些錢買些菜苗來種，你說好不好？」

傾顏微笑，一時倒教宋玉不知該如何應答。

「雨……一日三餐周大娘會照應妳，不用擔心。」一個姑娘家的閨名，豈是男子可以隨意掛在嘴邊的，宋玉這會兒還真叫不出來。

「我知道以你今時今日的身分地位，肯定是吃穿不愁，可是我不一樣，總要找個方法養活我自己，不是嗎？」雨桐又笑。

「說到底，我對你而言，不過就是個撿來的陌生人，你願意這樣幫我已經算是仁至義盡了，我怎麼能再當個米蟲，白吃白喝呢？」至少在回到現代之前，雨桐都必須想辦法在古代自立更生，這裡沒有超市和便利商店，想要不餓肚子就要自己來。

原來，她的心思如此縝密，性格也這般堅強，宋玉是有些小看這女子了，「就依姑娘吧！不過，這些銅貝妳還是留著自個兒用，別再跟在下推辭了。」

雨桐開心地點頭收下，問道：「那，書房裡的東西，我能不能用呢？」

「姑娘識字？」問了才發覺自己說錯話，宋玉有些難為情。

「都說別叫姑娘了。」雨桐倒不在意，「我不認識楚國的文字，所以還要請你幫忙翻譯。」

「翻譯？」怎麼這個姑娘，常說些讓人聽不懂的話？宋玉納悶。

「就是……哎呀！你直接過來吧！」不同時代的人說話還真辛苦，雨桐拉著宋玉的長袖，直接向書房走去，只是雨桐的這一舉動，卻教平日謹言慎行的宋玉，大吃一驚！

雖然宋玉幫她不求回報，但畢竟男女身分有別，兩個人也總是保持該有的距離，但此時，女子這麼親密地拉著他，若教旁人看見了豈不是要誤會。然而想起夢裡的瑤姬，也是見兩次面就與他如此親近，宋玉心下不免對雨桐又多了幾分熟悉與暖意。

踏進書房的宋玉，見裡頭乾淨得一塵不染，架上的竹簡也排列得整整齊齊，看來雨桐已經打理過一回。但桌案上的筆墨，早就乾涸不堪使用，應該全換新的才對。

這些都是宋父生前留下的東西，雖然宋玉偶爾也會來，但已鮮少在這裡書寫，正想著要置換哪些東西時，雨桐已經拿出一卷竹簡，看向身邊的宋玉。

「我認識的文字跟你的不同，所以你唸給我聽，我來寫成自己看得懂的，這就叫翻譯，懂嗎？」雨桐很認真地解釋她的想法，沒想到，卻惹來宋玉失笑。

這女子的口氣竟如此狂妄，居然問他這個議政大夫懂不懂，即使自己說了，她就寫得出來嗎？

原本正經八百的人，突然露出難以揣測的笑容，雨桐又不是笨蛋，當然猜得出宋玉這個大文學家歧視她的目光。再怎麼說，雨桐好歹也是個大學生，沒道理被一個古人看不起，不服輸的她攤開竹簡，頤指氣使地說：「隨便你問吧！」

看來不試一試，雨桐是不會輕易善罷干休，宋玉接過竹簡瞧了瞧，正是自幼就倒背如流的《詩三百》，自是難不倒他了，於是宋玉挑了一首最簡單的。

「蓼蓼者莪，匪莪伊蒿。哀哀父母，生我劬勞。蓼蓼者莪，匪莪伊蔚。哀哀父母，生我勞瘁。缾之罄矣，維罍之恥。鮮民之生，不如死之久矣！無父何怙？無母何恃？出則銜恤，入則靡至。」

見鬼了，這什麼詩？雨桐除了「哀哀父母」外，其他一個字也不懂。

見姑娘擰眉沉思許久，手上的筆動也不動，宋玉挑眉道：「如何？」

「那個……這首剛好不會，再挑一首。」雨桐揚聲，一臉的不服。

憋著笑的宋玉再將竹簡攤開了些，繼續往下找，「南有樛木，葛藟累之。樂只君子，福履綏之。南有樛木，葛藟荒之。樂只君子，福履將之。南有樛木，葛藟縈之。樂只君子，福履成之。」

說完，宋玉仍不忘朝女子看了下，但見雪白的貝齒咬著脣，白淨的面容乍然露出兩片緋紅，不禁又想笑。

「不准笑！」雨桐伸出食指止住他。

沒想到，雨桐這個現代大學生到了戰國時代，不僅一無是處，居然還成了文盲，連一首詩都聽不懂。雖然，雨桐很想找個地洞鑽進去，但怎麼也不能在一個古人面前丟臉啊！

「那……換個方法，你唸給我聽，順便解釋一下詩的意思，或許我就知道怎麼寫了。」話說出口雨桐才想到，就算自己寫錯了，宋玉也看不懂她寫的字，她暗罵自己笨，這點腦筋都轉不過來。

「也好。」許久沒這麼開心的宋玉，不好掃了雨桐的興致，反正自己閒來無事，教雨桐識點字也是好的，「方才唸的頭一首詩是〈蓼莪〉，意思是指：做子女的要緬懷父母對自己的恩德；而第二首〈樛木〉，則是指：君子要有樂於助人的好品德。凡是讀過《詩三百》的人，都能朗朗上口。」

雨桐這才又想起，春秋戰國的《詩三百》，在漢代後改稱為《詩經》，再加上，詩裡的字義與白話現代文相差甚遠，她自然是聽不懂的了。

不服輸的雨桐將竹簡拿了過來，正襟危坐，示意宋玉繼續解釋其他的詩，於是，兩個人在書房研讀至日落西山，宋玉才風塵僕僕地趕回城裡去。

接著幾日，朝中大臣仍在為宋玉的事和熊橫爭論不休。令尹大人聯合景氏、昭氏欲罷黜宋玉議政大夫的官職，甚至揚言若不讓宋玉辭官，將士們就不出兵征戰。

秦軍自攻下韓、魏、趙三國後，一直對鄰近的楚國虎視眈眈，在這個節骨眼上，若三軍將士不上戰場，那郢都不就等於拱手送給秦國。為此，熊橫即便氣得整夜沒闔眼，卻還是拿子蘭和貴族一點辦法也沒有。

莊辛早就料到這個結果，大王雖是一國之君，然而把持軍務的令尹大人，若真要對宋玉動手，恐怕就連大王都止不住。於是，莊辛趕緊派人暗中通知宋玉，讓他遠離郢都到他國去避避風頭。

只不過，宋玉仍是一派悠然與自在，根本不把這場鬧劇放在心上，但是為了安全著想，他還是向熊橫告假，少入宮為妙。

因著這件事，成為閒人的宋玉，每日都到城外陪雨桐讀書、耕種。

在鄉下住慣的宋玉本以為，主動要求自給自足的雨桐應該很熟悉農作，沒料到，她居然一點種菜的概念也沒有，連刨土挖到一條蟲，都會嚇得尖叫逃跑。宋玉不知道的是，從小就住在臺北那種大城市的雨桐，菜是吃過卻從來沒看過菜蟲啊！況且，知道菜怎麼種是一回事，真正動手又是另一回事。

雨桐心想這幾日幸好有宋玉幫忙，否則像挖土、挑水這種粗活，自己這個現代人根本就做不來。只是，宋玉上朝後，她一個人要怎麼辦？

當初為了不麻煩宋玉，自己才誇下海口說要種菜，一則是為了養活自己，二則是拿去賣可能還有機會賺錢，或換點生活日用品。但在古代的生活超乎她的想像，少了自來水的便利，她光是到河邊提一桶水就快累死了，更遑論，劈柴來燒水洗澡這種奢侈。

唉！老天為什麼不長眼，讓她穿越到這麼久遠的時代來受苦？

這幾日，雨桐總是在宋玉面前刻意表現得忙碌，但宋玉並非看不出她心裡的孤單，每每宋玉要回城內時，雨桐即使是笑著和自己道別，宋玉也總能感受到，那對眸子裡溫度的變化。

周大娘是個粗人，安慰不了雨桐那顆敏感又纖細的心，宋玉雖然沒有再追問她的來歷，卻很清楚雨桐與他們這些人，是極為不同的。有時她像個村姑，什麼都可以自己來；有時又像個大家閨秀，什麼都不會；外表看似很堅強，其實，內心仍像個孩子般脆弱。

雨桐曾說她不是瑤姬，但那張姣好白淨的面容根本就是天生，不是尋常百姓能生養出來的麗美。尤其是兩個人初見時，她身上穿的那些服飾，恐怕就連宮裡最好的師傅，都做不出來。

雨桐究竟從何而來？去巫山做什麼？

她與瑤姬、巫琅又是什麼關係？往後，宋玉又當如何與她共處下去呢？

挖著土的兩個人各懷心事，直到周大娘喊一聲吃飯，才猛然回神。

雖然，這段時日吃的都只是粗茶淡飯，但雨桐胃口卻出奇的好，也許，是粗重的農活消耗掉她不少體能，再加上初春的天氣微寒，身體須要補充更多的熱量來保暖。

「來來來，姑娘多吃點，瞧妳忙得臉都瘦了。」微胖的周大娘忙添上飯，又替雨桐盛了一碗滿滿的雞湯，笑道：「這是老身自家養的老母雞，下的蛋可多啦！剛好燉來給姑娘補一補，儘量吃，別客氣。」

來古代生活幾日的雨桐知道，鄉下人家養母雞，是為了下蛋和孵小雞，周大娘把這麼珍貴的母雞煮給她吃，實在讓她不好意思。

雨桐接過飯，感激地點頭致謝：「勞煩妳了！大娘，都怪我的手太不靈巧，點火、燒柴怎麼都學不會，連頓飯都煮不出來。」即使周大娘教了祕訣，雨桐也試過很多次，奈何，怎麼都無法順利地把柴火點起來。

「不礙事，前陣子春雨下得多，這些柴火又放得久了，自然不好使，待夏日多晒點日頭就行啦！」周大娘也給宋玉添好了飯菜，這才準備離開。

周大娘雖然是個鄉下人，但見過的人物也不少，雨桐的皮膚白又細嫩，怎麼看都不像是會幹農活的人，尤其是像劈柴、燒飯這種事，就更不可能會了。

「大娘，一起吃吧！」雨桐見周大娘要走，急忙叫住她。

「我家裡還有活兒要忙呢！你們快吃，吃飽些。」周大娘的臉原本就豐潤，笑起來更像尊彌勒佛，雨桐也不好強留她，畢竟，人家也只是宋玉請來幫忙的。

周大娘見默默吃飯的宋玉沒多開口，笑得更為曖昧，雨桐不解，待大娘離開後劈頭就指著宋玉問：「你一個月給大娘多少錢？」

宋玉沒料想她問的居然是這個，差點「噗哧！」把嘴裡的飯給噴了出來，為了避免失態，又硬是把飯菜給吞回去，卻忍不住咳了起來。

疑心漸起的雨桐，不認為宋玉是不小心嗆到，反而更加緊迫盯人，「大娘該不會以為，我是被你包養的吧？」

聞言的宋玉一愣，差點忘了呼吸。

怎麼一個姑娘家說起「包養」兩個字，還能這麼不臉紅害臊的，她才來楚國幾日，便學會了那些高官貴族的風流。

「你給的錢我都會記下來，等我賺了錢再還給你。」見宋玉不吭聲也不反駁，好像真有那麼一回事，雨桐不願被別人誤會，必須搶先把話說清楚。

只是雨桐的這一番表白，倒惹得宋玉心裡不痛快了，便問道：「姑娘就這麼急於和在下撇清關係嗎？」什麼還不還的，自己打從救她的那一日起，就沒別的心思，她居然說要記下來？明明到現在字都沒學會幾個，再說了，她一個姑娘家肩不能挑，手不能提，連個菜都種不好，能賺什麼錢？

「本來就應該撇清關係。你為什麼對我這麼好？是因為瑤姬嗎？我說了，我不是瑤姬，你也別把我當成瑤姬，這樣明白嗎？」莫名的一股氣直從鼻子裡冒出，好像不把瑤姬抖出來，就無法發洩雨桐心中的不滿。

雖然，宋玉從來沒有說過瑤姬是自己的什麼人，但雨桐就是不願意當任何人的替身。

「瑤姬是瑤姬，妳是妳，在下沒有把妳們當同一個人。」好好的一頓飯，怎麼吃的火藥味十足，宋玉本是耐得住性子的人，可瑤姬畢竟是他心上的牽掛，雨桐何故把她扯進來？

「那你到底把我當什麼了？我根本不是你這個時代的人，我們不該湊在一起的，都是那個無聊的夢，把我困在這種鬼地方……」壓抑已久的委屈終於潰堤，雨桐捂著臉，再也承受不住地嚶嚶啜泣。

離家這麼多天了，手機根本無法打回現代去，沒有人知道自己穿越到了戰國時代，所有的人都可能以為她失蹤，甚至死亡。

想到自己還沒有來得及完成大學學業，也沒有來得及談一場轟轟烈烈的戀愛，甚至連見爸媽最後一面都做不到。這個時代乃至這個國家都容不下她，除了宋玉，沒有人知道她來自哪裡，她也不敢告訴任何人有關自己的身世。彷彿自己實實在在地存在這個時空，但這個時空裡卻又完全沒有她。如此鬱悶又糾結的心情讓雨桐快失去理智了，她不敢想像自己未來的路要怎麼走，只知道要是沒有宋玉，她可能不用三天就會餓死在這裡！

「雨桐？」見她毫不遮掩地在自己面前掩面哭泣，宋玉卻無法安慰半分，即使雨桐口口聲聲說她不是這個時代的人，但還是要想辦法在這裡活下去，這就是現實啊！

「如果妳想家，在下可以想辦法再送妳回巫山找一找。」除此之外，宋玉真的幫不上什麼忙。

「不！不……不用了。」抽抽噎噎的雨桐揮掉淚，努力堅強地抬起頭來，「穿越都是這樣的，要不我死，要不被車給撞了，否則是回不去的。」

這，是什麼意思？宋玉怎麼感覺，雨桐已經開始語無倫次？

「大王每隔幾年就會到巫山祭祀，妳好生待著，至少會有機會。」聽不懂雨桐方才說的那些，宋玉只好再拿話安慰她。

「但……我可不當你的妾！」她知道古代男人都有三妻四妾，但雨桐絕不當人家的小三，她不忘再次向宋玉聲明：「你去跟大娘講清楚，我只是暫時借你的房子住，以後會還你錢的，我們誰也不欠誰。」

雨桐這話又回得讓宋玉怔住了，這姑娘，還真是語不驚人死不休啊！

為了安撫雨桐的情緒，宋玉直到城門關閉之前，才匆匆趕回郢都城內。

麗姬知道現下朝中混亂，更擔心宋玉會因此出事，所以始終一個人靜守在門口舉目遙望，好不容易盼得丈夫歸來，便忙不迭的迎上前去。

「今日忙得晚了？」麗姬從景差那裡得知，宋玉這幾日都向大王告假，然而不用上朝的他，仍天天外出至日落才回來，究竟忙什麼去了？

「嗯。」淡淡地回應後，宋玉不再多言。他與麗姬的相處模式，這幾個月來沒什麼改變，兩個人的關係，也並未因麗姬前些日子的一番剖白，而有所轉圜。

這一切就算沒有瑤姬，宋玉也不會對麗姬產生任何感情。

麗姬端上剛熱好的飯菜，一碟榨菜拌香干，一碟水芹菜，還有一鍋冬筍湯。宋玉生活素來簡約，既不飲酒也不愛食肉，即使升任為議政大夫，也沒什麼多大改變，反倒是下嫁過來的麗姬，改掉以前魚肉滿桌的習慣，也跟著吃起粗食。

只盛了碗湯的宋玉，一想到方才哭得狠的雨桐，不免心下又多憐惜了幾分。晚風的沁涼吹進屋裡，讓衣著單薄的麗姬有些發寒，見丈夫若有所思的她起身將窗子關上，免得冷飯菜讓宋玉吃壞了肚子。

「我已經讓人請了個丫頭，明日就會來，以後，家裡的雜事就讓她做吧！」既然，宋玉讓周大娘替雨桐打理三餐，沒道理讓名門閨秀的麗姬，獨自張羅家務，再怎麼說，她都曾是官家千金。

當初宋玉極力反對這門婚事，也正是因為如此。

麗姬自幼受良好教育，即使明知他已經沒了屈太傅這座靠山，依然堅持不二嫁，然而，這只會給宋玉帶來更多的愧疚。他與麗姬是生活在兩個極端的人，麗姬的爹，就算不再入朝為官仍能富甲一方，而宋玉，就算高居議政大夫，卻依然兩袖清風。

宋玉想到自己力爭上游，好不容易能為國家社稷盡點力，卻要不斷受那些世襲的高官貴族曲解、羞辱，這樣的坎坷仕途真教人心灰意冷。也許，哪天他也會像屈太傅一樣，被這些人逼至窮途末路，而將滿腔的理想抱負，投諸於山林江水。

興許，歸隱田園才是合適他的路吧！尤其是這幾日和雨桐的相處，讓宋玉感到分外自在與輕鬆，再者，下田幹點農活，勞累勞累，反而讓自己的身子更舒適。

想到這裡，宋玉的腦子裡，突然竄出今日雨桐揚聲的那一句：「我不當你的妾！」不覺掩嘴失笑，那丫頭還真是口無遮攔，直白得很啊！

原本，麗姬還在替宋玉為她請了個奴婢的體貼心意而感到欣慰，喜上眉梢的她正想向丈夫謝過，卻被那張俊臉，莫名出現的笑靨給迷了去。

自成婚以來，從沒見過丈夫笑的麗姬一怔，瞬時感到背脊發涼，身為女子最敏銳的直覺告訴麗姬，宋玉他……外面有人了！

第十六章

暗自較勁

多日不見宋玉的熊橫心裡急得慌，朝中紛擾一日不平，他的宋愛卿就一日無法入宮，萬一宋玉哪天想不開真辭了官，自己該如何是好？再者，景差出的主意雖好，然而子蘭和貴族不肯輕易罷手，這事要到何時何日才能了？

夜半三更，熊橫又將景差再次召進宮商議。

「子蘭那廝偏要與寡人作對，甚至拿三軍將士要脅寡人將宋愛卿罷黜，真是欺人太甚！」幾盞美酒下肚，激憤的熊橫，將桌案上的酒菜盡掃於地，氣喘吁吁。

「大王息怒！依臣拙見，剛拿下韓、魏、趙的秦國，歷經這幾次大戰後，餘下的將士已不足十萬，無力攻楚。再者，他們的馬匹精疲力竭、糧草不繼，急需待在原地休養生息。況且，現下的北方天寒地凍、積雪如山，就算那白起是天降神兵，也無法即刻揮軍南下，令尹大人此時拿三軍要脅大王，實非明智之舉。」

「話雖這麼說，但寡人也不能真的讓邊關虛空啊！秦國的奸細屢屢在邊境窺探，萬一……」擰眉的熊橫撫鬚，認真思考能不能冒這個險。

「此時北方的白起已不足為懼，要防範的，應該是南邊的黔中郡。秦國覬覦黔中郡無非是想得到那裡的銅礦，而據臣所知，一年前秦將司馬錯將部分的隴西軍留在當地，與村民混居在一起，暗暗探查銅礦所在，這才是最令臣憂心的。」

「那……那又該如何是好？」熊橫這一嚇可不小。當年的司馬錯，差一點就從楚國手中將黔中郡奪了去，現下又想來攪局，真是令人不勝其煩。

「除卻令尹大人率領的三軍將士，大王身邊並無可靠的親信可用，何不趁此機會拔擢忠心之士，好為大王效力？」劍眉微揚，景差將心裡盤算已久的計畫，向熊橫提了出來。

「愛卿的意思是？」如真有對他忠心的臣子，熊橫理當提拔，然而，眾朝臣表面對這個國君恭敬，肚子裡實則暗藏玄機，究竟誰能為他所用，熊橫一點把握也沒有。

「這幾年，唐勒唐先生盡心竭力服侍大王，無人不知、無人不曉，但礙於侍臣的身分低微，唐先生的耿耿忠心和滿腔抱負卻無處可施展。恕臣斗膽，懇請大王封唐先生為黔中郡守，替大王好好守住南方的那一塊寶地。」在心底冷笑的景差勾起脣角，心想著看這次還不把唐勒那廝，徹底踢出郢都？

然而，昏庸的熊橫，哪懂得景差這招表相稱許，暗地插刀的狠招，反而高興地拍桌道：「說得好！愛卿說得極是。如此一來，寡人再也不用受制於子蘭，也可讓宋愛卿早日回宮上朝。」

歡欣至極的熊橫，隨即揮手招來侍者，「來人哪！拿筆墨，即刻傳寡人旨意，封唐勒為黔中郡守，要他即刻上馬就任。」

面無表情的景差立在一旁，彷彿這一切，都在他的掌控之中。

「危機既已解除，那寡人立即派人去通知宋愛卿，你說可好？」熊橫對景差此次的獻策十分滿意，不由得欽佩了起來，儼然把他當成心腹看待，自是要事事詢問景差的意見。

「倘若大王允許，臣願意親自通知宋大人這個好消息。」劍眉微揚的景差一躬身，表現得十分樂意。

「如此甚好、甚好，那寡人就准你明日不用上朝，你們哥倆好好敘敘。」

景差與唐勒早年同為文學侍臣，在熊橫面前暗自較勁，朝中人盡皆知，但因著景差升任為大夫後，官職高於侍臣許多，唐勒使不再與他爭寵。即便如此，景差並沒有放棄除去唐勒這個眼中釘的打算，但礙於大王欣賞唐勒的才華，他才一直未能將唐勒趕出郢都。

所以，景差此番利用宋玉這件事，剛好給唐勒一個下馬威，誰敢得罪他，不死也要賠上半條命！

黔中郡雖然是塊軍事寶地，但地處荒涼、人跡罕至，生活條件甚為嚴苛，唐勒表面上升了官，但往後日子卻比不上郢都城裡的一隻牲畜。況且，向來與宋玉水火不容的唐勒，若知道大王是為了讓宋玉還朝，才升任他為黔中郡守，可能會氣得當場吐血！

奉熊橫之命去找宋玉的景差，此刻在馬車上正為自己下的一手好棋洋洋得意，誰知一眨眼，便瞥見宋玉穿得一身輕便深衣，正要往城外方向走去。

已數日不見宋玉的景差，在心裡不禁納悶：「大清早的，他這是要去哪裡？」

景差和宋玉同窗多年，又一起在朝中共事，景差對宋玉這位「好友」的一舉一動，自是十分明瞭。但打從去了巫山那日起，宋玉的屢次怪異行徑，就常惹得景差分外質疑。

宋玉一向不吝於在大王面前表現他的特別，舉凡詩詞歌賦，甚至是跳巫舞，無一不努力討大王歡心，就如這次引起朝臣極度不滿的〈神女賦〉，不就是暗喻要大王戒女色嗎？

宋玉表面上要大王遠離夢寐以求的巫山神女，暗地裡卻又做出勾引大王的下流手段，真教人為他感到不齒。再者，宋玉裝病也就算了，回宮的路上還鬼鬼祟祟，不知道在瞎忙什麼，大半天才跟上大王的車駕，惹得大王頻頻關切詢問。

難道，宋玉要大家都知道，大王時時刻刻都離不開他嗎？

可惜，被美色蒙蔽心眼的大王，根本看不到宋玉耍的這種小心機，景差為了避免重蹈唐勒被喻為登徒子的覆轍，更不敢在大王面前批評宋玉半分。

這讓景差不免在心底暗暗埋怨，若不是因為宋玉的模樣長得好，大王又怎麼會整日為他神魂顛倒？

說到長相外貌，擁有貴族血統的景差，即使不若宋玉那仙人般的俊逸，但英姿煥發的他，在郢都也算得上風流倜儻。也因此，想攀上景氏的名門望族，無不想盡辦法讓自家閨女，嫁給這位尊貴的景大人。

只是，自小在貌美如花的姨娘堆裡長大的景差，總喜歡享受美人懷裡的軟玉溫香，這也是與高尚孤高的宋玉極為不同的。

此刻，一見宋玉出城的景差感到疑惑，可是他坐的馬車太華麗醒目，為避免被宋玉發現，景差拉開車簾、跳下馬車，並吩咐車夫往另一頭離去後，才獨自一人緊跟在宋玉身後，尾隨著出城。

連著幾日的明媚春光，河岸上的柳樹，垂掛成一道道翠綠色的簾幕，就連田埂邊的小花，也五顏六色開得繽紛燦爛。

雨桐見門前幾株梨花，在微微的春風中搖擺，甚是喜歡，嫩白的花瓣迎風輕顫，落了一地碎雪，她採了幾枝含苞的梨花插在陶瓶裡，不願見這些花兒全都落了泥。

「這些梨花會結成梨子嗎？」出身都市的雨桐，手拿著梨枝，興奮地轉頭問起周大娘。

「會的，只是果子小又澀，不能吃。」難得姑娘好興致，跟大人一樣，總喜歡把花兒養在家裡，可甚少人會把梨花當擺飾。

梨與離同音，雨桐既然和宋玉在一起，這種不吉利的花，還是少擺在家裡的好。周大娘正考慮要不要提醒雨桐不妥時，春風滿面的宋玉，已瀟灑地走了進來。

「大人，您來啦！」周大娘將身子微彎，臉上又堆滿了笑。

宋玉將手上一份包得紮實的紙袋，遞給周大娘，溫聲道：「這些桂花糕拿給小狗子吃吧！他這幾日詩唸得好，應該獎勵獎勵。」

「這……這怎麼好意思！」膚色蠟黃的周大娘略紅了臉，羞赧地躊躇不前。

「拿去吧！讓他把前幾日學的，都寫來給我看看，過幾日我再給幾篇文章，讓他好好學習。」宋玉將桂花糕又遞過去了些，周大娘一臉欣然，喜出望外地收下。

「不知道我家小狗子，上輩子燒了什麼好香，居然讓大人毫不嫌棄地看上了，又教他識字讀書，真教我這個做娘的不知……不知道該怎麼報答大人。」說著說著，始終低著頭的周大娘，居然紅了眼眶。

「小狗子的爹去得早，我只是略盡棉薄之力，盼他以後能出人頭地，為國家效力。」幼時的宋玉若不是蒙屈太傅收留，小小年紀恐怕也活不到現在，更遑論入朝為官，感恩圖報的他，自是能救一人是一人。

「是是是，大人說的是。老身這就回去，教小狗子好好讀書，努力作功課。」抹淚的周大娘一邊點頭稱善，一邊彎腰鞠躬，連忙退出內室。

「看不出，你還是個濟弱扶傾的大好人。」跟著周大娘亂感動一把的雨桐淺笑。

「要不，妳這會兒還在哭天搶地地喊救命呢！」見周大娘走後，宋玉又從袍袖下拿出一小包，笑道：「這是給妳的。」

「我也有？」除了錢，這是宋玉第一次送東西給她。

有點興奮的雨桐不客氣地接了過來，七手八腳地拆開，聞道：「好香啊！」

宋玉見雨桐喜歡，終於放寬心，順便替她倒上一杯水，「同樣都是學生，為師的當然要一視同仁。」

「啐！不過是互相學習交流，哪裡就成為我的老師了？況且，我懂的你不見得都懂。」自尊心強的雨桐不以為然。

原來，雨桐從周大娘的口中得知，看似成熟穩重的宋玉，其實跟她一樣，都只有二十歲。雨桐因為是穿越過來的，才會對楚國文字一竅不通，其實，經宋玉解釋後，她大概都能猜得出詩的意思，這根本不算是教吧！

「哦！說來聽聽。」相處多日的宋玉也知道這姑娘傲氣，但雨桐幾次三番地挑釁，讓宋玉自己也好奇，她究竟有何本事，得以如此口出狂言？

「宋玉，字子淵，你幼年喪父，七歲那年屈原收留了你；十六歲當了楚王的文學侍臣，在巫山作了著名的〈高唐賦〉；十八歲在蘭臺之宮，作了勸諫楚王的〈風賦〉；二十歲又在巫山作了傳誦千古的〈神女賦〉，而且，你最近還因為和莊辛平定了昭奇之難，升任為議政大夫。」說到這裡的雨桐，看了眼詫異萬分的宋玉，料他也該有這種表情，不禁在心裡更加地得意。

「妳……如何得知這些事的？」面色鐵青的宋玉緊握雙拳，難以置信地瞪視眼前的這名女子。

若說她對自己的行事瞭如指掌，興許只是跟周大娘打聽來的，可昭奇之事純屬軍事機密，並非普通的尋常百姓能知曉，雨桐又怎麼會如此清楚？

「嘿嘿！說出來會嚇死你，我知道的可不止這些。」揚眉的雨桐高聲道：「現在的戰國雖然還有七雄，但最後都會被秦國所滅，秦始皇會成為統一中國的第一個始皇……」

「啪！」不待雨桐說完，怒不可遏的宋玉拍桌立起，把正滔滔不絕的雨桐嚇了一跳，「妳，究竟是何人？居然替秦王造謠生事！」

沒見過宋玉用這麼嚴厲的語氣說話，受到驚嚇的雨桐，終於意識到自己猖狂過了頭，搞不好還真會被誤以為，是秦國派來臥底的奸細。

瞬間縮小了音量的雨桐，嚅囁說道：「之前也和你說過，我是兩千年後的人，因為查過你的生平，所以知道這些……」

兩千年後的人？這是什麼意思，這世上，有哪個凡人能活兩千歲？

宋玉不懂，即使他把藏書閣裡的各國經典都讀遍，也從沒見過有誰可以活兩千年。再者，雨桐曾說她來自臺灣，這個陌生地名，自己查了許多書籍始終不得其解，現在經雨桐這麼一說，終於明白了。

宋玉兩次在巫山夢到瑤姬，而莫名出現在神女峰的雨桐，不但穿的與瑤姬一模一樣，還作了和宋玉相同的夢。倘若雨桐會把宋玉當成瑤姬的巫琅，那她豈不就是神女瑤姬？

忽然頓悟的宋玉激動向前，他拉住雨桐的手腕問道：「妳曾告訴我，妳是臺灣人，而書籍裡對臺灣的記載是：『臺』——觀四方而高者；『灣』——臨水之濱也，『臺灣』儼然就是一處靠水之高地，如此的山水仙境，住的可都是神仙？」

凝視的眸光漸漸收緊，宋玉見雨桐似被自已料中般，微蹙著眉，竟感到些微顫抖。

雖然，雨桐被宋玉的這番話問得有些懵，但細想之下又覺得滿有道理，臺灣確實是靠海的高地，原來當初取名是有這個典故的，怎麼歷史課本都沒寫？

「你說的都對，可我只是個普通人，真不是什麼神仙。」雨桐再次澄清。她知道宋玉的事跡，全是因為歷史有記載，雨桐並不想頂著神女的頭銜，到處招搖撞騙。

「沒關係！那些都無所謂，因為，我也不是妳以為的巫琅，只是一個普普通通的宋玉。」

興許，雨桐在成了凡人後忘了某段記憶，又或者，有什麼她不能說出口的原因，總之，她擁有得知過去和未卜先知的能力是事實，這點容不得宋玉懷疑。無論雨桐是不是瑤姬，既然轉世為人，宋玉就應當把她當雨桐看待，而非將她當成瑤姬的影子。

「記住，別向任何人說起這些事，否則會被抓去砍頭的。」雖然恐嚇的意味濃厚，但見雨桐認真地直點頭後，宋玉原本緊繃的情緒，也跟著因此緩解，「那妳再繼續說說，往後的楚國……又當會如何呢？」

景差尾隨宋玉來到城外，崎嶇不平的田間小路泥濘又難行，身穿華服、錦鞋的他，怕弄髒了自己的衣褲，始終小心翼翼地走著，卻在心裡不住地犯嘀咕，「什麼地方不好去，偏要到這裡來瞎折騰？」

轉眼來到一處破舊的土牆院子前，景差當然知道這是宋玉的老家，一年前就是他將被趕出家門的麗姬，給送到這裡來的。

不過事隔那麼久了，今日又不是宋玉娘親的祭日，宋玉跑回來做什麼？

景差偷偷往裡頭張望了番，見院子裡不但打掃得乾淨，還零零星星種了些時令蔬菜，不覺傻了眼。宋玉這廝該不會因為令尹大人和貴族們的幾句嘲諷，就真打算辭官歸隱，種田去了吧？

即使景差因為嫉妒好友的才華，也曾對那些流言蜚語推波助瀾，卻沒想讓宋玉真的離開朝廷啊！

正打算再往前進幾步的景差，突然見木造門被打開，一老婦從裡面邊走邊抹著淚出來，景差連忙將身子往樟樹後一躲。

「小狗子的爹啊！你天上有靈，一定要保佑咱們宋大人長命百歲、子孫滿堂，一定啊！」老婦雙手合掌、口中喃唸不斷，並虔誠地朝天上拜了幾拜，才蹣跚地離開。

滿肚子狐疑的景差，在確定老婦走遠後，又猶豫了一會兒，打算進屋找宋玉好好談談，辭官是件大事，況且，大王也絕不會允准他離開郢都的。誰知景差才一靠近，就聽得一清亮女聲，從屋裡傳出！

自從宋玉的娘親死後，念舊的他，偶爾會來這裡緬懷自己的爹娘，所以一直沒有讓別人再住進這間屋子。而現下是誰？是誰能讓宋玉將如此珍貴的房子，借給一個女子居住？

呀然不已的景差，直想奔進屋裡看個仔細，但理智卻警告他不要戳破這張紙，隔著單薄到幾乎穿透的簾子，景差隱隱約約，聽到那個女子說話的聲音。

「說好嘍！以後你多告訴我一些楚國的事，或許，我可以幫你出點主意。」

「如此甚好！不過妳識的字實在太少，仍須再用功點，明日起就別再種菜了，在書房好好習字即可。」

「那……有桂花糕作獎勵嗎？」

「當然。」

門外的景差又聽得宋玉笑道：「將《詩三白》默完，贈桂花糕一盒如何？」

「成交！」

驚駭不已的景差連連退了幾步，幾乎不敢置信，那女子要宋玉多告訴她有關楚國的事，指的又是哪些事？而高居議政大夫之職的宋玉，居然還答應如此可疑的要求。

深居閨閣的女子，詢問國家大事本就可疑，但宋玉卻不防，那楚國豈不是要毀於一個女子之手？

不！向來機智詭異的宋玉，怎麼可能如此輕易落入敵人設的陷阱裡，這其中，必定還有景差不為所知的隱情，這女子，無論如何一定要查清楚她的底細。

接下來的幾日，景差都派人祕密監視著雨桐，可惜除了宋玉和周大娘，根本沒有其他人與她接觸過。女子也果真應宋玉的要求，每日在書房勤練書寫，僅僅在三餐飯後，到院子裡澆菜、除草。

據探子回報，宋玉每日都會到城外與女子會面，兩個人幾乎一整日都待在書房裡，直到日落西山，宋玉才會返回城內。

這讓景差分外不解，狀似親密的兩個人，又好似一點都不親密。

景差所認識的宋玉幾不近女色，以往就算他硬將宋玉拉到倚蘭苑，那些傾倒於郢都最負盛名男子的姑娘，無不想從宋玉絕美的目光裡，得到幾分垂愛。但幾次周旋後，依舊沒有任何一個姑娘，能撩動宋玉漠然的神色半分。

尤其在麗姬下嫁之後，宋玉為了避嫌，更是完全拒絕再涉獵秦樓楚館。也因此，喜歡流連在鶯鶯燕燕處的景差，與宋玉疏遠了不少，再加上，令尹大人和景氏聯手排擠宋玉和莊辛，景差更不能像以往一樣，日日與宋玉同進同出。

可城外那女子的出現提醒著景差，宋玉幾次突出的表現，或許不為他的聰明機智，而是透過其他關係得來的消息。一如莊辛，不就是在趙國打聽到昭氏密會嬴瑩的事後，才讓宋玉沾到平亂的這點光嗎？

宋玉仗著自己貌美，不但將楚國的一國之君，迷得神魂顛倒，還勾結不明人士惑亂朝綱，如果不徹底揭發他的真面目，景差枉為楚國大夫！

為此，景差果斷決定要與宋玉劃清界線，並和令尹子蘭聯手，一起將宋玉趕出郢都。

第十七章

驅逐出城

自從唐勒被指派到黔中郡任命後，令尹用三軍要脅熊橫的喧嚷，也收斂許多，危機解除的宋玉再次回返宮中議事。只是，他與令尹人人及貴族們的僵局仍未化解，幾次三番在廷上被朝臣用言語譏諷，為此，熊橫不免要私下對這位宋愛卿慰勉幾分。

這日下朝後，熊橫獨留宋玉，說是要與他商討禦秦的計畫，實則命人準備了酒菜，要與他月下共飲。

「愛卿這幾日委屈了。」心情甚佳的熊橫發話，侍者為君臣二人斟上酒後，便識相地退守在一旁。幾日不見，宋玉並未如熊橫想像的萎靡頹喪，反倒在眉目間多了些俊朗和精神，看得熊橫分外著迷。

「臣不敢！」一心只想著如何籌劃禦秦計策的宋玉雙手作揖，恭敬依舊。

「來！寡人敬你，今晚不醉不歸。」全然不瞭解宋玉心思的熊橫，笑逐顏開地舉盞一飲而盡，宋玉見大王難得興致好，也跟著飲下一盞。

「如今唐勒已至黔中郡上任，寡人身邊唯有愛卿和景差兩人，你們可要好好為寡人盡心輔政啊！」熊橫想到如今朝中人心背離，一一都向著他的異母胞弟子蘭，不禁要為自己的孤立無援搖頭嘆息。

「大王是堂堂一國之君，天下臣民無一不輔弼於大王左右。現下朝中雖然還有些混亂，但臣與莊大人、景大人必不負大王所託，齊心協力整頓朝綱，假以時日，定能讓楚國開創一番新氣象！」發自內心激憤的宋玉，揚聲道。

其實，當宋玉知道唐勒被派到黔中郡時，對大王的這道旨意，確實感到有些呀然與不解。後來，才從莊辛那裡得知整件事的來龍去脈，均是出於景差之手。但唐勒終究是個文人，大王要一個文學侍臣上前線與敵軍周旋，未免太欠缺考慮。

宋玉明白，為讓他儘早返朝的景差，舉薦唐勒完全是出於一番好意。但年紀尚輕的景差思慮畢竟不夠周全，宋玉在此刻提起莊辛，不外乎就是希望大王除了景差，也能多聽聽老臣莊辛的建言。

只是，熊横本想藉機在宋玉面前訴訴苦，博取宋玉的同情，沒料想他真把自己的牢騷當一回事，連莊辛那個老頭也給扯了進來，不免有些殺風景，「愛卿的雄心壯志，寡人如何不知？只是礙於現下朝中無人，寡人就算想有一番作為，也什麼都做不了。」

想起莊辛那個老頑固，動不動就對熊横這個國君勸這個、禁那個，實在煩人，有些來氣的熊横逕自再飲下一盞，方才想與宋玉歡暢的氣氛，瞬間消逝無蹤。

「莊大人遊歷各國，博學多聞，倘若大王肯讓莊大人輔助左右……」

「寡人已經讓他官升三等，這樣還不夠嗎？」打斷宋玉的熊横微怒，立身站起的他，指著前方的人道：「為何你總不瞭解寡人的心意？除了朝政，在你心裡曾想過寡人嗎？」

「大……大王？」心意？大王的心意是什麼？

看著面色鐵青的大王，竟然無緣無故對自己發脾氣，隨侍熊橫多年的宋玉，一時回不出話來。

「寡人再問你一次，你心裡真有寡人嗎？」無視身邊侍者們的瞠目，高聲的熊橫起身拉住宋玉，問得露骨。

自從巫郡回宮後，熊橫屢屢藉機想要與宋玉獨處，奈何他一點機會都不肯給。現下，自己日思夜盼的人兒近在咫尺，熊橫還不一口將宋玉生吞活剝了？

「臣、臣一心效忠楚國、效忠大王，臣的心裡……當然，有大王。」似乎聽出點端倪的宋玉回得謹慎，可這並不能阻止，熊橫接下來的驚人之舉。

「那好，寡人要你今晚留宿宮中，哪裡都不准去。」粗暴的熊橫用力一扯，將宋玉那修長的身軀攬進懷中。

惶恐至極的宋玉，一時間也不知要如何掙扎，連忙喊道：「後宮乃朝臣禁地，臣如何能進……臣不能踰矩啊！大王！」

而失去理智的熊橫，哪裡還聽得進別人的一言半語，既然宋玉不瞭解他的心意，那他就想辦法讓宋玉「瞭解」。

宋玉的一番掙扎惹得熊橫慾火焚身，更恨不得當場將這人兒壓在身下，撕得粉碎。

熊橫的貼身侍者司宮和兩側的侍者、宮女見此荒謬情景，也跟著亂了起來。但大王生性蠻橫，他打算讓哪一個臣子在後宮留宿，哪有他們這幾個奴才置喙的餘地？

宋玉見在場的所有侍者各個瞪大眼睛，卻沒有一個人敢吱聲，不禁在心裡暗暗叫苦，只盼著有哪個人可以幫忙止住大王的失控。

就在宮內一團混亂的當下，外頭的侍者急急來報：「稟大王，莊大人求見！」

聞言的宋玉驚喜回首，心想自己有了得救的希望。

「不見！今晚寡人誰都不見！」情慾噴湧的熊橫，仍擁著宋玉不斷往內殿裡走，可個子較高的宋玉，再怎麼說也是個堂堂男子，怎麼可能任由人擺布。

有莊辛壯膽的宋玉，果斷抽出被熊橫緊拉的手，並連退幾步嚴正道：「宋玉不能因一時軟弱而毀了大王清譽，楚國國君若不能以國事為重，宋玉寧願從此辭官歸隱，一生再不踏足郢都半步。」

「你！」指著宋玉鼻子的熊橫咬牙，這廝不但脾氣硬，就連心腸也一樣狠，居然敢學子蘭威脅他。

「好，很好。既然你如此鄙棄寡人，那寡人愛惜你又有何用？來人！」氣極的熊橫，再也耐不住心中交織的愛恨情仇，當下一揮袖，怒道：「傳寡人旨意，即刻起，削去宋玉議政大夫官職，將其貶為……」

「大王！」原本在殿外候旨的莊辛，聽到裡面的大聲喧嚷後，急奔入殿。

不解宋玉何故惹怒大王的莊辛，連忙止住正在發話的熊橫，緩頰道：「大王息怒，萬萬不可削去宋玉的官職。」

「寡人是一國之君，掌握天下百姓的生殺大權，難道，連削去個官職都不行嗎？」熊橫見慌亂的侍者已將筆墨準備好，而一旁的宋玉卻視若無睹，好像全然不在乎自己將下的旨意，更加怒火燒心。

「傳寡人旨意，削去宋玉議政大大之職，將其貶為庶民，並立即搬出郢都城，永遠不許……」

「大王，楚國之所以能不費一兵一卒，平定了昭奇之難，都是因為宋玉洞察先機的功勞啊！」噗通一聲，見勸不住的莊辛當即雙腳跪地懇求道：「現下，秦國的威逼不曾稍減，唯有留住宋玉這樣的賢臣，才能繼續輔佐大王，庇護我楚國，大王務必要三思啊！」

匍匐叩首的莊辛見一旁的宋玉不搭腔，怒氣未消的大王又不肯收回成命，只好硬拉著宋玉一起跪下，誠心求道：「臣，懇請大王恕罪！」

驟然的安靜，徒剩下熊橫一人盛怒的急喘聲，除了持筆墨的侍者和司宮外，其他人都齊刷刷地退到殿外，免得遭受池魚之殃。

熊橫不是銅牆鐵壁，哪怕只要宋玉一個懇求的眼神，什麼旨意、什麼成命，他都可以當作沒說過。但宋玉這廝仍是挺著一副漠然的傲骨，彷彿跪求的是莊辛的命，而不是自己的，這叫他一個堂堂國君情何以堪？

斂下眸，深吸口氣的熊橫肅冷道：「既然你對寡人無情，寡人又何必對你有義？」

聞言的莊辛大驚，正要開口再說，卻被揮袖的熊橫阻斷。

「來人啊！即刻押宋玉出郢都，沒有寡人的旨意，永……」一咬牙，熊橫終是不忍將話說得太狠絕，於是道：「沒有寡人的旨意，不許進城。」

「臣，叩謝大王！」終於等到這旨意的宋玉跪地一拜，積累的滿腔熱血從此灰飛煙滅，不剩星火餘溫。

因著大王的旨意，宋玉被宮裡的侍者，連夜押送至郢都城外，沒有行囊包袱，也不許眷屬隨行，更沒有機會跟家裡的人道別。懊惱至極的莊辛直至返家後，才派人通知麗姬這個消息，聞此惡耗的麗姬連哭都來不及，就差一點昏死過去。

過了數日，景差也上門對麗姬勸慰了幾番，但見憔悴不已的她整日食不下嚥，淚雨如珠。

惱羞成怒的熊橫雖將宋玉遣送出城，卻沒真除去他的官職，宋玉進城的令牌也未被沒收。宋玉回想，日前莊辛要他遠離郢都避禍的警告，言猶在耳，自己卻沒把這當一回事，如今大局已定，一切均為時已晚。

「放心！你還有機會再回去的。」勤練詩書的雨桐，見宋玉整日愁眉不展，不得不再一次洩漏天機。

只不過，宋玉僅當她是在安慰自己，便苦笑道：「這下子，妳真得要自立更生了。」

「幸好，你之前給的銅貝我都還留著。」雨桐笑答。

雖然，史書上記載宋玉會再受熊橫重用，但雨桐沒進過城，對楚國的物價水準一點都不瞭解，根本不知道她手上的銅貝能夠撐多久。未雨綢繆的雨桐轉而問宋玉：「你身上還有其他值錢的東西嗎？」

兩袖清風的宋玉伸展雙臂，又是一番苦笑。

雨桐見楚國的議政大夫身上，居然連個簡單的配飾都沒有，不禁皺眉。不過，她很快便想到了自己的另一樣東西，便猶疑道：「我有一塊玉佩，但不知道值不值錢？」

聞言的宋玉，見雨桐轉身進房拿出一個長相怪異的包袱，就是她之前所謂的「背包」，在裡面翻找了一會兒，然後拿出一塊透著翠綠的玉佩。

「喏！就是這個，如果需要儘管拿去換錢。」雨桐將玉佩遞給宋玉。

一臉疑惑的宋玉接過玉佩，仔細端詳了下，這塊玉的水頭通透，翠色飽滿圓潤，是塊極好的上等玉石，即使在宮裡都很難得見，而雨桐居然隨隨便便就拿出這麼好的東西讓自己去典當？

只是細想之下又不免失笑，倘若雨桐穿的衣飾都已經巧奪天工，那配一塊上等玉石，自是理所當然。

剛觸及玉佩的掌心，不知為何突然覺得溫熱，上頭的翠色也顯得更為亮眼，彷彿成了一股裊裊青煙在眼前流轉。好奇的宋玉眨了眨眼，不覺將玉佩拿的更近一些，誰知，心口竟像被刨開般的一陣泛疼。

「謝謝妳的好意！不過在下並不需要。」直覺這不是凡間俗物的宋玉，趕緊將玉佩還給雨桐，也感激她雪中送炭的好意。

相處久了，宋玉的個性雨桐大概也摸透了幾分。自從自己上次跟宋玉說了一些有關未來的事後，宋玉就真把她當神女了，想必現在的宋玉，也把這塊玉佩當成天上的東西，不敢拿吧！

「反正，你知道我有這個東西可以應急。」今天一早，雨桐見宋玉在門外站到天亮，連行李都沒帶就被趕出宮，可見他真把楚王給惹火了。

這個時代沒有勞基法，就算被解僱也拿不到半毛錢，宋玉現在不但有家回不了，更慘的是，還沒有提款機可領自己的賣命錢。

唉！為現狀不平的雨桐嘆了口氣，屈原和宋玉都生錯了時代，命中注定要和他們的上司處不來，結果一個跳江屍骨無存，一個落得孤獨終老一生，難道，偉人的命運非要這麼坎坷才行嗎？

宋玉見雨桐一會兒搖頭，一會兒嘆息，莫不是自己不拿她的東西，讓她心裡難受了？

「子淵是苦過來的人，就算粗茶淡飯也可以過日子，妳不用擔心。」淺淺一笑，宋玉怎麼感覺需要安慰的是雨桐，而不是他自己呢？

宋玉原本無害的這一笑，卻讓直視他的雨桐硬是愣在當場，動彈不得。

雖說，剛知道他是名聞天下、四大美男子之一的宋玉時，雨桐也曾為那張如畫裡走出來的美貌，驚歎不已。但當時孤立無援的雨桐，只把宋玉當成一根救命稻草，根本無心在意他的外表。

而就在這幾日宋玉上朝，沒有來看望自己的時候，一個人的雨桐，突然領悟到了所謂「一日不見，如隔三秋」的失落感。

其實，今早看到宋玉站在門口時，雨桐還曾誤以為，宋玉是想念她連夜趕來的，只是那一剎那的激動，硬是被現實給無情地掐熄。

宋玉是楚國堂堂的議政大夫，不僅才華洋溢人又長得帥，圍繞在他身邊的女人，肯定如過江之鯽，這麼出色的一個男人，又怎麼會牽掛一個寄宿在家裡的小女生？

「雨桐？」見她一直沒應聲的宋玉輕喊，怎麼這丫頭眸光似水，雙頰生紅，該不會是犯病了吧？

宋玉的擰眉直視，讓雨桐那張火燒似的臉，瞬間變得更為發燙，她剛才在想什麼啊？好糗……。

「那個……你昨晚一夜沒睡，房間我都整理好了，你先……先去小睡一下，午飯我再叫你。」羞得正要跑開的雨桐，忽然覺得自己說錯話，連忙揮動十指改口道：「你……你不要誤會，我說的是書房，不是我的房間，是書房哦！不要走錯了。」

原來，這丫頭也是會害臊的啊！勾起唇角的宋玉，又露出會心的一笑。

誓言要將宋玉趕出郢都的景差，一夕之間突然失去唯一的對手，反而落得無事可做。雖然，宋玉不是因為景差而被大王驅逐，詳細情形他也不得而知，可宋玉的驟然離開，卻使得與之爭寵多年的景差，感到莫名的空虛。

唯一清楚詳情的莊辛，不僅閉口不談那一晚的事，就連替宋玉請命官復原職的話，也沒敢在大王面前多說上一句。

如今落難的宋玉除去一身官職，不但有家歸不得，就連妻室都不能陪伴其左右，這讓景差怎麼都想不透，到底是什麼原因，讓寵愛宋玉多年的大王，對他如此狠心絕情？

難道，是那名女子的事被大王發現了？但通敵的罪名不小，一如昭奇和嬴瑩，隨即就判了個死刑，怎麼可能只將宋玉驅逐出郢都外，置之不理？

諸多線索剪不清理更亂，不勝其煩的景差，乾脆到酒樓喝酒買醉。

夜半，喝到微醺的景差跑到宋玉家中，與麗姬說三道四，直言宋玉在外頭有了新歡，又說，宋玉為了那個新歡見罪於大王，因此被大王逐出朝堂。原本還擔心丈夫安危的麗姬，已經多日夜不能眠，如今被景差這麼一攪和，哭得更加椎心斷腸。

沒想到，宋玉在外頭真的有人了，難怪，成親至今都不肯與她親近。

「究竟是哪家女子？為何大人不將她納進門，反而留戀在外？」麗姬只曉得宋玉清高，即使是高官貴族的女兒，他也未必喜歡，所以那女子到底是何身分，竟然讓忠心耿耿的宋玉，為了她頂撞大王？

「納進門？」醉眼迷濛的景差，失笑道：「子淵將她安置在城外的老家，兩個人朝夕相對、情深意濃、好不愜意，納不納女子進門，又有何區別呢？」

沒想到向來謹守禮教的宋玉，居然會為了一個女子，拋棄了他最尊崇的孔孟學說，讓聞言的麗姬更加傷心欲絕。

即使是下嫁，但麗姬身為官家之女，宋玉再怎麼說，也總要給她這個妻子顧上幾分顏面。麗姬的姿色即使不算出類拔萃，論起家世，也不至於輸給一個不經事的丫頭，可為什麼，聰明絕頂的宋玉偏偏就不明白呢？

麗姬雖想找丈夫問個清楚，卻又怕宋玉真把人納進家門後，反而趕她出走，於是夜夜暗自垂淚，祈禱丈夫早日回心轉意。

翌日，晨光剛透出點亮，揉著惺忪睡眼的雨桐，走到廚房準備舀水洗臉，誰知，才剛踏進廚房門口就撞上個硬物，痛得她蹲下來大叫：「唉唷！」

宋玉知曉雨桐不太會生火，所以拿著柴火正準備煮食，一時也沒料想她會直楞楞地撞上來，連忙問道：「磕著妳了？」

「好痛！」習慣一個人住的雨桐，忘了家裡多了個人，也沒想到宋玉會親自到廚房裡煮東西，被撞出個包的她泫然欲泣，捂著青紫的額頭不斷吸鼻子。

瞧這丫頭連眼淚都撞出來了，肯定傷得不輕，放下柴火的宋玉，連忙用熱水捂暖了布巾，遞給她，「趕緊揉揉吧！」

痛出一身汗的雨桐直搖頭，說什麼也不肯把捂著傷的手放下，見雨桐明明是個大人，卻還像個孩子似的性子，宋玉不忍心，只好主動替她擦擦。誰知一拉下手才發現，那額上果然磕破了個洞，密密的血漬直冒出來，看得宋玉不禁心凜了下。

說也奇怪，每回宋玉只要見雨桐受傷，心下就不免一陣刺痛，第一次在巫山見雨桐被綁得紫青的手是，這回磕破頭也是。

「疼吧？」慢慢用布巾按去她額上的殷紅血漬，宋玉見雨桐唇咬得緊，又把力道放得更輕些。

「疼。」感覺折斷手都沒這麼痛，雨桐痛得頭皮都發麻了。

「要請大夫嗎？」宋玉見緊閉雙眼的雨桐，臉色慘白，怎麼像個孩子似的，這麼怕疼？

「不用，我背包裡有小護士，抹一抹就好了。」都沒錢了，還請什麼大夫？常聽人家說：「屋漏偏逢連夜雨」，真是一點兒也沒錯，都這個節骨眼了，還要破財消災，幸好雨桐的背包萬能，不然肯定要多花錢。

可宋玉沒聽過小護士，那是什麼東西？

擦淨了傷口，昏著頭的雨桐轉身到房間裡拿藥，不明所以的宋玉怕她又出什麼狀況也隨後跟了來。但見她又從那個奇怪的「背包」裡，拿出一個小小的綠色盒子，打開後，一股清涼卻從未聞過的味道，侵入鼻腔。

「可以幫幫我嗎？」房裡雖然有銅鏡，但根本看不清楚，雨桐又不可能瞎塗整個額頭，只好請唯一的男士幫忙。

一直站在房門外的宋玉面露難色，現下孤男寡女同在一個屋簷下，就已經很容易引人非議了，他怎麼能再進一個姑娘家的房間？再者，當初收留雨桐時就曾言明，會讓她待到大王下次去巫山祭祀之時，宋玉總不能因為自己回來住，就把雨桐趕走。

不過，幸好周大娘不多話，否則傳了出去，叫一個姑娘日後怎麼嫁人？

只是，雨桐不瞭解宋玉一直站在房外的原因，以為他是不好意思，於是很大方地直接把他拉進門來，「這裡沒別的人了，你不幫我誰幫我？」

見方才還在吸鼻子的孩子，這會兒又對他頤指氣使的，宋玉真不知道自己該氣還是該笑。拿著雨桐給的那一盒子，小巧又精緻，裡面還裝著類似香膏的東西，不覺神奇。

「用手指沾一點，抹在傷口上。」雨桐猜宋玉不會用，便像下指令般說明，還不忘提醒：「要輕一點哦！」

這丫頭，有點得寸進尺！

滿是狐疑的宋玉才剛沾到一點，微微的沁涼感就從指尖傳了來，他輕輕將那香膏一樣的東西，抹在雨桐的傷口上，卻惹得她一聲嬌呼：「啊！」

雨桐這一喊讓宋玉嚇得縮回手，見方才擦乾的血漬，一下子又冒了出來，不趕緊上藥又要再擦一次了，宋玉只好按住雨桐的肩膀，正聲道：「忍忍。」

「真的好痛！」雨桐眨了眨含淚的雙眼，點點頭，再咬牙忍住。

輕觸肌膚的細滑在指尖遊走，挑起心下的一絲悸動，雨桐仰起的面容泛著紅光，宋玉見那氤氳的眸光流轉，傾訴著流淌不住的傷。

她隱忍的哽咽令人萬般不捨，怎麼這一幕宋玉彷彿曾經歷過一般，那樣深刻、那樣熟悉？宋玉想起第二次在巫山夢見瑤姬時，她仰望自己的模樣，幾與現在的雨桐無異。

前世裡的點點烙印，沿著指尖上的血漬，慢慢蝕進宋玉的骨子裡，抽著他的筋絡、刻劃他的肌理，那樣疼、那樣痛，彷彿此刻受傷的是宋玉自己，而不是雨桐。

「來世，等我——」一句斷魂的呼喊，讓宋玉再次墜入巫山的無底深淵，瞬時的時光流轉讓他有些恍然，一時竟分不清楚，夢裡和現實的這兩個人……。

「好了嗎？」濃濃的鼻音打斷宋玉的情思，藥效的浸入讓傷口感覺更加刺痛，雨桐又提醒：「只要抹一點點就夠了。」

回過神的宋玉，倉皇地將盒子遞還給雨桐，不忘再次叮囑：「這幾日傷口別碰到水，妳好生在房裡休息，早膳我會讓大娘端進來給妳吃的。」而後，匆匆關上門離去。

這個人怎麼一會兒正經八百，一會兒又慌慌亂亂，雨桐皺眉，古人的行為邏輯果然都很奇怪。

第十八章

心意動搖

周大娘自從宋玉搬來與雨桐同住後，除了一日三餐照常過來料理外，餘的時間都鮮少出現。宋玉在尚未釐清自己的感情之前，為了避免和雨桐兩個人獨處的尷尬，便吩咐小狗子放完牛後，就來家裡讀書。

之前一個人的孤獨感，幾乎把雨桐給悶壞，現在多了個半大不小的孩子，日子果然就快活許多，連看書的興致也提高不少。

小狗子三歲就沒了爹爹，因為生活困苦，又沒有多少田產可耕種，於是年長的哥哥出外謀生，姐姐也賣給官家為婢，至今都不曾回過家。周大娘守著小狗子這唯一的命根子十年了，就盼著小兒子一輩子安安穩穩的，能讓年老的她有個依靠。

雨桐在得知小狗子的遭遇後，屢次紅了眼眶。原來，要想在這個亂世生存下去，真不是一件容易的事，而她竟有那樣的好運氣，能得到宋玉這個好心人的相助。

雨桐曾想過，宋玉既然對小狗子這麼好，為什麼不順便把他的哥哥和姐姐，都找回來一家團聚？然而細想下，貴為楚國士大夫的宋玉，都已經朝不保夕了，又能資助周大娘一家多久呢？

思及此，雨桐對自己的前途也是一片茫然。倘若沒了周大娘，沒有了宋玉和這間房子，那她要靠什麼活下去？

雨桐除了知道有關楚國和宋玉的歷史外，二十年來學的知識，在這裡完全派不上用場，在電視劇裡，穿越的角色都是一鳴驚人，而現實根本不是那麼一回事。

「姐姐又在發呆了？待會大人見到了可要罰妳。」正在習字的小狗子，用手肘推了推雨桐，還調皮地向她吐舌頭。

「他才不會罰我呢！倒是你，字寫得那麼醜，還不趕緊再抄一遍。」雨桐不理會，也學小狗子吐舌頭。

「姐姐看起來年紀不小，可又不像個姑娘，小狗子聽說，城裡的姑娘都愛打扮，就等著讓大人瞧上一眼，妳天天跟大人在一起，怎麼都不打扮打扮？」

「我今年二十了，哪裡不像個姑娘？」不服氣的雨桐挺胸，奈何純樸的小狗子不懂，仍嘻皮笑臉地看著她，「女為悅己者容，女孩子只會打扮給自己心愛的人看，這樣你懂嗎？」

「大人不是妳心愛的人嗎？全郢都的姑娘都喜歡大人，難道，姐姐不喜歡大人嗎？」天真的小狗子問得直白，倒叫雨桐一時回不出話來。

「誰說全郢都喜歡的，我就非要喜歡啊！再亂說，當心我替大人打你屁股！」雨桐拿起竹簡作勢要打小狗子，小屁孩嘻嘻笑笑地躲開，不一會兒，又蹭到桌案上寫字。

「姐姐。」

「又幹嘛？」

「大人會喜歡妳嗎？」正值年少的小狗子，還真的很好奇。

「我又不是他，怎麼會知道他喜不喜歡我？」雨桐不理小屁孩，努力集中精神翻譯這卷《詩三百》。

「如果大人不喜歡妳，小狗子可以娶妳嗎？」

嘎！這小子人小鬼大，居然吃她豆腐！

雨桐怒瞪小狗子，但見小屁孩嘴咧得老高，不僅露出兩顆小犬齒，還一臉的純情，忍不住「噗哧」一聲，伸手捏了捏他黝黑的臉蛋，笑道：「你以後如果長得跟大人一樣帥，我就嫁給你。」

「真的？」小屁孩摸摸自己的臉，認真了，雖然不知道雨桐所說的「帥」，是什麼意思。

「真的。」

「騙人是小狗！」

「就騙你這隻小狗，哈哈哈！」

站在門外許久的宋玉，聽書房裡的一大一小樂得忘我，不禁皺眉，背著手，他一聲不吭地轉身往屋外走去，可一股莫名的醋意，卻在心中不斷升起。

因為聊得開心，雨桐索性留小狗子和周大娘一起吃晚飯，周大娘見推不過，隨便吃了幾口，就催著戀戀不捨的小狗子回家。

宋玉一頓飯的時間什麼話都沒講，吃完了就逕自回書房，和雨桐連個招呼都沒打，又讓雨桐對宋玉這種出格的行為，有點摸不著頭腦。

「我以為，你會喜歡家裡熱鬧點。」飯後，雨桐拿著周大娘摘來的幾顆小果子，放在書房的火盆上烤。

本來不予理會的宋玉，見雨桐把那幾顆青澀的果子，一股腦兒全丟在火盆上，不禁有些傻眼，這果子進了火盆，不就要煮爛了嗎？可他不知道，雨桐正是因為這種野生的果子酸澀難以入口，所以才想用火把果酸給烤出來，果肉熟了自然就不酸，這樣才有免費的水果可吃。

「如果你真不喜歡，那以後我就不自作主張了。」宋玉不回答，雨桐只好自說自話，畢竟人在屋簷下，不得不低頭，就算宋玉的脾氣再好，她也不能貿然去踩人家的底線。

「小狗子年紀不小了，妳……還是與他保持些距離為好。」裝冷靜的宋玉喝了一口茶，刻意不看她。

什麼叫小狗子年紀不小？聽不懂的雨桐呆了呆。

「我的年紀也不小了，是不是也要和你保持距離呢？」想起小狗子說，全郢都的女子都喜歡宋玉，但雨桐天天和宋玉生活在一起，難免不便，所以宋玉現在要暗示的，是這個意思嗎?

「在下……不是這個意思。」該怎麼解釋?平日能言善道的宋玉,也不由得矛盾了起來。

「我知道自己帶給你很多麻煩,像你這樣的大好人,就算真的為難,也不會直接向我說出口的,對吧!」原本還在翻烤著小果子的雨桐忽然起身,對著宋玉深深一鞠躬,「這段時間多謝你的照顧,造成困擾實在抱歉,明日一早我就離開,不再叨擾你。」

果然,現實沒有雨桐料想的幸運,該來的,還是提早到了。

「不!雨桐,妳誤會了,在下並非要趕妳走。」宋玉伸手攔住她,急忙解釋:「小狗子書讀得少,很多規矩都不懂,妳整日和他膩在一起,實在不妥。」

怎麼,宋玉擔心的,居然是這個?

「我也不懂什麼規矩,你這是在嫌棄我們嗎?」

「不是的!」宋玉脫口而出,「妳是個姑娘家,以後總要嫁人的,天天和一個男子玩在一起,難免失了禮教,要教人瞧不起的。」

而宋玉的這番解讀,卻讓雨桐更加地狐疑,嫁不嫁人她這個當事者都不在意了,宋玉急什麼急?況且,她一個身分不明的穿越者,有誰敢娶她?

「但是你……」雨桐正想反問。

「我不同，我……」糟了，反駁得太快，宋玉竟不知要如何接下去。

「總之，妳以後還是少跟小狗子在一起，你們分開讀書吧！」斂起倉皇的火熱，宋玉驚覺自己竟有些失了分寸。

「哦。」原來是因為這樣啊！

勾起脣角的雨桐，有些得意了。

但是，宋玉對雨桐如此簡單的回答不甚滿意，她到底有沒有聽懂自己的意思？

「大人的教誨小女子謹記在心，以後會跟『懂規矩』的大人多在一起，這樣對吧？」眉兒一揚的雨桐，對著身邊的宋玉狡笑，微微傾近的臉龐，露出脣邊兩個淺淺的梨渦，一股如蘭醉香撲鼻而來，對著怔怔的宋玉縈繞糾纏。

此時的這女子眉目含笑，瞅著宋玉的眸光盈盈流轉，活脫脫地像個魅人的——妖精。萬種風情的女子宋玉見過許多，但從未有過用一個眼神就將他的魂兒給勾去。

宋玉曾自詡為得一心人，絕不輕易為女色所動，因此，就算日日與麗姬同住一個屋簷下，也未曾對她有過什麼念想。而雨桐，宋玉不過與她相處個幾日，她隨意的一欣喜、一憂傷，總能撩撥宋玉隱埋在深處的戀戀情懷，究竟，是雨桐有意，抑是宋玉對她上了心？

炭盆上的果汁滿溢，吐著異乎尋常的甜香，宋玉凝結的眸光，瞬時陷進雨桐那黑白分明的狡黠中，不可自拔。

此刻的宋玉不敢相信，他居然如此輕易又掉入另一團迷亂裡，宋玉已經——失去了方向。

自從宋玉被熊橫趕出郢都後，令尹及貴族們無不額手稱慶、暗暗竊喜。雖然，他們都不瞭解整件事的來龍去脈，但宋玉這廝不費他們丁點吹灰之力，就自掘墳墓跳了進去，還真是大快人心。

唯獨景差與莊辛兩個人鬱鬱寡歡，整日愁眉不展。

連著好幾日，大王都因醉酒而無法上朝，再也耐不住焦急的莊辛，匆匆找上醫官觀紹，問道：「大王聖體究竟如何？」

觀紹本不願多說，但在莊辛百般糾纏下，也不得不吐實：「心病就需心藥醫，您還是趕緊想辦法讓宋大人回朝吧！」

觀紹的這話，回得莊辛直跺腳。

雖然，那一晚大王是做得過分了點，但沒想到宋玉這廝的脾氣還真不小，居然就這樣狠心地丟下楚國和大王，不理不問。現下大王日日借酒澆愁，連政務都無法管，秦國的白起也在北方蠢蠢欲動，待春雪一化，極可能立即揮軍南下攻打楚國。

如今的局勢已是前狼後虎，刻不容緩，而宋玉竟還能忍住不還朝？

莊辛幾次派人去請宋玉，言明大王只是一時氣憤，並非真的有意要趕他出城，倘若宋玉願意服個軟，向大王認錯，肯定能夠官復原職。可惜宋玉不僅一口回絕，還說沒有大王的旨意，他是絕不會擅自再回郢都，當真要氣死莊辛了。

大王再怎麼說都是一國之君，斷沒有跟臣子認錯、賠罪的道理。雖然莊辛明白宋玉的難處，但國家社稷與私人恩怨，怎麼能夠相提並論呢？覆巢之下無完卵，宋玉是個聰明人，應該懂得這個道理。看來，莊辛只好親自去找宋玉。

輾轉來到城外，阡陌縱橫的田間小路難行，莊辛不想為難車夫，索性下車用走的，也順便思考著要如何說服宋玉。

途經幾個路人指引，莊辛才找到宋家老宅，但見木門敞開，顧不得禮數的莊辛，大剌剌地就闖進內室。

正看著雨桐習字的宋玉一見莊辛進屋，便遣她去煮茶。

「我說你這廝，非要老夫親自來請嗎？」滿腦子都想著要如何勸宋玉還朝的莊辛，自然無視雨桐這個狀似奴婢的丫頭。

「大人可是要子淵違抗大王的旨意？」莊辛的來意，宋玉如何不知，只是大王的無禮行徑歷歷在目，已教當下的宋玉心灰意冷，如何能再回頭服侍這樣荒唐至極的君主？

「大王沒有收掉你入城的令牌，這就表示默許你再進城啊！」莊辛苦口婆心道：「況且，你的妻室還在城內，弟妹天天以淚洗面，難道，你就沒有一點牽掛嗎？」

「麗姬我已讓人通知，她知曉該如何做。」前兩日，周大娘提醒有人來尋宋玉時，他第一個想到的就是麗姬，既然宋玉已經被貶出朝堂，那何不趁此機會，讓彼此了斷牽繫。

「我說你，你這個人還真是……」不明白宋玉夫妻兩人情況的莊辛說不過他，見這個人為了賭氣，連自己的妻室都捨得丟下，便知宋玉離朝的心意已難再改變，只能感慨地丟下一句。

「就算你不為大王，也該為楚國想想，屈先生救你一命，讓你得以重生，無非是看重你的才華能為楚國效力，如今你為了區區的個人顏面與大王嘔氣，豈不辜負了屈先生教導你的一番苦心？」見漠然的宋玉仍是一臉肅穆，面無表情，直搖頭的莊辛長嘆一聲，揮袖離去。

「前幾天，就一直有陌生人來找宋玉，今天聽這個人的談吐與氣度皆不凡，應該是個大人物。」好奇的雨桐偷偷等在廊下，就想趁機見識一下楚國的高官，可惜，她連對方長什麼樣都沒看到，那個人就走了。

雖然不太清楚，那個人和宋玉在書房裡都講了些什麼，但看過那麼多電視劇的雨桐大概也猜得出幾分，不外乎就是有高官親自出馬，要請宋玉再回鍋繼續為國效力。只是，看向窗外的宋玉眉頭深鎖，似乎極度困擾，難道，他忠於楚國的心意動搖了？

「不好意思！我看你們談的話題很嚴肅，所以不敢進來打擾，這是你要的茶。」宋玉要雨桐去煮茶是為了支開她，另一方面，是不想暴露她的身分，識趣的雨桐當然要迴避。

沉思的宋玉回神，眉宇間，擰著一股不得志的愁漠。

「那個人是誰？」之前雨桐曾要宋玉多說一些楚國的事，這麼問他是自然不過。

「莊辛莊大人。」宋玉也不避諱。

「原來是他啊！」看過楚國歷史的雨桐，對這位偉大的陽陵君，印象深刻。

「妳識得？」自從上回雨桐脫口說出，六國終被秦國所滅後，就以不能洩漏天機為名，不再跟宋玉說楚國未來的事，可如今又一句話勾起他的興致。

「認識一點點。他應該算是你政治上的貴人吧！你們一起聯手打擊昭氏還有秦國，他日後會受到楚王的重用，對你也有很大的助益。」雨桐不好洩漏太多，只好跳著講重點。

「妳的意思是，在下真的還能再回復官職？」雖說現下的宋玉還有些躊躇，但屈太傅的諄諄教誨宛如昨日般鮮明，若要就此撒手離去，他仍是心有未甘。

「當然，也許過幾天，楚王就會派八人大轎來請你回去了。」不置可否的雨桐聳聳肩。

雖然，雨桐把宋玉的從政過程背了個八百遍，但詳細時間歷史沒寫那麼多，她也不可能知道得太過詳細，否則，幹嘛跟著宋玉一起窮緊張？

也許？感覺雨桐話裡不那麼肯定，宋玉猜她又在安慰自己了。拿起盤子裡的陶杯，宋玉將燒得滾燙的壺身給抬高了些，一股綠色的清香，瞬時從細長的壺嘴傾注而出。

雨桐看過宋玉煮茶，知道古代的茶葉要用煮的，但今天是她第一次嘗試煮茶，不知道合不合宋玉的口味？

餘光瞄了眼身旁的美男子，神情似乎比剛才放鬆了些，自從宋玉來跟她住了之後，雨桐的日子不再那麼孤寂無聊。有時兩個人聊聊生活瑣事，又在書房研讀《詩三百》，在暖暖的日頭下，一起種菜、澆水，晚上則是月下飲茶看星星，宛如現代夫妻般，過著令人羨慕的小確幸生活。

有點像……夫妻？不知腦海為何會閃過這個字眼的雨桐，小驚嚇了一下，瞬間雙頰泛起一陣紅暈。

是啦！兩個人的生活的確很像夫妻，雖然，呆若木雞的宋玉有一點不解風情，甚至，對她無動於衷……。

但打從宋玉警告雨桐，不要與小狗子太過親近後，雨桐又覺得，宋玉好似是在吃小狗子的醋。只是，雨桐不太明白兩個人這樣的關係是好是壞，宋玉看似年紀輕輕，卻把自己的情感藏得很深，深得她探不到、也摸不著。

「『茶茗久服，令人有力，悅志。』這是今年的春茶，妳喝喝。」全然不知道身邊這個小女子心思的宋玉，將碗大的「杯」拿到發怔的雨桐面前，他則拿起另一個。

怎麼喝茶也這麼講究？令人悅志又是什麼意思？

厚厚的陶杯導熱不快，但還是有些燙，雨桐小心翼翼地用兩手捧起，輕啜了一下，剛入口的苦澀轉瞬化為清香，暖暖的，真好喝。

宋玉喜歡她這樣單純的表情，彷彿一看，就懂得她心裡想的是什麼。

「這什麼茶？好像還有一種淡淡的花香？」素愛咖啡的雨桐，只認識中國最有名的碧螺春，現在這個卻不像。

「茶就一種，若要說味道有哪裡不同，只因在下加了些晒乾的橘花瓣在茶葉中。」宋玉再啜一口，才緩緩飲下。

怎麼這個人喝茶的動作，可以出落得如此優雅、迷人，像電視劇裡常看見的貴公子，跟方才那個愁眉不展的男人，全然不同？

不過，為了喝出不同味道，宋玉居然也懂得在茶葉裡，搭配上晒乾的橘花瓣，心思真是夠細膩的了。

「既然莊辛都親自來請你了，怎麼不給他一點面子？」收起方才的胡思亂想，雨桐還是要為宋玉未來的仕途，多考量考量。莊辛和他是老搭擋，以後合作的機會還很多，若宋玉連個臺階都不給人家下，未免太不近人情。

「『木秀於林，風必摧之。』如今我見罪於大王，朝臣又容不下我，何必急著回去受辱？」見雨桐一臉的呀然與不解，宋玉也不再隱藏自己內心的想法，「功名利祿不過轉眼雲煙，做得自個兒方自在，不是嗎？」

雨桐點頭，繞完一堆口令後，似乎有些懂了。

這樣恬靜出塵的一個人，就像盛夏裡的那一抹紅，璀璨、耀眼，卻與世不容，難怪宋玉的仕途不遂、晚景淒涼。不過，這也讓雨桐想起，之前查到有關宋玉的種種事跡，內心竟有些發寒。

雨桐從未想過，有一天她會穿越到戰國時代，遇到宋玉。

想當初，若不是宋玉冒著叛國的風險將她救下，恐怕，自己連怎麼死的都不知道。而現在，自己明明知道宋玉未來的仕途坎坷卻要裝作視而不見，這不是太殘忍了嗎？

瞧雨桐那默然又帶點愁思的沉靜，宋玉心中湧起一股曾經很親近，又很熟悉的錯覺。

打從和雨桐在老家同住之後，宋玉總覺得巫山的瑤姬常在身邊，但一回眸，娉婷立在他眼前的人，卻是雨桐。

宋玉很清楚，自己並未把雨桐當成瑤姬看待，他對瑤姬的情感僅限於夢裡，但對雨桐的情意卻是與日俱增，真切得令他自己吃驚。

如果，瑤姬是一顆投進宋玉心湖的石子，那雨桐就是陣陣泛起的漣漪。那仿若無骨的力道，卻將他隱伏在內心深處的銅牆鐵壁都穿透，宋玉這才明白，原來心動——從來不需要理由。

只是，對雨桐的這番情意，宋玉要如何對她表白呢？

宋玉雖與麗姬並無夫妻之實，但究竟成了親、拜了堂，雨桐三番兩次示意不願作妾，豈不表明了直接拒絕宋玉？

這丫頭看似不諳事理，實則精明得可以，就像現在，眉心淡淡的愁漠，似乎在為他方才的一番話琢磨著，不禁又令宋玉好奇起，此刻的雨桐在想什麼呢？

過了許久，欲言又止的雨桐才又開口：「如果，我是說如果，你真的不想當官，願不願意離開這裡，到一個沒有人的地方隱居起來？」

歷史雖然已成事實，但雨桐既能穿越時空來到這裡，就表示一定還存有什麼契機，無論她能不能改變宋玉未來的命運，都總比見宋玉孤身一人走上窮途末路的好。然而，宋玉卻把雨桐的這番話，解讀成一種邀約，一種行走天涯、想要與之共度此生的請求。

原本惆悵的失意一掃而空，取而代之的，是欣喜若狂的衝動，宋玉忘情地拉住雨桐的手問道：「子淵若是隱居世外，妳願意一同隨行嗎？」

自從穿越到古代後，雨桐就一直住在城外，除了小狗子和周大娘，她沒敢見任何人，自然也不知道宋玉已經成親。

現在宋玉突然對她說出這樣的話，呀然的雨桐一下子回不了神。見宋玉的眼中像盛有無數星星的夜空，熠熠生光，俊逸非凡的臉龐，因這一句認真話語而令人感到窒息，雨桐的一顆心，瞬時「撲通撲通」的，猛烈跳個不停。

「若是離開郢都，子淵沒有一官半職，日子會過得清苦，妳甚至要親自下廚……」見雨桐久久不語，宋玉想再次確認。

「我會燒飯了，至少不會讓你餓肚子。」脫口而出後，雨桐才發現自己回得有些心虛。在古代生活的艱難，雨桐不是不瞭解，宋玉一旦離開仕途，該如何謀生就成了一個大問題，然而，此時的雨桐完全沒想這麼多。

「這樣就夠了。」溫熱的掌心緊握住她的手，宋玉深情道：「子淵有幸與妳共度朝夕，此生足矣。」

共度朝夕？他的意思是，兩個人要像室友的關係，還是夫妻呢？

「你，喜歡我嗎？」宋玉從未表明過對雨桐的心意，雖然雨桐對宋玉有好感，但還是要弄清楚兩人的關係。

「喜歡。」宋玉見雨桐不羞不赧地問得直白，凝眸直視著她，「等我們一離開郢都，子淵就娶妳為妻，執子之手，與妳白頭偕老。」

雨桐從來沒想過，宋玉這個令無數女子愛慕傾倒的美男子，會喜歡上她，甚至要娶她為妻。

打從穿越到古代後，焦慮不安、寂寞和等待，總讓雨桐覺得自己的前途一片茫然，甚至黯淡無光。然而，這突降的幸福讓雨桐的心口滿溢，血液也不禁為之沸騰，她終於看到屬於自己人生的另一道光。

「可我……我不是什麼神女，更沒有辦法預知你以後的路，是否安好。」即使，雨桐能讓宋玉避開官場的險惡，但想在戰國這個混亂的時局裡，安度餘生，恐怕都是一種奢望，雨桐擔心自己是否能如宋玉所願，那樣完美。

「妳既能知未來、曉過去，是不是神女又有何異？我娶妳，是因為想和妳在一起，不是為了其他。」將雨桐拉進懷裡，耳骨輕輕拂過她的臉頰，宋玉感受到前所未有的絲滑，未能出口的話還暖在心裡，卻已是情動得不能自已。

宋玉清楚明白雨桐和瑤姬是不同的，但對她們的情感又極其相似，難道在前世，自己真和瑤姬有過密不可分的感情嗎？

撫上那張緋紅的臉龐，溫軟滑膩，交纏的目光如絲，滋長的情意膠著。收起對夢境的冥想，宋玉終於知道，此刻懷裡的人兒，才是他心尖上的牽掛，他引頸期盼地等待，並不是巫山夢境裡的綺麗，而是雨桐這個最真切美麗的實際。

自從對雨桐許下承諾後，宋玉便認真考慮起，要隱退到哪裡的問題。

大王雖然曾賜予他雲夢之田，然而宋玉既打算辭官遠去，又如何能去大王所賜之地？只是天下之大，究竟哪裡才能容得下宋玉和雨桐，這兩顆欲遠離塵囂的心呢？

雨桐卻全然沒把這樣的事放在心上，之前害怕是因為孤獨一人的她，在古代根本活不下去，但現在有宋玉在，雨桐突然感覺身邊多了根擎天柱，心裡也踏實許多。所以，她告訴宋玉不用擔心錢的問題，如果，連宋玉都覺得她的那塊玉佩價值不菲，大不了就把玉佩賣了，買塊田地，自給自足。

「怎麼可以？那是妳的貼身之物。」就算不把雨桐當轉世的神女，但宋玉一個堂堂男子，自是要肩負起重要的家計，怎能讓雨桐典當如此貴重的東西。

「我家裡還有些銅貝，晚一點我想辦法讓人回城裡拿，籌些路上的盤纏應該沒有問題。」雖然宋玉早已讓人通知過麗姬，讓她和奴婢到大王賞的新宅子住，但不知麗姬會不會不願離開？

現下，宋玉既然許了雨桐，自然要和有名無實的麗姬劃清關係。

「也好，順便告訴莊辛，儘量在城西的夷水多築些堤防，以備不時之需。」今年是熊橫亙基滿二十年，過不了多久，秦國的白起就會攻進楚國國都。雖然，雨桐現在說這些有些為時已晚，但能救多少百姓就算多少吧！

只是這一句話，又引起宋玉的反覆推敲，郢都周邊河川密布，但朝廷大官平日搜刮民脂民膏，根本沒有多餘的經費可用來築堤防災，雨桐在此時提起夷水築堤的缺失，是否意味著將發生什麼大事？

見宋玉那灼灼目光似有很多事要問，雨桐見瞞不住他，只好據實以告：「再過不久，秦國的白起就會引夷水攻破鄢城，繼而拿下郢都。」

聞言的宋玉，俊臉一下子唰地慘白。知曉歷史的雨桐忙拉住他，安慰著：「你不用擔心，莊辛和楚王都會沒事。」

「這麼大的事，妳怎麼從未提及？鄢城和郢都脣齒相依，是缺一不可的啊！況且，楚國的先王陵墓都在郢都，怎麼可以……絕對不可以！」惶恐至極的宋玉全身癱軟，不禁向後踉蹌了幾步。

「這就是歷史啊！就算我此刻說了也改變不了事實。」

這是怎麼了，宋玉不是已經對楚國心灰意冷、打算辭官了嗎？幹嘛還擔心那麼多呢？

「至少要防患於未然啊！」宋玉厲聲，把不以為然的雨桐嚇了一大跳。

「不行！我必須回宮，即刻將這件事報告大王。」話還沒說完，拉起袍服的宋玉就已經衝出門外。

「你不是說，我們要一起隱居世外的嗎？你這麼一回宮，我們可能就走不成了。」含淚莫名的雨桐追了出來，她不明白，僅僅是一句話，就讓宋玉忘掉之前對朝政的不滿，和對她的所有承諾？

「楚國可以沒有子淵，但絕不能丟失最重要的郢都。」宋玉回身，暗若湖心的雙眸隱隱湧動。

「子淵不會忘記對妳的承諾，待救了郢都，定會回來找妳。」宋玉難捨地退了兩步，而後轉身狂奔離去。

「若是救不了呢？如果救不了郢都，是不是也意味著我救不了你呢？子淵，你這個笨蛋，只懂得愚忠的大笨蛋——」跪坐在地的雨桐淚如雨下，難以置信地看著離她遠去的背影。

原本，雨桐還高興地以為，她就要改變歷史，扭轉宋玉既定的悲慘人生。沒料想，昨日的浪漫綺麗、美夢幸福，卻因為她的一句話，瞬間化成泡影。

歷史終歸是歷史，宋玉這一離去，極可能會困在郢都裡出不來，如此一來，宋玉就會隨著戰敗的楚王逃到陳郢，雨桐又怎麼還有機會，與他遠離朝廷呢？

宋玉本來就是個愚忠的大笨蛋，可雨桐自己更傻，傻到去告訴那個笨蛋郢都會淪陷的事。雨桐痴笑，笑自己真以為宋玉會陪著她浪跡天涯，更不禁要為自己的多嘴而感到懊悔，掩面痛哭。

第十九章

自取其辱

連夜趕進城的宋玉，沒有受到守城士兵的攔阻，誠如莊辛所言，大王雖說不許他進城，然而並未真正頒布旨意。只是現下朝中無人，宋玉也不好在此時進宮，思前想後，還是先找莊辛商議為好。

聞言後的莊辛大駭，直問宋玉是如何得知秦國的白起要引夷水攻鄢城的事？宋玉不好明說是雨桐預知，拐彎抹角扯了老半天，才把莊辛給說服。

兩人研擬到大半夜，好不容易將對策給想全，誰知隔天進宮依然見不到大王上朝，急如熱鍋上的螞蟻。

「我說，有人就是矯情，明知道大王厭煩了他，自個兒還不顧臉面地尋了過來，真是可笑至極！」昭唐首先發難，對宋玉的反反覆覆嗤之以鼻。

「宋玉無故多日不上朝，違反國法，漠視朝綱，早已被大王削去官職，現如今，居然還有臉站在這朝堂之上，來人啊！還不把這廝拖出宮去嚴懲？」令尹在殿內高喊，幾個宮中御衛受命，紛紛上前準備拿人。

「令尹大人所言差矣，大王只說要讓宋大人出城靜養，然既未削去他的官職，也未取走他進城的令牌，何來免去官職之說？」那一晚事後，大王對在場的侍者都封了口，所以除了莊辛，誰也不知道大王和宋玉究竟發生了什麼事，這一會兒大王不在，事實如何還不是莊辛說了算？

眾朝臣你看我、我看你，見一旁的宋玉面不改色，一身朝服又穿得理所當然，不免有些心虛，便不再言語。

昭唐和令尹氣不過，正想開口再罵，誰知殿外的侍者已經引頸高喊：「大王駕到——」

猶自半醉半醒的熊橫，聽觀紹說宋玉回來了，連頭上的冠冕都沒來得及繫好就匆匆上殿，一見朝思暮想的人兒立在那裡，不禁欣喜若狂。

「愛卿，寡人的好愛卿，你終於回來啦！」神智不清的熊橫喊人喊得露骨，聽得朝中眾人齊皺眉。

宋玉見大王的步伐不穩，連退了幾步遠遠避開，躬身道：「臣有罪，懇請大王責罰。」

「愛卿何罪之有？快，快起來。」

熊橫本想伸手扶起宋玉，沒料到莊辛搶先一步，橫在他與宋玉中間，硬是迸出一道肉牆，「大王，臣與宋大人有要事商議。」

聞言的熊橫，原本欣然的神色瞬間變冷。

莊辛雖見大王一臉不悅，但現下軍情緊急，哪還有時間在那裡磨磨蹭蹭？於是，便把宋玉聽來的消息和盤托出，並將昨晚研擬的計策一併也提了，好讓大王果斷做個處理。

熊橫是聽說宋玉回宮，酒才醒了大半，可讓莊辛這麼一攪和，又開始兩眼無神、昏昏欲睡。

莊辛見大王遲遲不下旨意，不免有些心急道：「大王，軍機要務刻不容緩，此時北方大雪已融，白起隨時都可能揮軍南下，不得不加緊準備戰事啊！」

「大王，莊辛與宋玉兩人，憑白無故造謠生事、擾亂民心，應該重重懲處才對。」昭唐不滿莊辛胡言亂語，以為又要拿秦軍打壓昭氏，分外氣憤。

「大王，無論白起是否會打來，築堤防災的工務絕不可廢，應該儘快安排司徒前往視察處理啊！」莊辛急得慌。

「大王！」

令尹還想再稟，誰知不耐煩的熊橫高舉雙手止住，「眾卿都別再吵了，待寡人好好想想再說吧！」

緊急軍情，怎麼還能再想想？一時傻眼的莊辛見大王拂袖離去，不禁瞠目，一旁冷眼旁觀的宋玉，彷彿料到會是這種結果，雙眸更是凝若寒霜。

如果不是為了楚國，不是為了鄢、郢兩城數十萬百姓，打算辭官歸隱的宋玉，何必丟下心愛之人，進宮來受朝臣的各種嘲諷？而今看來，宋玉的這一趟根本是自取其辱！屈太傅啊——宋玉終於知曉您為何狠心離去，原來，要眼睜睜看著楚國因大王淪喪他人之手，比自己去死還痛苦啊！

熊橫的驟然離開令朝臣們議論紛紛，等莊辛回過神時，眾人早已鳥獸散，心有未甘的莊辛還要再找大王談談，於是，急著請侍者通報。但心涼了大半的宋玉已不想再進宮，反正他該做的都做了，餘下的，也只能聽天由命。

昨晚，突然夜半歸家的宋玉，讓開門的奴婢蘭兒嚇了一跳，匆匆穿好朝服準備進宮的宋玉，這才想起麗姬居然還住在這裡，於是，便叮囑蘭兒不要吵醒麗姬。

而當下朝後，宋玉再回到家時，欣喜若狂的奴婢向屋裡頭喊了聲，麗姬便顫顫巍巍地從房裡奔了出來。見丈夫平安歸來的麗姬，手持帕子，捂著抿成一條線的脣，原本已經哭得乾涸的淚，又撲簌簌地落下。

見麗姬單薄的脣瓣都咬出血來，宋玉也是不捨，於是歉疚道：「小姐這是何苦？子淵不值得妳等。」

宋玉本只是想回來拿點值錢的東西當盤纏，不料，還是與麗姬遇上了。

幾日吃不下、睡不著的麗姬聞言，顫抖的雙腳差一點站不住，好在身邊的蘭兒適時扶住了她。麗姬沒想到丈夫一回來，開口問的不是她過的好不好，而是如此絕情的話。

「麗姬是大人明媒正娶的妻子，如何能丟下大人離開？幸好，大人回來了。」一個字一串淚，麗姬都不知道，自己是怎麼熬過擔心受怕的這幾日。

自從景差說了宋玉在城外，與另一名女子同住後，麗姬無時無刻都害怕宋玉會真的休了她。再加上宋玉又託人傳訊，要她搬到大王賞的宅子住，更讓麗姬下定決心不離開這裡。

日日盼著丈夫回心轉意的麗姬無法可想，只好以不變應萬變，沒想到，真等到宋玉回頭。

興許，是宋玉厭棄了那個女子，又或許是念及她這個正室，無論如何，只要宋玉肯留下，麗姬都可將過往的一切視而不見。思及此的麗姬將雙頰的滾燙一抹，破涕為笑。

「我來，只是拿一些東西……」

「大王有令，宋玉接旨——」

門外突來的尖銳高聲打斷宋玉，他轉身回看，宮裡的御衛和大王的貼身侍者司宮，已匆匆踏進家門。那司宮手持竹簡，正要宣讀大王的旨意，然而這旨意來得匆促，讓急著離開的宋玉有些慌亂。

司宮見宋玉和家眷跪下後，攤開竹簡，再次尖聲道：「宣——大王有令，如今秦軍壓境，事態緊急，特命宋玉宋大人留在郢都內，不許出城半步，以便隨時商議國事。」

唸畢的司宮合上竹簡，恭敬地將聖旨呈給宋玉，但見大人並未欣喜接下，反倒是一臉的失措驚惶，「大人，大王的旨意您可要收好嘍！」手持聖旨的司宮再往前一步，不忘提醒。

斂下眸，收起心思的宋玉，伸手將聖旨接了過來。

「莊辛莊大人在宮裡苦苦哀求，才換得大王的恩准，大人您可不要糟蹋了。」司宮塗得雪白的一張臉全無血色，雙頰厚厚的胭脂卻分外嚇人。

宋玉冷冷地瞧了司宮一眼，緊抿著脣不語。

那一晚的情形司宮看得仔細，侍候熊橫多年的他，當然明白大王對宋玉的心思不僅僅是君臣而已。可惜，宋玉的性子向來清冷，根本無法理解大王對他的一片真情，如今見承旨的宋玉面色不善，司宮也只能識趣地先走了。

「恭喜大人、賀喜夫人！」奴婢蘭兒雖然不知道發生了什麼事，但至少大人和夫人終於可以一家團圓，當然要趕緊道喜，讓原本一臉愁容的麗姬，也跟著喜上眉梢。

只有宋玉，將那張滿是疲憊的臉望向天際，長聲一嘆，不知該如何是好。

昭奇與秦國公主嬴瑩勾結的事情，雖然已經結案，但未雨綢繆的莊辛，卻順水推舟地將那名假扮秦人的門客，安插進了秦軍裡。莊辛告訴熊橫，宋玉想利用反間計，讓臥底的門客傳遞錯誤的軍情給秦軍。

為了拉攏宋玉，熊橫獨排眾議讓莊辛著手去辦，沒想到事情進展得順利，硬是狠狠地教打先鋒的秦軍，吃了一記悶虧，打了敗仗。向來只會割地讓步的熊橫喜不自勝，當日便夜宴群臣，一整晚喜樂琤瑽流瀉，杯觥交錯。

此番最大的功臣又是莊辛和宋玉，只是眾朝臣對他們兩個人本就如鯁在喉，如今再次受到重用，恐怕貴族們日後要費更大力氣才得以鏟除。

剛出使齊國歸來的景差聞訊後更加憤恨不平，沒想到，他才幾個月不在郢都，宋玉不僅官復原職又立下大功，機關算盡的景差，卻始終敵不過老天爺的偏心。宋玉這小子蒙師恩、受榮寵，凡事占盡了先機，天理不公，教景差怎食的下這口惡氣？

心中不平的又何止他景差一個，想那宋玉原本只是無足輕重的文學侍臣，如今一朝得道，平步青雲。昭唐冷眼看著這樣出世的一個人，要如何在這陰險狡詐的宮廷裡，安然無恙地——活下去。

夜半三更，不勝酒力的宋玉，已被眾人灌得酩酊大醉，熊橫知道他的酒量不好，卻沒想到這麼差。看著醉得不醒人事的宋玉被送出宮，不禁悔恨懊惱，就希望他別因此傷了身子才好。

與此同時，焦慮不安的麗姬，一直在家中熱著醒酒湯。明知宋玉素不愛酒，每每酒後總要頭痛昏睡，參加如此盛大的廷宴，恐怕又是一番折騰，教麗姬怎麼能睡得安心？

沒想到三更剛過，喝得醉醺醺的宋玉，果然就被宮裡的侍者送回，麗姬趕緊倒了熱湯給丈夫醒酒，誰知醉倒的宋玉連張口都難，根本喝不進去。也罷，為了朝堂之事，宋玉已經連著幾晚勞心勞力、臥不安枕，如今事情告一段落，宋玉終於可以好好睡個覺了。

遣退了蘭兒，麗姬小心翼翼地替丈夫蓋好被子，明眸環顧四周，差一點被宋玉遺棄的這個房間，終於又拾回了主人的溫暖。

以前宋玉從不讓麗姬進來打掃，可他不在的那段時間，麗姬日日都到這裡思念夫君。人人都說宋玉的文采出眾，但同住在一起又與他是夫妻的麗姬，卻是在丈夫離開後，才得以見。

識字的麗姬，當然也會好奇宋玉都忙些什麼，但桌案上，除了擺著的幾卷上奏的竹簡外，還散落著幾枚尚未編聯起來的竹片。麗姬拿起其中的幾片觀看，瀟灑俊朗的筆法，一如宋玉秀逸的英姿，令人著迷。

輕笑了下，麗姬見上頭寫著：「春雨細如絲，桐花白似雪。」

宋玉素來喜歡橘花，何時也喜歡桐花了？

麗姬記得自己剛嫁過來時，老是不明白堂堂七尺男兒，為何會喜歡橘花這種香甜的小女子味道？那院子裡的橘樹棵棵都是宋玉的寶，除了日日親手培土澆灌，家裡的每個窗臺、桌案，也總要放幾個水盅，養幾朵橘花在裡面。

可久而久之，日夜處在這樣馨香裡的麗姬，不知不覺也沾染上這種淡雅的清甜。既然宋玉喜歡，麗姬便常喝橘花泡過的茶水，並製作橘花露，灑在自己的鬢髮、衣上。

眸光重新回到宋玉身上，成親一年多，麗姬從未如此仔細看過自己的夫君，這張令整個郢都男女，都為之瘋狂的俊臉。

屈原離去後，麗姬的爹本想悔婚，因為宋玉出身貧寒，若沒有屈原當他的靠山，在楚國想要出人頭地，簡直難如登天。崔氏憑著過往在官場上的人脈，要重新替女兒找個好夫家，並非難事，然而，麗姬一聽到爹爹說要把自己改嫁給他人，硬是抵死不從。

麗姬既已許配予宋玉，不管貧富貴賤，她就當嫁雞隨雞，怎可朝三暮四、嫌貧愛富？只是她的這般堅持，不但落得自己獨守空閨，還讓宋玉在城外養了人，當真是造化作弄。

輕輕撫上那天人般的俊容，麗姬的心中雖然欣喜，指尖卻是顫抖的。她知道這是全郢都女子夢寐以求的，可麗姬又何嘗不是？她卻是挨到今時今日，還要趁丈夫酒醉昏睡之際，才能一償宿願，到底是，為了什麼？

「雨……桐……」淺淺的低吟，自宋玉的唇角溢出，令一旁的麗姬聽不太明白。

微微傾身，麗姬娟秀的青絲拂過宋玉的臉龐，熟悉的香味喚起宋玉積累的相思，困在夢裡的宋玉伸手一撈，將身邊的人攬入懷抱。他朝思暮想的人兒啊！終於再次回到自己的懷裡，臨行前的掙扎、不捨和愧疚，全部化為繾綣的愛戀。

宋玉俯身，忍不住在雨桐唇上多貪了兩口，撲鼻的清香盈滿，嚶嚀的羞澀挑起他更大的慾望，宋玉用雙手將雨桐緊緊鎖住，是自己對不住她，是自己大錯特錯。

離開了才知道自己的心還繫在那裡，仰望明月當空卻仍覺得孤寂，宋玉每每想著同一片星空下的雨桐，是否也想著自己時，才懊悔對雨桐無情的殘忍。

宋玉明知道大王對自己的執著，也知道一旦進城，就可能無法和雨桐浪跡天涯，可卻還是堅持要走上這一遭。因為宋玉做不到，做不到眼睜睜看著楚國的國都，盡毀於他國之手。

於是，宋玉又輕易落入大王的手中，輕易臣服於大王腳下，即使對雨桐日積月累的思念，幾乎要把他逼瘋。

「雨桐，我回來了，子淵答應一定回來找妳。」女子的身段如此輕盈柔軟，鬢髮如絲，與自己的十指交纏，這正是他的雨桐，不是夢裡那個虛幻的神女。

心在沸騰，身體也在沸騰，雨桐是他的妻，是自己心愛的女子，他知道這不是夢，這絕不是夢。

初早的陽光微弱，照不進幽暗的深遠，昏睡多時的宋玉緊擁著懷裡的繾綣，戀眷情深地捨不得放開。

聞著自己習以為常的馨香，想再次探索心愛女子的水潤，可才剛觸及微翹的唇角，卻吃下兩口溫熱的苦澀。

「生氣了嗎？」是該生氣，宋玉想起自己離開時的狠心決然，不理會雨桐哭著說要一起隱居世外的承諾，她確實會感到生氣！

薄薄一笑，宋玉又吻了兩下，才緩緩睜開眼睛。

散落在掌中的鬢髮如雲，以為陶醉的嚶嚀，卻是無聲的哭泣，真實轉眼成陌生，宋玉嚇得連忙將身子退開，驚問道：「怎麼是妳？」

「是，是我，不是你的雨桐。」裸露的身子打起了寒顫，方才的溫情暖意，竟像冬日裡的晨曦，轉眼就要化去。

麗姬伸手拾起床上的紛亂，艱難地一件件穿起，就算宋玉將她錯認為另一個女子，她也期盼能留住丈夫的那份溫暖，那唯一的繼續。

「麗姬——！」懊悔的話竟無法說出口，宋玉為自己的失措，感到羞愧不已。

「這是大人第一次叫妾的名。」忍著身下的不適，麗姬極力穩住步伐，就怕因此離散了魂魄，「還望大人以後都不會忘記。」

原本應屬於她與丈夫的恩愛，卻因著雨桐的陌生而幻滅，麗姬微微欠身，拾起一地的心碎，她終是留不住那絲絲繾綣，轉眼的雲煙。

第二十章
水戰鄢城

楚軍才剛打完勝仗，邊關告急的戰事立刻又起，挨了悶棍的秦王嬴稷不堪受辱，派大良造白起率大軍，沿著漢水南下攻打楚國。

楚國原以為，剛戰敗的秦國數萬軍隊，糧草應不容易補齊，就算要打也須再等上一段時日。沒想到，豐饒的漢水提供秦軍不少軍備糧餉，白起沿途燒殺村民，強搶民生物資，硬是打到楚國的別都——鄢城外。

鄢城和郢都唇齒相依，亦是郢都最重要的軍事重地，宋玉從雨桐那裡得知，白起將會進攻這裡，也和莊辛早早做了準備，將幾十萬楚軍全都集結在鄢城待命，一時火光通天，夜如白晝。

白起當然也猜到楚國一定會傾全軍之力，固守鄢城好護衛他們的國都，不過，一路勢如破竹的白起，根本沒把楚軍這群烏合之眾放在眼裡。但意想不到的是，向來攻無不克的秦國軍隊，卻在此地吃了不少苦。

因為久攻不下再加上軍糧後繼無力，連從漢水搜刮來的物資都幾乎耗盡，秦軍若再不即早把鄢城攻下，可能連自身都難保。

「將軍，據屬下所知，楚軍之所以集結如此多的兵馬在鄢城，完全是一個叫宋玉出的主意。而且，就是他派了數萬人將我軍的糧草給截斷，害弟兄現在無糧可炊。」去年司馬陽才跟著叔父司馬錯，一舉拿下楚國的黔中郡，雖然後來因為兵疲馬困未能守住，但已經非常瞭解楚軍的作戰形態，這絕不是，司馬陽習以為常的楚軍將領所為。

「宋玉？他有何過人之處？」白起撫鬚，微瞇的鳳眼仍緊盯著桌案上，兩軍對壘的緊張局勢。

「據說是全楚國最貌美的男子，現任議政大夫。」司馬陽回道。

聞言的眾將領瞠目，沒想到嗜美色的熊橫，居然連男子都寵上了天，還把這麼重要的軍機要務丟給一個文官來撒野，果然是個昏君。

「大夫？哈哈！不錯不錯！熊橫終於也長了見識，知道楚國已無武將可用了。」聞言的白起仰頭大笑，再問道：「那，除此之外呢？」

「除此之外就……」司馬陽見白起的眼光驟然變冷，開始有些局促不安。司馬陽只知道宋玉是個初出茅廬的小子，沒有行軍打仗的經驗，所以，根本查不出宋玉有什麼底細。

「正所謂：知己知彼，百戰不殆。既然咱們對這個宋玉一無所知，就應該更加防患於未然，你們就算把他的祖墳給刨了，也要摸清他的底細來報。」目露凶光的白起語調冷酷陰鷙，肅冷著一張刀削的臉，黑得嚇人。

「諾。」即使面對這個殺人無數的將軍，司馬陽已經不再感到懼怕，但還是忍不住脊背一陣發涼，領命的他雙手作揖，連忙退出帳外。

「宋玉？就憑你一個小小大夫也想和本將軍鬥，我倒想看看，那幾十萬楚軍能否真為你一人所用。」白起手一使勁，原本插在桌案上的楚國旗幟，馬上被折成兩斷，丟在地上，被憤憤的他踩個稀爛。

雖然秦軍已經兵臨鄢城，但真正出謀劃策的宋玉，卻一直留在郢都。宋玉幾次三番請求熊橫，讓他到鄢城勘察實際狀況，可熊橫說什麼都不准，更別提讓宋玉出郢都半步。別無選擇的宋玉，只好找一個自己信得過的校尉——項江，往來鄢、郢兩地，將緊急軍情呈報給他知曉。

秦國欲攻打鄢郢之事是雨桐說的，具體戰況會有多激烈，宋玉並不清楚，但至少目前情勢依然對楚軍有利，這也讓宋玉寬心不少。

除了關照軍務，宋玉每隔幾日就會寫一些詁，託項江帶給雨桐，只是，雨桐既不回信也不留下口訊，教困守在郢都城裡的宋玉，焦慮不已。

「『彼采葛兮，一日不見，如三月兮！彼采蕭兮，一日不見，如三秋兮！彼采艾兮，一日不見，如三歲兮。』知我者，莫若雨桐而已。」

雨桐如今熟讀《詩三百》，宋玉寫下這首〈采葛〉，以示自己對雨桐的思念之情，並交與出城的項江。

宋玉知曉雨桐還在生自己的氣，若能儘快將秦軍逼退，興許他就能早日和雨桐相聚。

「大喜啊！宋老弟，大喜！」莊辛人還在門外，清朗的喊聲就已傳入宋玉耳裡，宋玉起身向莊辛作揖後，將桌案上的另一卷竹簡攤開，繼續埋首軍務。

「聽說白起小兒因為糧草短缺已按兵不動，看來不消幾日，就可將他打得落花流水、屁滾尿流，滾回他的老家去啦！」莊辛難得快活，笑得合不攏嘴，但見宋玉竟一絲反應也沒，不禁有些無趣，「我說宋老弟，你連著個把月家也不回，臥不安枕，究竟是想逼死誰啊！」

這幾日，大王也問過莊辛好幾回，總不忘叮囑他叫宋玉要多休息，不要勞累過度，又教觀紹熬了補藥，三天兩頭送來。可惜宋玉這廝不領情，不僅補藥一口也沒喝，還夜夜留宿在軍中。

宋玉聽他說得如此嚴重，又緩緩起身恭敬地向莊辛致個謝意，也是暗示現下的自己無力與他談笑。

「好好好！老夫知道你心情不好，不與你說三道四，可就算是鐵打的身子，也要掂著自個兒有幾分斤兩，你說是不是？像你這麼沒日沒夜操勞下去，就不怕有人為你牽腸掛肚嗎？」早年遊歷各國的莊辛嘆了口氣，「此時你年少有為，當然是顧不了家裡的美眷，但總不能棄之不理吧！再怎麼說，弟妹對你心心念念，你是該回家一解她的相思之情了。」

這些當然是蘭兒代麗姬向莊辛問的，否則他也不會知道，宋玉這傢伙為了國事居然做到拋妻棄家的程度。用餘光瞄了瞄，才發現宋玉還是不為所動，究竟這個人是鐵石心腸，還是沒了肝肺，莊辛見勸不了，便也離開了。

數萬秦軍連著幾日的悄無聲息，讓宋玉隱隱覺得不妥，當下命人到夷水勘察司徒築堤的進度，據報比預期的還要快上許多，這才讓宋玉放下心中的一塊大石。

已經有好幾個月沒見到雨桐了，不知道她現下過得可還安好？

宋玉感嘆連傳遞書信的項江，都能經常與雨桐相見，唯獨想雨桐想得緊的自己卻不能。而眼下的鄢郢軍情緊張，宋玉更不敢擅自將雨桐接進城來，萬一被有心人誤以為是奸細，豈不冤枉？

可雨桐對他如此的不理不睬，真的教宋玉好生擔心，難道雨桐不想他了嗎？

諸多想像讓宋玉不勝其煩，只好走到門外來回踱步，以排解心裡的鬱悶。

自從誤把麗姬當成雨桐後，宋玉便無法坦然和麗姬相處，雖然，兩個人成親已有一年多，但宋玉始終沒有把麗姬當成自己的妻室。現下，他與麗姬又有了肌膚之親，宋玉總不能當個薄情寡義之人，將麗姬趕出家門，只是這麼一來，宋玉該對雨桐如何交代？

雨桐看似身分不明，宋玉卻清楚她絕非一般人，再加上雨桐在楚國舉目無親，僅有宋玉得以依靠，若是委屈了雨桐，宋玉還算是個男子嗎？

「大人！」身後的一聲急喊讓宋玉回神，是項江。

「大人，姑娘回信了。」雖然，項江不明白住在城外的姑娘是何許人也，但瞅著大人日盼夜盼，她終於也願意寫下隻字片語給大人了。

「是嗎？」歡欣至極的宋玉迎上前去，連忙打開竹簡一看。

「越過千年，闖進時空的路，舉步維艱，不知身在何處？鬱鬱蔥蔥的情絲破土而出，阡陌上，還留有未完的三百詩，執子之手，白頭偕老，如今徒剩寂寞的燭影星光。行邁靡靡的我，此後只能在夢裡與你相守。」

一旁的項江見大人緊握的指節泛白，俊秀的臉龐突然變得難看，不禁擔憂地問道：「大人？」

宋玉咬牙，正要開口，身後卻傳來一聲更急促的高喊：「報——大人，不好了！秦軍引夷水灌城，鄢城已經被攻破了！」

原以為精心計畫的謀略百密一疏，秦軍之所以按兵不動，是因為分了一部分人力，悄悄在夷水上游築堤蓄水。宋玉雖然也防到了這一點，可惜司徒為了趕時間完工，來不及運送堅固的木材建造擋土牆，居然就隨地採了乾稻草和泥水糊牆。

蓄好水的秦軍趁著夜黑風高之際，開渠灌城。當夜，等著耗盡秦軍糧草的鄢城軍民百姓還安然處在睡夢當中，忽聞轟然的水聲宛若千軍萬馬急奔而來，一出門，幾尺高的大水已經排山倒海而至。

虛有其表的泥水牆禁不住大水浸泡，終至潰爛。於是，大水從潰決處漫進鄢城街道，措不及防的百姓吃水的吃水、竄逃的竄逃，來不及離去的楚國將士，死傷更不計其數，雞、鴨、豬、人均淹成死屍，沿著街道載沉載浮，鄢城一夕間成了屍橫遍野的「臭池」。

楚國幾十萬的精銳，一夜之間不但全被秦軍給殲滅，連昔日千軍萬馬的鄢城，也成了洪澤一片，浮屍滿處。白起慘無人道的手段，令郢都城裡的百姓魂飛魄散，驟失親人的老弱婦孺痛不欲生，跪地仰天嚎哭不斷，讓原本勝利在望的高昂士氣，也被擊得粉碎。

而整座郢都城，頓時陷入一陣無法抑止的悲痛和恐慌之中。

鄢城已經失守，郢都城岌岌可危，宋玉和莊辛連夜進宮，熊橫急召令尹和眾朝臣商議對策，一時宮裡燈火通明，夜如白晝。

楚軍長期以來畏懼秦國慓悍的軍威，再加上熊橫無能，總想要息事寧人，勇猛的將士貶斥的貶斥、罷黜的罷黜，導致當真正發生戰事時，已找不到一位將軍可用。再者，鄢城傾全國之力卻依然敗得如此慘烈，已嚴重打擊到楚國的軍民士氣，更沒有人敢在這當口率兵出征。

宋玉即使有才，又預知了未來，卻白白受 個小小司徒拖累，不但失了最重要的鄢城，連幾十萬的楚國軍士都跟著葬身水底。如今，秦國的大軍壓境，即將兵臨郢都城下，強烈的恐懼感深深威嚇著城裡的君臣百姓，想要再重振旗鼓談何容易？

然而激進的莊辛仍提議要立即重組軍容，趁白起還沒來得及補充糧草之際，再予秦軍一記重擊，只是不管他怎麼哀求，怕極的熊橫都不願再發兵。

令尹子蘭也在此時彈劾宋玉的不是，指責宋玉督導不周才會令鄢城失守，應該要以軍法處死。

鄢城一役確實是宋玉主動提出，雖然他未能親自領軍督戰，但所有謀略盡出於宋玉之手，這讓一國之君的熊橫感到左右為難。

為了安撫在鄢城死去的數十萬將士親屬，熊橫不得已，只好將宋玉軟禁在家中，暫時先平息子蘭之怒，好讓子蘭繼續打理未了的軍務。

接下來的日子過得艱難，因為熊橫一味求和，莊辛只好派使臣與白起和談，用割讓城池來拖延些時間，奈何這次秦國的胃口大了，根本看不上熊橫給的那幾座小城池。

「退兵可議，交上宋玉項上人頭，白起立即拔營歸秦。」看完使臣拿回來的答覆，莊辛氣得將竹簡扔在地上。

「白起小兒怎會知道宋玉的事，莫不是你露了口風？」狐疑的莊辛，不禁把目光看向一旁的校尉項江。因為除了大王和令尹，只有項江最瞭解這整件事真正的謀劃者是誰，否則，宋玉一沒領軍二沒掛帥印，秦軍是如何知曉的？

「末將不敢！」冤枉的項江急喊道：「往來鄢城都是末將獨自前去，並未透露任何口風給他人。」

剛說完的項江卻心頭一震，突然想起了某個人可能也知道這件事。雖然宋大人要他保守祕密，但此事攸關大人性命，項江不能不說。

「大人屢屢要末將傳遞書信給城外一女子，鄢城被破當日，末將親眼見大人看著那女子的書信，臉色大變。」後悔不已的項江咬牙，事到如今他才發覺事有蹊蹺，當真糊塗得可以。

「此事當真！」莊辛自以為與宋玉無話不談，殊不知，宋玉在城外居然還跟另一女子祕密往來，而莊辛竟全然不知情。

「末將只知那女子名喚雨桐，就住在城外木大人的老家，至於宋大人都寫了什麼，那女子又回了什麼，末將就不清楚了。」項江把他所知道的全部和盤托出，就希望能抓緊時間給宋大人一線生機。

「你馬上到城外將那女子找來，記得！在真相未明之前，不許告訴任何人，包括宋玉，也不許對那女子動粗，快去！」莊辛急揮袖。

「末將領命！」項江雙手抱拳，轉身速速離去。

「宋玉，但願這一切不是老夫想的那樣，否則，就算大王再怎麼護著你，恐怕也保不住你的小命。」

鄢城被秦軍攻破後，郢都百姓人人自危都想著離開國都逃命去，為了避免城裡混亂加劇，令尹命人關閉城門，沒有將士的令牌不得擅自出入。

項江是奉命的將領，自是有令牌可使，只是姑娘可就進不了城門了。為此，項江還特別去拿了一套軍服，思量著讓雨桐女扮男裝成士兵混進城。

急急來到城外，一頭汗的項江，卻已遍尋不到雨桐的蹤跡，難道事實真如他所想，那女子是個奸細，因為知道秦軍即將攻郢，所以逃跑了？

種種想像讓懊惱的項江失了頭緒，若真因為如此，無須等秦軍來領宋大人的人頭，恐怕令尹就要先置宋大人於死地。

策馬急奔入城，項江一五一十將詳情稟報予莊辛，氣得他老人家當場急跺腳。宋玉這廝看來心思縝密，卻如此輕易落入一個女奸細之手，現下人跑了不打緊，還留下這麼一個爛攤子，叫莊辛和宋玉要如何收拾？

「大人，如今白起步步進逼，非要宋大人的人頭來退兵，該如何是好？」項江見秦軍的使者又送信來催，越加急如星火。

「如何是好？問你的宋大人去！」既然人跑了，想必宋玉心裡也有底，要生要死，應該讓宋玉自己給個了斷。

但所謂不知者無罪，況且，向那女子傳遞書信是宋玉的主意，與項江又有何干係？莊辛不想讓項江為難，逕自來找宋玉，但見他隻身一人站在廊下，修長的身影在月下更顯孤單，不禁搖頭道：「既知如此，何必當初？」

宋玉回身，沒想到莊辛居然冒著違逆聖意的罪名，在深夜造訪他這個罪人的住處，不禁問道：「大人何出此言？」

「雨桐是何人？你與她又是什麼關係？」莊辛是個直腸子，既是質問，也就無須拐彎抹角。

有些呀然的宋玉微怔了下，而後，不禁為自己感到悲哀。

原來，就連莊辛也不相信他。微怒的宋玉無言，轉身向書房走去。

「喂！你倒是說句話啊！」跟在宋玉身後的莊辛急喊，這廝裝什麼神祕？

默默進房的宋玉，從一疊厚厚的竹簡中抽出一片，交與莊辛。莊辛見宋玉那一臉的坦然，彷彿不是自己所想的那樣，也不禁要為這　整日的焦慮，猶豫了起來。

就著書房內殘弱的燭火，莊辛仔細一看：「鬱鬱蔥蔥的情絲破土而出，阡陌上，還留有未完的三百詩，執子之手，白頭偕老，如今徒剩寂寞的燭影星光。行邁靡靡的我，此後只能在夢裡與你相守。」

怎麼？這，是一首情詩？

莊辛狐疑地睨了宋玉一眼，美若謫仙的俊臉滿布愁思，原來，這廝不若莊辛所想的絕紅塵、斷情愛，他還是有牽掛的。

「早說不就好了，堂堂男子娶個三妻四妾也不為過，更何況，是你這個令全郢都女子都為之傾倒的男子？」莊辛知道不少女子，甚至王公貴族垂涎宋玉的美貌，然而莊辛卻很少恭維其外表，畢竟，他欣賞的是宋玉的文采和智謀，與長相無關。

「可惜，她不是楚國人。」宋玉當然猜得出，是項江將雨桐的事說予莊辛知曉。如今，令尹大人咬住宋玉因為怠忽職守，導致鄢城潰敗，項江為救他脫困，不得已才將雨桐供出，也是一番好意。

「那又有何干係？」莊辛不解。

「現下秦國與我戰事緊張，倘若連大人都要疑心我，宋玉又如何敢納一個異國女子進門？」搖頭的宋玉苦笑，沒想到他對楚國的一片赤膽忠心，居然落得無人可信的下場，真是悲哀！

「老夫不就是擔心你，才這麼半夜三更地跑來，這一會兒倒成了驢肝肺。」羞愧難當的莊辛，從鼻孔裡噴氣。雖然宋玉說的是事實，但知宋玉者，唯有莊辛而已，莊辛如此疑心他實在不應該。

見落寞的宋玉低頭不語，似乎極為沮喪，完全不像前幾日，對軍務指揮那樣淡定果敢，莊辛也不禁要為宋玉這個痴情男子惋惜上幾分。人說屋漏偏逢連夜雨，這廝如今不僅無端受到軟禁，還要憂愁兒女私情，難怪越發形銷骨立。

「大丈夫應以國事為重，假以時日再納她進門即可，何必如此萎靡喪志？」

長嘆一聲，宋玉何嘗不是這樣安慰自己？可雨桐的一番話，意味著她此刻的無助孤單和對宋玉的無聲怨懟。如今宋玉被幽禁在自宅，想與雨桐見上一面更是難如登天，是宋玉背棄了自己心愛的女子，是他自己啊！

既然莊辛查明了宋玉並未與奸細往來，自是不會把雨桐的事放在心上，只是白起遲遲不見宋玉人頭，又集中兵力繼續朝郢都城外猛攻。

「姑娘，秦兵就要打來了，妳還是先走吧！」憂心至極的周大娘，見雨桐穿了一身戎裝，不知道要做什麼？

「大娘，我想過了，既然小狗子跑去從軍，興許我在軍隊裡可以找得到他。」這一身軍裝還算合身，應該是宋玉替她留下的，雖然，雨桐不知道宋玉的用意是什麼，但扮成士兵，總比一個女孩子在外行走方便。

雨桐把一頭長髮束好，打算動身混進楚軍裡。

「千萬不可以啊！姑娘，連著幾日，妳已經陪老身找遍了整個郢都城外，萬萬不可再為狗兒去冒險了。再說，大人若知道秦軍打來，隨時都可能來接姑娘，妳這一走，萬一跟大人錯過了，那可如何是好？」楚國久經戰亂，周大娘深知戰爭的可怕，兩個人一旦離散，就可能一輩子都無法再相聚。

聞言的雨桐不禁心凜了下，這個時代沒有手機、電腦，唯一的通訊靠的都是人力，就像前幾天，宋玉派來的人留下軍裝，究竟是什麼意思，她一點都猜不出來。只是小狗子還是個孩子，此時上戰場無疑白白送死，他是大娘活下去的唯一希望，雨桐怎麼能眼睜睜看小狗子冒著生命危險，和秦軍浴血奮戰？

雖然，雨桐不瞭解這個時代的男人，是被洗腦還是愚忠，現在的楚王，根本不值得他們浪費生命去跟秦軍拚命。可小狗子一聽鄢城被秦軍攻破後，便像瘋了一樣衝出去殺敵，即使像宋玉那麼冷靜的人，也無法忍受自己的國都淪喪敵軍之手。

也許是雨桐這個生長在和平世代的現代人，沒有經歷過戰爭的可怕，無法體會失去國家民族的悲痛，但雨桐既然來到了這個時空，就要和這裡的百姓共進退，至少趁秦軍未到之前，她必須趕緊把小狗子找回來。

「大娘，小狗子的事我已經決定了，若真找不到人，我還是會回來，這段時間大人若再派人找我，就告訴他我出門去了，不久就會回來，麻煩妳了。」

「姑娘，妳的恩情，老身做牛做馬都報答不了，不管能不能救回我家小狗子，老身都給妳跪下磕頭。」老淚縱橫的周大娘雙腳一軟就要跪下，見狀的雨桐不忍，扶起她又安慰了番後，連忙趕赴楚軍大本營。

第二十一章
軍中盟友

鄢城一戰，楚軍喪失了最精銳的主力，群龍無首的軍士，不是聚在一處搖頭嘆息，就是仰望天際悵然若失。穿戎裝的雨桐在路上挖了點泥巴，塗在自己的臉上及身上，又儘量低著頭，竟然被她順利無阻地混入楚營。

因為怕被認出不是軍營裡的人，雨桐一路上不敢和別人亂說話，但要在幾十萬人的軍營裡找一個小孩，又談何容易呢？

輾轉來到一處大營帳，外面似乎有很多士兵把守，看來應該是高階軍官的指揮中心，雨桐壓低自己的青銅頭盔打算繞道而行。

「喂！你！」

身後的一聲大喊讓雨桐嚇了一跳，隨即加快腳步。

「我說的就是你，給本將軍站住！」

震天的大喝聲幾乎貫穿雨桐的耳膜，動彈不得的她，不禁在心底暗咒一聲：「該死的！這麼倒楣。」隨即轉身站好，也儘量讓自己保持鎮靜。

「快去把這幾日新到的小廝帶過來，本將軍要一一查問。」

低沉的男聲不耐，卻又著急得很。

「是。」刻意壓低嗓音的雨桐學軍人抱拳，然後一溜煙地跑掉。

「嚇死人，幸好沒有被他看出來，」正為自己慶幸的雨桐，邊走邊拍拍胸口，可腦袋一冷下來的她隨後覺得自己慘了。

剛才因為太緊張，完全沒看清對方的長相，不曉得那個人是誰，對軍營完全陌生的自己，要到哪裡去找新人給他呢？而後雨桐隨即又敲了自己一記腦袋，自己是個冒牌貨，就算不去找那個人報到他也不會知道，所以只要不被那個人撞見，再找個士兵問小狗子下落，一切就解決啦！

想到這裡的雨桐不禁腳步一陣輕盈，飛快地在軍營裡穿梭，只是，事實自然不像她這個現代人想像中的簡單。

吃了敗仗的楚國雖然軍心渙散，但郢都城外還是保留了數萬人的兵力，雨桐從這個營帳穿過那個營帳，從白天找到黑夜，還是找不到小狗子到底在哪裡。心急如焚的雨桐餓得頭皮發麻，連一口水都沒得喝。

軍中伙食都是按營帳配置，雨桐不屬於任何一個營帳，自然沒飯可吃、沒水可喝，加上軍營又有夜禁，雨桐也無法偷溜回宋玉的老家。

雖然，雨桐來這裡之前已經有了吃苦的打算，但身體的煎熬加上精神壓力，讓躲在樹下打盹的她，整晚難以成眠。

一早的魚肚白，雨桐勉力睜開眼睛，五臟廟又開始叫了起來。雨桐揉揉肚子，正想找個沒人把守的地方，偷喝幾口水硬撐一下，鼻子卻意外嗅到一股甜香。

「咕嚕咕嚕！」肚子的聲響越發大了，雨桐連忙按住，像怕吵到別人一樣。飢腸轆轆的她望向四周尋找香味來源，這才發現，一個士兵正朝她走來。

「給！」樣貌清秀的少年，伸手將兩顆白饅頭遞給雨桐。

「謝謝！」有沒有這麼佛心來著，這個完全不認識的士兵，居然主動拿東西給她吃？餓急的雨桐一口咬下，才發現自己表現得太過突兀，根本就暴露了很久沒吃東西的事實，搞不好對方還會因此懷疑自己的身分，於是忙將那口香甜吞下，裝笑道：「我向來吃得多，所以肚子餓得快。」

年輕士兵點點頭，彷彿不以為意，又隨手滾了一草堆坐在上面，似乎不打算離開。好奇的雨桐偷偷朝他打量了下，這個人不像普通士兵長得黝黑又粗壯，反倒像個書生。修長的十指、陽光的臉龐，眉宇間，還透著一股颯爽的英氣與自信，爾雅的五官，讓人感覺他出身不凡。

雨桐謹慎地朝少年身上的軍裝瞄了一眼，和自己一模一樣，真是個士兵，不是個軍官。少年似乎也接收到雨桐對自己異樣的眼光，於是淺淺一笑，問道：「你在找人？」嚇！這個人是怎麼知道的？見雨桐啞然不語，少年又笑，「興許在下能幫上忙。」

天下沒有白吃的午餐！雨桐深信。尤其現在兵荒馬亂，什麼事都有可能發生，就像她莫名其妙被抓到古代，又莫名其妙來到楚國一樣。

這個人倒不像是要打探她的底細，該不會是想要找盟友？雨桐揣度自己身在軍營，多一個朋友總比多一個敵人好。

大口咬下饅頭，雨桐也跟著坐在草堆上，坦誠道：「我弟弟跑來從軍，可他只是個十三、四歲的孩子，我娘擔心得緊，所以，要我來通知他趕快回家。」

少年直視雨桐的眼睛不像在說謊，況且，自己跟了她一天一夜，發現她除了找人外，確實沒再做其他的事。低頭思忖了下的少年，迅速站了起來，說道：「你隨我來。」

感覺眼前這個人比宋玉還更神祕莫測，問的不多，回答的更少，但他就這麼相信自己說的都是真的嗎？不過，看在這兩顆救命饅頭的份上，應該不是壞人。雨桐將另一顆饅頭塞進自己的衣服裡，跟著那少年往一僻靜處走去。

輾轉來到一靠河的岸邊，空氣中，動物排泄物的氣味臭氣沖天，陣陣作嘔的雨桐，很想掩住自己的口鼻好抑止那股難受，但見少年連眉頭都不皺一下，她又怎麼能表現得不自然？

「新來的人，都須經衛弘將軍一一核可才能入營，你昨日都沒找到人，很可能還留在那裡。」楚軍的車騎僅次於秦國，戰馬當然多不勝數，少年指著前方看似一望無際的馬場說。

什麼！原來這個人，從昨天就開始跟蹤她？雨桐對少年起了幾分警惕的心思，也在心底暗罵自己是個笨蛋，被人盯了一天一夜居然還一無所知，看來軍中也是危機四伏。也幸好，自己剛剛坦誠告知少年是來找弟弟的，否則，現在百口莫辯豈不尷尬？

「謝謝你！」雨桐向少年點頭致意，走了幾步才發覺少年立身不動，不禁狐疑地轉頭看向他。

「你覺得就這麼走過去，就能找得到人？」少年詭譎地看了一眼，雖然覺得雨桐有點小聰明，卻又有些魯莽。

不多加解釋的少年轉身往回走，並提醒道：「除非有衛弘將軍的命令，否則，誰也別想靠近那裡。」

「我有！」未經大腦思考的雨桐大喊。下一秒卻細想，經少年這麼一說，自己能夠肯定昨天要她去帶新人的那個男人，應該就是衛弘將軍了。

但那時的雨桐太緊張，又怕自己女扮男裝的身分被發現，以至於錯失了機會，只好尷尬回道：「不過，那是昨天的事了。」

「昨天？」聞言的少年皺眉，心想：「這個人未免也太不上道，在軍中違逆上司命令，可是要軍法處置的，難道他不懂嗎？」

「如今，還可以說……我是奉命的嗎？」手足無措的雨桐繞著手指，怯怯地問向少年。

若說奉命，雨桐就可以光明正大地去找小狗子，但就算找到人也要跟衛弘將軍報到，屆時白等雨桐一整天的衛弘將軍，肯定會大發雷霆，甚至扒掉她一層皮。平時心思還算靈巧的雨桐，現下竟不知該如何才好。

愚蠢的士卒看過不少，但頭一回遇到這麼難以形容的，少年嘆了口氣，回道：「若你願意挨上幾十軍棍，我想可以。」

「不願意！」情急的雨桐又喊。電視裡的宮廷劇常演，那一棍子打下去，沒個皮開肉綻也要賠上半條命，雨桐怎麼都不敢冒這個險。

「你一定還有別的辦法吧！」這個人雖是士兵，但看起來足智多謀，或許可以為自己指點迷津。

「你叫什麼名字？」少年問。

「啊！」雨桐這才想到自己扮了男裝，原來的名字已經不能再用，可臨時又想不到更合適的，只好隨口答了聲：「木同。」

「牧童？」這讓少年又皺眉。鄉下名字聽過不少，但沒聽過比這個更鄉下的，少年開始懷疑起自己是否搭錯對象？但瞅著這個牧童，不僅話說得拗口，神色也恍惚，不禁若有所悟。

「在下阿靳。」少年略略揚眉，似乎頗得意自己的名字，再道：「隨我來。」

「又來？」不願挨棍子的雨桐別無他法，只好硬著頭皮再跟著去。

有人領路，雨桐的膽子自然就大了些，再加上待在軍營一日也已漸漸習慣，所以可以把走過的路都好好地記上一遍。此時的雨桐心想：「如果能順利找到小狗子，要逃跑才不會迷路。」

之前只在電視裡看過戲劇，雨桐並不瞭解古代真正的軍營是怎麼回事，沒想到，事實和想像果然有很大的出入！

即使現在秦軍都已經打到家門口，但這裡似乎感覺不到什麼太振奮的場景。沒有主帥高喊保家衛國的八股，也不見倉皇奔走的探子快馬加鞭，遠處一列列的隊伍還在操練，有的拿著武器對打，有的練射箭，一切平靜的有些令人傻眼。

阿靳領著雨桐來到一處破舊的露天營帳，外面疊了一堆堆劈好的柴火，滿地餿水流得到處都是，根本要躡著腳才能行走。

陣陣噁心的酸臭味，比剛才馬場的糞便更令人想吐，雨桐不由自主地掩住鼻子，心想：「這個人除了這些噁心的地方，就沒別的地方好去了嗎？」

營帳外雖然有人把守，但見阿靳向他們點頭致意後，便直直走了進去，雨桐瞧裡面幾十個士兵，個個孔武有力，無不捲著袖管揮動大刀，正在——切菜。

「不會吧！這麼噁心的地方，居然是伙房？」雨桐瞄了身旁的少年一眼，見阿靳面不改色、淡定如常，好像軍營裡的伙房，原本就該長這個樣子。

阿靳走到一鬍子壯漢身邊，躬身道：「百夫長，這位是新來的士卒，叫……」說到一半的阿靳轉頭看向雨桐，示意他自己回答。

「木同。」這名字好記又好唸，雨桐倒不覺得有什麼不對。

「新來的牧童犯了點錯，不敢回營，還望百夫長能收留他，在這裡待上幾日，等上頭氣消了再回去。」

阿靳話說得婉轉，又看不出任何破綻，連雨桐都不禁要佩服起他的這張巧嘴。

「木桶？」手持菜刀的百夫長，瞇著細長的丹鳳眼，將雨桐上下都瞧了個遍。

「這像娘兒們的小兵在這裡，豈不是要讓俺給折騰死。」

鬍子壯漢將手中的大刀一落，正砍在厚厚的木砧板上，沉沉的一聲響。

雨桐瞧著眼前的環境就已經很受不了了，更何況還要在這個大鬍子的底下做事，阿靳未經自己的同意，就讓別人收留她，是不是有一點自作主張過了頭啊？感覺現在的情況比挨棍子好不了多少，有些害怕的雨桐小聲道：「阿靳，我看還是算了……人家不喜歡，就趕快走吧！」

阿靳卻一口打斷她：「衛弘將軍近來胃口不佳，總讓百夫長頭疼，興許，他能弄點討人喜歡的菜色，不妨試試？」

雨桐倒吸了一口氣，自己才剛學會煮飯，哪能弄出什麼新菜色？這也太強人所難了吧？

「我……」雨桐正要申訴。

「俺做的菜不合衛弘將軍的胃口，所以換個娘兒們的試試？虧你想得出來。」仰頭大笑的百夫長，將那平日用來殺豬宰羊的一掌，拍在阿靳的肩上，但見阿靳聞風未動，僅僅用脣角勾了下，頓時感到有些無趣。

於是，百夫長轉頭對雨桐說：「腳邊的那幾盆菜都給你使了，不管弄出什麼花樣，都必須讓俺吞得下去，懂嗎！」

咦！這什麼狀況，自己什麼都沒答應啊！憑什麼這兩個人就這樣決定了她的命運？雨桐苦在心裡卻不能說，只能咬牙看著一旁似笑非笑的阿靳。

「該謝過百夫長。」阿靳不忘提醒。

「謝謝百夫長！」

「謝啥？能弄出個賞，是你天大的福分，就算挨了棍子，也只能說你技不如人，還張望什麼？趕緊弄菜去！」濃眉大眼的百夫長吆喝著，他可沒時間陪這兩小子繼續瞎磨菇。

「那，在下走了。」瞧雨桐那一眼汪汪，還真有幾分像娘兒們，阿靳向百夫長點頭致意後，頭也不回地走了。

「喂！不是說好要告訴我怎麼去找小狗子嗎？我可不想在這裡煮上一輩子的飯啊！」雨桐在心底哭喊。

正值中午用膳時間，伙房裡不僅熱氣沖天，蒸鍋烹煮的沸騰聲，也此起彼落。上百個伙頭兵，十萬火急似的搬鍋子裝菜、丟饅頭，大家忙得昏天暗地，就只有雨桐拿著幾種菜躲在一角，努力想著煮什麼，能讓挑食的衛弘將軍喜歡。

根據剛剛大鬍子的說法，衛弘將軍應該是吃膩了百夫長煮的菜，所以胃口不開。但每個人對酸甜苦辣的喜好不同，萬一雨桐弄一道酸的，將軍卻喜歡甜的，那豈不是討打？

完全不懂得做菜的雨桐杵著頭，沒抓準口味，就算是御廚來也沒用，她正想再去問大鬍子話時，剛好看到阿靳走了進來，不禁暗忖：「怎麼這個人沒事就來逛廚房？」

但雨桐沒空再多想，她急急奔向前去，一把抓住阿靳的手問：「衛弘將軍哪裡人？」

阿靳不料雨桐會這麼問，微怔了下，而後淺淺一笑，「淮北人。」

「淮北就是現代的安徽省，安徽人都喜歡吃什麼呢？」邊走邊轉圈的雨桐左思右想，終於下定決心。

不到半個時辰，一道又鹹又辣、加了很多香菜的老虎菜上桌了，還有冬臘菜煮回鍋肉，再把前幾天熬的羊肉湯加入大量的青蒜，佐以少許的羊腿肉，並搭配玉米粉蒸的餅為主食。

雨桐光是這四道菜，就讓掌廚的百夫長吃得額冒熱汗、爽快不已，直呼過癮！

瞇著丹鳳眼，百夫長又仔仔細細地盯了木桶這個小伙子好一會兒，才吩咐伙頭兵，趕緊將這些菜都送到衛弘將軍的營帳。不到一刻，見伙頭兵又興沖沖地跑回來，說衛弘將軍要打賞，叫百夫長趕緊帶人過去領賞。

「好小子，深藏不露啊！」樂極的百夫長舉手正要拍下，卻嚇得雨桐趕緊閃到一旁。有沒有搞錯？那屠羊的手勁，要是拍在自己身上，肩膀就算沒碎也要廢了。

「百夫長說的，就是換個娘兒們的作法，說不定，衛弘將軍想起他娘的廚藝了。」雨桐縮了縮脖子，其實這的確是娘兒們的作法，曾經有次雨桐到一個來自安徽的同學家拜訪，她媽媽煮的就是這些菜。

「那好，跟俺一起去領賞吧！」百夫長正提腳要走，雨桐卻連連退步，「功勞，還是讓給阿靳領吧！」

雨桐偷偷瞄了一眼自己身後的那個人，胸前和袖口沾滿了玉米粉，就連工整的軍裝也被油湯噴得一片狼藉，原本還算陽光的臉變得鐵青，雨桐看得出來，現在的阿靳很生氣，真的非常生氣。

「哈！原來如此！」百夫長饒富興味地朝阿靳上下打量了番，不禁大笑。看來木桶這個小子頗為識相，不過阿靳也不是個愛出風頭的人，百夫長樂得獨自一人去領賞。

雨桐好不容易把百夫長和衛弘將軍給侍候好了，終於換得自己一頓飽餐。

楚國的軍中伙食，是雨桐看過最慘不忍睹的食物，坦白講，根本就是廚餘！各種不同口味的菜混煮在一起，少鹽且加了大量的水，味道不僅極為怪異又沒有一點油腥，說是煮菜幾乎跟菜湯沒什麼兩樣。再者，每個士兵一餐只配兩顆饅頭，連一粒白米飯都吃不到，但為了肚皮著想，雨桐還是努力撿著菜，想辦法把肚子給填飽。

而那加了青蒜的羊肉湯，算是勉為其難的好料，雨桐打了個飽嗝，見一旁的阿斬還鐵青著臉，一口都沒吃，不禁勸道：「喂！不就拜託你幫忙煮個菜而已，幹嘛生這麼大的氣，還跟自己的肚皮過不去？」

環境會造化人，才在男人堆裡待一上午的雨桐，言談舉止就開始男性化。

「煮個菜而已？」劍眉直豎的阿斬，朝雨桐狠狠地瞪了一眼，除了他自己，阿斬這輩子都還沒有替任何人煮上一頓飯，現下居然為了衛弘那廝把自己搞得如此狼狽。當真是自己看走眼，本以為牧童這個人有些小聰明，應可堪用，結果居然連一道簡單的菜都不會煮！

「好嘛好嘛！大不了我下次找別人。不過說正經的，我來這裡是為了找弟弟，不是來煮飯的啊！你不是說要幫我想辦法嗎？」

「在下何時說過要幫你想辦法？」牧童說得沒錯，何必跟自己的肚皮過不去？軍中伙食控管甚嚴，這餐沒吃就必須等到晚上，阿斬勉強喝下一口熱湯，青蒜的微嗆和香甜，讓肉汁變得不那麼膩口，味道還真是不錯。

「喂！你這個人怎麼說話不算話啊？」聞言的雨桐惱了，指著鼻子說阿斬的不是：「那你把我帶來伙房做什麼？我是真的不會煮菜。」

「到伙房能做什麼？在這偌大的軍營裡，上至將軍下至小兵、士卒，有哪個不是仰仗著伙房送來的飯菜？」阿靳壓住氣，瞅了身邊的雨桐一眼，想他既然能投衛弘那個淮北人嗜鹹好辣、又喜青蒜香菜的習性，指揮他做出一桌好菜，沒道理連這點常識都沒有。

「那又怎樣？煮飯跟找弟弟是八竿子打不著的……」話未說完的雨桐微愣了下，突然豁然開朗，開心地拍手道：「原來是這樣，早說不就好了。」沒事賣弄什麼玄機？

「不過在那之前，你要先說服百夫長讓你能繼續待在這裡，在下可不會再幫你第二次了。」阿靳斂下眸，暗忖這個牧童總算有點長進。

「知道知道，大不了再找別人幫忙煮就好啦！」雨桐這話回得差點讓阿靳噴飯，看來這小子根本是賴到底，就是不願學煮飯了。

難得吃到家鄉菜的衛弘將軍胃口大開，連著兩日都打賞給百夫長不少東西，雨桐怕再這麼下去真的會走不開，趕緊將自己想出來的菜單，一股腦兒全抄下來，省得屆時沒菜可煮。

百夫長見雨桐整日窩在伙房一角，以為是在藉機偷懶，可試了幾次後才發現，這小子不但手不能提，肩也不能挑，連斬隻雞都會哇哇大叫。叫這個傻小子做事，無疑是給自己徒增困擾，百夫長索性讓她在一旁學著煮菜，免得惹人嫌。

雨桐本想藉口送吃食到馬場找小狗子，奈何百夫長擔心誤了衛弘將軍的膳食，守她守得緊，硬是不讓她離開伙房半步。於是，雨桐只好趁著月黑風高，再摸到馬場附近研究地形。

自己身處的軍營廣大，且每隔幾十步就有一隊士兵把守，加上營火燎天，要完全躲避他人的視線並不容易。幸好雨桐個子嬌小，閃著、閃著，竟順利讓她閃到馬場來。

即使現在才到秋末，但夜晚空曠的河風呼呼吹著，感覺分外冷冽，穿著單薄的雨桐打了個冷顫，拉攏領口，壓低頭盔，打算再冒一次險。

「有時我還真佩服你這種不怕死的精神，楚國要是多幾個像你這種勇士，鄢城興許就不會失守了。」

身後傳來刻意壓低的聲音，讓原本緊繃到極限的雨桐，差點沒嚇掉了魂，一顆心「撲通撲通」地提到嗓子眼。

「人嚇人，嚇死人你懂不懂？幹嘛像個跟屁蟲一樣，神出鬼沒的。」雨桐轉過身便連珠炮似的對著來者亂罵一串，還不忘拍拍自己胸口，好止住方才的驚嚇。

「『跟屁蟲』是什麼？」只見雨桐面色不善，口氣又差，應該不是什麼好話。阿靳不想與她在這裡爭辯，於是低身向前走了幾步，隱沒在一堆雜草之中，並謹慎道：「近幾日新來的人多，但你弟弟年幼又無豢養軍馬的經驗，興許會安排在另一個住處。」

聞言的雨桐只覺得一股火從胸口燒上來，今晚她可是冒著生命危險，閃過重重關卡才來到這裡，結果阿靳卻說小狗子可能被安排在別的地方，這不是在耍她嗎？

「你！你為何不早講？」氣極的雨桐拉住他。

「我怎麼知道，你連這麼基本的人員配置都不懂？」對於雨桐這個突然出現在楚軍的傢伙，阿靳本想再探探她的底細，誰知，真是一個對軍中事務毫無所知的鄉下人。

「我……我才剛進來，不懂很正常吧？」心虛的雨桐撓撓頭。

「若不是我，就你這般沒頭沒腦地進軍營找人，十顆人頭都不夠砍。」要不是看在雨桐機靈，阿靳還懶得理。

「那……謝謝你啊！待找到我弟弟，我一定做頓好吃的請你。」沒想到阿靳不僅幫她找小狗子，還教她避開軍中的危險。這讓雨桐不禁心想：「阿靳的心思細膩，心地又如此善良，改天一定要推薦給宋玉認識認識。」

阿靳見雨桐用有如膜拜天神般的眼神盯著自己，只覺又氣又好笑，便道：「就你那手藝，吃就不用啦！咱們現在還是快走，否則，四更過後你又要為早膳忙了。」

乍然轉醒的雨桐連忙點頭，緊緊跟在阿靳後面向前走去。

兩個人來到馬場末端的一寬闊營帳，一旁是專門訓練小馬的地方，營帳外圍雖也有士兵把守但為數不多，營火也不那麼集中，似乎比較容易溜進去。

雨桐指了指前方，壓低音量問道：「就在這裡？」

阿斬點點頭，又帶雨桐在周邊繞了一圈熟識地形。營帳靠近河岸的地勢低、雜草也短，相對的另一處地勢雖高，但繁茂的野草和灌木叢，可充當隱密的藏身處，是較好的逃生路線。

但雨桐放眼望去，營帳裡頭黑壓壓躺著一群人，根本看不出誰是誰，她又如何能在不被任何人發現的狀況下，把小狗子救出來？

「未滿十四歲的孩子無法上戰場殺敵，所以會被發配去餵食小馬，他們通常四更就要起床，工作到日落才會再回到營帳，你必須想辦法先知會你弟弟，讓他溜到這裡和你會合……」

聽著阿斬細數小狗子可能的遭遇，雨桐不禁鼻子一酸。

如果說，一個孩子為救國家能忍受起早貪黑的辛苦，那麼宋玉呢？孤身一人的他在郢都裡，會不會比在軍營裡更難熬？

雨桐深知宋玉熱愛楚國的心不亞於屈原，倘若屈原知道郢都被攻陷後，都痛心疾首到跳江，那麼，執意回去救城的宋玉又會怎麼樣呢？陪著楚王逃到北方的宋玉，肯定會生不如死吧！

指揮若定的阿斬，許久未聞雨桐的聲音，以為她思考出神了，沒想到一回首，竟看見暗夜裡的她眸光閃爍，不解問道：「你哭什麼？」

「我一想到宋……」宋玉是楚國的議政大大，雨桐不好透露自己認識他，只好轉而說道：「狗子還這麼小，我……我娘肯定捨不得他做這些。」

「男子漢大丈夫，為國捐軀也不在話下，做這點破事怎麼就捨不得了？我看，就你這娘兒們的性子，也別想找什麼弟弟了，還是回去找你娘哭鼻子去吧！」感到莫名的阿斬氣結，一個堂堂男子，沒事就兩眼汪汪像什麼樣？

「娘兒們的性子怎麼了？我還不是一樣活到現在？」抹掉淚的雨桐不服，原以為來到古代這麼久自己應該夠堅強了，沒想到，她還是不忍心見宋玉和身邊的人，因為戰爭受苦磨難，「明早，我會讓送膳食到這裡的董齊跟我換班，如果一時找不到小狗子，你幫忙想辦法拖住百夫長，別讓他注意到我偷溜了。」

看來這廝受了刺激還是會有長進的，在心下暗暗讚許的阿斬揚揚眉，答道：「那有何難。」

「找到小狗子後，我會讓他在日落前到這裡等我，你若願意，幫我繼續跟百夫長耗一會兒，讓我們有足夠的時間可以離開。」雨桐知道這對阿斬而言很為難，她也不想因為自己和小狗子而害了別人，會請阿斬幫忙是覺得他絕對有能力可以全身而退，但阿斬不見得要為她冒這個險。

「我們？」雖然阿靳早就知道眼前這個牧童不是楚軍裡的人，但現在的他卻希望對方能繼續留在自己身邊。思忖再三的阿靳，抬頭對著雨桐嚴肅道：「小狗子可以走，但你不行。」

見牧童一臉的呀然，阿靳更加肯定自己的猜測，便說道：「至少，需讓衛弘將軍吃膩了你的菜，否則，就算你跑得了一時，百夫長也一定會把你再抓回來。」

這時的雨桐也才想到，阿靳說得沒錯，且一下子跑掉兩個人也太顯眼了。逃兵是死罪，對自己和小狗子而言都太過冒險，倒不如先救小狗子出軍營，自己隨後再逃還比較容易些。

內心掙扎後的雨桐咬牙，點點頭表示認同後，兩個人再摸黑回各自的營帳休息。

隔天一早在雨桐好說歹說之下，外加又偷弄了幾樣臺灣特別的小菜，才和董齊換到班。

這會兒天才矇矇亮，頂著河口寒風，雨桐沿著馬廄尋了一回，好不容易才找到小狗子。離家多時的孩子一見到熟悉的姐姐，連日來強忍的孤苦委屈，一股腦兒全都傾瀉了出來，抱著雨桐抽抽噎噎哭個沒停。

雨桐怕惹來其他士兵注目，連忙安撫小狗子的情緒，並讓他打起精神，交代好逃跑的細節後，趕緊再回到伙房。

阿靳只答應雨桐要拖住百夫長，卻沒有答應再幫她弄菜，百夫長冷眼瞧著眼前這兩個小子，裝神弄鬼卻又裝作若無其事，暗自在心裡靜觀其變。

小狗子個子長得雖高，但不是正式入伍就沒有軍裝可穿，一身便服在大白天裡，明目張膽地穿過軍營實在太醒目，為此，雨桐又傷透腦筋。沒料想，阿靳輕易就幫她把這個困難解決了。

「你也太強了吧！簡直跟我肚子裡的蛔蟲沒兩樣。」拿到軍裝的雨桐對阿靳讚不絕口。

「蛔蟲？」那又是什麼東西？阿靳心想：只聽過稱讚人肚子裡有墨寶，沒聽過有蛔蟲的。不過，他已經習慣對方三言兩語就竄個新字眼，也懶得詳加追究了。

「記得，送走了弟弟還要再回來，否則後果難料。」阿靳警告。

「知道了。」雨桐雖然有些無奈，但阿靳為了她冒這麼大風險，又幫了這麼多忙，就這樣過河拆橋實在說不過去。

雨桐將阿靳給的那套軍裝，塞進自己的懷裡，接下來，就等天黑了……。

這晚，夜黑風高，就連月亮都偷懶去了，雨桐獨自一人來到馬場，將準備好的羊腸魚油往營火堆裡丟，可惜她手勁不夠好又沒瞄準，連丟兩顆都沒有擊中。

守夜的兩名士兵聽得「啪啪！」雨聲，似有什麼東西破了，為求謹慎，一名士兵向雨桐的藏身處走來，四下搜尋可能的異狀。見狀的雨桐嚇得趕緊趴進草叢裡，正不知如何是好時，營帳裡傳來一陣吵鬧聲，士兵怕裡面的孩子出事，只好回頭。

見士兵一走遠，雨桐大膽地起身往前走幾步，再投出一顆魚油，瞬時「砰——！」的一聲巨響，烈焰火光沖天，遇熱的魚油濺得四處都是，滋滋的作響聲，讓守夜的士兵們慌成一團。

「不好了，走水了！快來幫忙滅火！」魚油爆破的聲響驚醒了營帳裡的人，雨桐聽得裡面的孩子驚嚇成一團，士兵則七手八腳地忙到河裡舀水滅火。

這是一招險棋！

雖說雨桐為怕傷及無辜，羊腸裡的魚油有一部分加了水，但夜深人靜的爆破聲，仍會引起不必要的騷動，如果小狗子無法趁亂逃出來，那雨桐也極有可能因此被前來救援的士兵給抓到。只是眼下情勢逼人，馬場離大軍營帳太遠，看管又嚴，雨桐若不使險招，小狗子根本沒有機會溜出來。

幸好，就在雨桐擔心身後的楚軍會隨時派人來支援的同時，小狗子已經順利跑了出來。

「姐姐！」嚇壞了的小狗子抱住雨桐，全身顫抖個不停。

「快！把衣服穿好。」雨桐將軍裝遞給小狗子，又趁著沒人把他藏到靠近伙房的木堆裡。

「天一亮姐姐就帶你出去，仔細記著，一出軍營就趕緊跑回家，頭都不准回，知道嗎？」雨桐怕小狗子肚子餓，還塞了一顆自己留下的饅頭給他。

「那姐姐呢？姐姐不跟小狗子一起回家嗎？」好不容易鎮住心神的小狗子拉著雨桐，

泫然欲泣。

「姐姐現在沒辦法說走就走，只能先救你出去。」見孩子目光閃爍，雨桐拍拍肩膀安慰小狗子：「放心！姐姐有人幫忙，不會有事的，回家後跟著大娘好好過日子，別再想什麼行軍打仗、保家衛國的事了，知道嗎？」

見孩子羞愧地點點頭，雨桐小心拿起一塊大柴火，將小狗子掩在裡面，然後趕緊離開。

「姐姐，小狗子欠妳一命，就算等到來生也一定要還給妳。」

細聽雨桐的步伐聲遠了，小狗子緊握住那顆饅頭，在心中許下誓言。

夜裡的那一場爆破，讓楚軍頓時提高了不少戒備。羊腸經大火一烤幾乎沒了痕跡，戰國時代也沒有人想得到魚油會引起如此劇烈的火光，即使有魚油沒被大火給消毀，但看到的士兵，也只會以為是送菜時不小心灑的。

雖然，經過一夜的緊張，大家都仍搞不清楚發生了什麼事，但往來士兵各個繃緊神經，警戒心格外的高，直到天色大亮也沒再出什麼狀況，這才放鬆了戒備。

雨桐趁著分送伙食到各個營帳時，讓穿著軍裝的小狗子也湊上一腳，並趁著大伙兒開吃的當下，將他帶到一處沒人看守的邊防。

「快走吧！」見小狗子翻上土牆後，雨桐急催。

「姐姐！妳一定要回來，否則小狗子就算是死，也一定會來找妳。」小狗子拉著雨桐的手，他才終於意識到，自己做了一件多大的蠢事。

「放心！姐姐一定會回去，騙你是小狗。」雨桐儘量讓自己語帶輕鬆，卻怎麼也無法抑止住顫抖的雙脣。

來到古代才明白什麼叫生離，而現在，終於體會到真正的死別。兩串清淚不由自主地落下，雨桐有種極度不祥的預感，覺得她跟宋玉離得越來越遠，遠到觸不到也摸不著了。

「替我轉告大人，不管今生有沒有緣分，都請他不要忘了我。」除了這一句，雨桐竟想不出還能對宋玉說些什麼。

「姐姐……」小狗子不想哭，可眼淚止不住。

「那邊好像有什麼聲音？快去看看。」遠處傳來兩個士兵的腳步聲，雨桐不敢再耽擱，催著小狗子離開後，也趕緊回伙房去了。

第二十二章

斬草除根

白起占領楚國鄢城後，利用當地豐沛的資源補充糧草和物資，並加緊重整軍隊，也將在征戰中擒拿的戰俘和罪犯，都移至鄢城充當勞動人力。與此同時，白起還增派了司馬陽率兵攻下西陵，截斷長江部分水域，令失去鄢城保護的郢都孤立無援，再也無法得到西面巫郡軍事上的任何增援。

熊橫幾次派人去和談都沒有成果，莊辛為保住宋玉，一直封鎖白起要宋玉人頭退兵的條件。可惜紙終究包不住火，秦軍故意走漏消息給楚國軍士，朝臣們聽聞只要送上宋玉人頭就可免去一場惡戰，安逸度日，無不威逼著熊橫盡速將宋玉處死。

「大王，宋玉那廝白白讓楚國最重要的鄢城成了秦軍的囊中物，又折損了數十萬我國最精銳的將士，按理早就應以軍法處死。現下，他的人頭既能讓白起退兵，對楚國百姓而言，無不是一件令人歡欣鼓舞的事，臣請大王切莫再猶豫不決，應當立即將宋玉人頭交與白起！」

令尹子蘭是熊橫的異母弟弟，再怎麼說也是堂堂的楚國王室，斷不能讓楚國的宗廟社稷，淪落到秦國之手。如今，白起能為子蘭除去宋玉這個心頭之恨，子蘭當然不能放過這樣的大好機會。

「大王，臣請大王當機立斷，將宋玉人頭交與白起！」眾朝臣跟著令尹異口同聲，喊得幾天幾夜沒睡好的熊橫，惱怒站起。

「住口！你們這些，通通給寡人住口！」顫抖著手的熊橫指著殿內眾人，扭曲得臉孔鐵青，「想當日，宋愛卿平反昭奇的時候，你們在哪裡？他預知白起將進攻鄢城之時，你們又提過什麼好建議？如果沒有宋玉，楚國早就淪喪秦軍之手，哪還有你們的今日？」

朝臣見大王為宋玉激烈反擊，無不你看我、我看你，紛紛低下頭。

「大王，就算宋玉曾經有功，但現下鄢城因為他而失守也是不爭的事實，況且，一條人命得以換上郢都幾十萬百姓，大王應當清楚孰輕孰重才是。」令尹見朝臣被厲聲的大王喝住，再次站出來反駁。

「那要不要和秦軍議和，送上子蘭你一條性命，換得千萬楚國百姓平安？」熊橫怒指著胞弟子蘭道：「令尹大人掌管楚國數十萬兵馬，送上你的人頭比宋玉有利太多，白起也絕不會白白錯失這樣的好機會，這點你應當比寡人更清楚，是也不是？」

熊橫的這一番話，讓令尹當場一陣錯愕，頓時刷白了臉。

「王兄！」不敢置信的子蘭喊道，王兄居然拿貴為王族的他，和宋玉那廝賤民相提並論？

「即使雙手奉上楚國所有城池，白起也不會退兵，這點你們心知肚明，卻再再逼迫寡人讓宋愛卿枉送性命。寡人一忍再忍、一退再退，卻教你們全都蒙蔽了良知，枉顧宋玉救楚國，救百姓的恩情，你們情何以堪啊？」緊握的雙拳止不住激憤，在寬大的袍袖裡隱隱抖動，熊橫咬著牙，若他連一個臣子都保不住，還有什麼資格當一國之君？

「大王……」不甘心的子蘭還想再辯，卻讓已經下定決心的熊橫一口喝住。

「今日之事，若有丁點傳到宋愛卿的耳中，讓他性命有絲毫差池，莫說是王公貴族，就算是寡人的親弟弟，寡人也絕不善罷干休，定要那個人一起陪葬！」就算子蘭不動手，倘若宋玉知道自己的命可以救郢都，必定會選擇犧牲自己，所以熊橫必須防患於未然，先堵住朝臣們的嘴才行。

難得如此嚴厲的熊橫揮袖，毅然決然地走出正殿，驚愕不已的令尹及眾臣，無不對離去的大王投以難以置信的目光。而原本在一旁沉思的莊辛恭送大王後，也為宋玉的未來捏把冷汗。

大王此番為保住宋玉性命賭上楚國和王權，哪天大王對宋玉若有絲毫冷淡，令尹非將宋玉生吞活剝，置於死地不可。看來，宋玉如果不能安於大王羽翼，那就唯有離開楚國一途了。

宋玉既被軟禁，宮裡的腥風血雨，自然就傳不到他耳裡，麗姬從宋玉返家後也深居簡出，大門不出、二門不邁，倒叫宋玉少了幾分見面的尷尬。

宋玉最後一次聽到雨桐的消息，是莊辛跑來質問宋玉之時，那時的莊辛拿來雨桐備好的包袱，稱人已不在城外老家，也不知去了哪裡。他很擔心，詩的最後一句，「行邁靡靡的我，此後只能在夢裡與你相守。」是否意味著雨桐將離他而去？

攻下鄢城的秦軍不會就此打住，白起一定會充分利用沿岸水域的物資，擴充軍備，料想不久就會打到郢都城。若雨桐說的這一切都即將成真，郢都保不住，城外的百姓更無法倖免於難，雨桐會因此而拋下他離開嗎？

不！拋下雨桐的是宋玉自己，焉能怪她呢？雨桐既能預知鄢郢淪陷，又豈有留在此地白白送死的道理，雨桐是該逃，逃得遠遠的、遠遠的才對！

撫著手上溫軟的玉佩，宋玉一時心如刀絞，玉佩的主人已不在，瑩瑩的翠點徒增孤單。痴笑的宋玉猛然灌下手中的一口濃烈，茶香已發，苦澀難嚥，滿腹的委屈交雜著難忍的思念，煎熬著他此時無助的寂寥。

睹物思人的宋玉好苦，又好恨！苦自己對心愛之人的絕情，恨自己優柔寡斷的懦弱，那是一把刺向心頭的利刃，已將無力的宋玉攪得血肉模糊。

「雨桐啊雨桐！我的目光穿越了千山萬水，只為尋得妳的芳蹤，何時妳才能走過九天的光芒，再次回到我的身邊呢？」

「宋玉——！」窩在營帳睡得正沉的雨桐猛然坐起，額上香汗微沁，十指指尖陷進溼透的掌心，掐出幾個半月型血痕。

方才夢裡的雨桐，看到宋玉被一群人五花大綁，口中直喊著她的名字，而雨桐則不由自主地離郢都而去，像是當初在巫山被抓離現代那樣。難道，這是在預告自己要穿回現代去了嗎？

捂住自己怦怦跳的心口，從未有過的驚恐，瞬時從雨桐的腦中掠過，如果宋玉真的遭遇什麼不測，那被困在軍營的自己，要如何才能救他呢？可又冷靜細想，當初查到的資料是郢都被破後，宋玉會隨著楚王逃到北方的陳郢，所以他應該不至於有什麼危險才對。反倒是自己，萬一白起真的打過來，把她當成楚兵殺了，那該如何是好？

嚇極的雨桐搖頭，無論如何，她一定要趕緊想個辦法逃出軍營才行！

方才的驚喊，讓一旁睡死的董齊翻了個身，雨桐屏住呼吸好一會兒，見董齊繼續打著呼嚕睡的香，一顆緊繃的心才輕輕放下。

半年多了，自從宋玉進到郢都後，兩個人就再也沒見過面。之前宋玉還可以透過項江，送來書信報平安，現下，雨桐為了救小狗子，困在這個楚營當中，宋玉會知道嗎？

雖然雨桐也曾僥倖猜測，哪天楚王若解除對宋玉的約束，或許宋玉就能回老家找她，屆時以一個議政大夫的名義，要保雨桐出來就不難。但畢竟只是想像，與她所處的現實相差甚遠也機會渺茫。

思及此的雨桐微嘆了口氣，雖然百夫長對她還不錯，董齊每日有不同口味的小菜可吃，自然也崇拜她幾分，再加上阿靳，總是三不五時來跟她聊天，日子似乎不那麼難過。但自己畢竟是個女兒身，雖然現在天冷軍裝又厚重，外表自是不那麼明顯，但時日一久，隨時都有可能會穿幫的啊！屆時，還不被當成奸細抓出去砍頭？

怎麼人家穿越，不是皇妃就是福晉，自己卻總被當成奸細？

「唉……」再嘆口氣，掀開被的雨桐發現自己一身冷汗，讓好幾天沒洗過澡的她，黏膩難忍。趁著大家熟睡，雨桐悄悄摸到伙房升火燒了鍋熱水，然後躲在灶爐後，打算把那一身的膩味給洗乾淨。

「啊！真舒服。」雨桐將熱熱的布巾覆在臉上，感受毛孔放鬆和呼吸的快感，勾起脣角的一抹笑，原來，幸福也可以這麼簡單。

雨桐還在宋玉家時就知道，在古代洗個熱水澡有多奢侈，但大娘和宋玉都很遷就她，所以只要雨桐勤勞一點，多挑幾次水，要泡個澡並非難事。而現在自己身處軍中便沒了這樣的待遇，士兵在大冷的天，也只能用凍手指的冰水來洗臉，因為軍中對水和柴火管控嚴格，想用熱水洗個澡，簡直難如登天。

雨桐每天聞著不同男人身上的汗臭味，夾雜著伙房裡的油膩，鼻子都快廢了。溫熱的布巾順著脖子而下，就連兩側的脈動都跟著活絡起來，氤氳的熱氣蒸騰，吸引著身體的每一處毛孔搶進。雨桐四下張望了會兒，見伙房裡半個人影都沒有，便將上身那件重重的軍裝脫下，以最快的速度，用熱布巾滿足每個飢渴已久的細胞。

「看來，你還滿懂得享受的嘛！」身後傳來熟悉的聲響，嚇得雨桐趕緊用兩手拉攏剛褪下的衣襟。

「你……你，半夜三更不睡覺，嚇唬誰呢？」本想大喊的雨桐，隨即又才想到自己是偷摸進來的，一喊不就露餡了？趕忙丟下餘溫尚存的布巾，背著阿靳七手八腳慌亂地把上衣給穿好。

「就嚇你！看來你膽子越發地大了，竟敢私自到伙房燒熱水，就不怕百夫長打你幾十軍棍，以示懲戒？」

信步踏來的阿靳，瞧了眼剛穿好衣服的雨桐，見他粉撲的雙頰還冒著熱氣，白淨的臉像極了剛撥殼的雞蛋白，怎麼這小子越看越像個娘兒們？見狀的阿靳，不禁皺眉。

「就我討打？你沒事逛伙房，就不怕人家懷疑你不安好心？」站起身，強作鎮定的雨桐忙轉移話題，不理會阿靳投來的異樣目光，心痛地將舀好的一盆子熱水，全倒進帳外草叢裡毀屍滅跡，還不禁暗自在心裡哀號：「我的熱水澡啊！」

伙房是楚軍最重要的膳食處理之地，當然不會沒有軍士把守，但守夜的士兵知道衛弘將軍的膳食都是出自雨桐之手，再加上她又深得百夫長信任，自然不太會為難。而這個阿斬又不是伙房的人，為什麼可以經常出入伙房，如入無人之地，實在讓雨桐百思不解。

「鍋裡還有熱水吧？也幫我舀上一盆。」避開牧童敏銳的問答，也想洗個熱水澡的阿斬，逕自脫起衣服。

「喂喂喂，你這個人，怎麼就只會指使人啊！要洗自己舀。」男生就是這樣，想脫就脫，完全不顧及別人的眼睛。

「就你能指使我炒菜，我就不能勞煩你舀一盆水嗎？那好，以後就別想指望我助你逃跑。」只要一想起替衛弘煮的那頓飯，阿斬就咬牙切齒，簡直是他這輩子的恥辱。

「好啦好啦！舀就舀，又不會斷隻手，缺條腿。」拿人手短就這麼回事，雨桐可不想在這件事上跟他較勁。拿起舀水的勺子，雨桐刻意避開光著上身的阿斬，將餘下的熱水都舀給他。

「公子，您慢用，小的就不打擾了。」雨桐學電視裡的小廝躬身，正想趕緊逃離犯案現場。

「怎麼？現在待得安樂，不打算跑了？」阿斬拿布巾一邊擦著身子，一邊低問道。

「你不幫忙，我還能怎麼樣？」停住腳步的雨桐背對著阿斬心想：「這傢伙是不是又想到什麼鬼主意？」

勾起脣角，阿斬慢條斯理地說：「現下郢都的軍情緊急，衛弘將軍估計明日就會被調回城內駐守，你是打算繼續留在這裡，還是跟他一起回郢都？」

「當然是回郢都啊！」情急的雨桐激動回首，才發現身後的阿靳，已脫得一絲不掛，羞得臉上一陣發燙的她轉過身再問：「但是，你有辦法讓我回城內嗎？」

若能以士兵的身分跟著衛弘將軍入城肯定不會被懷疑，搞不好還有機會去找宋玉，興奮的雨桐從臉頰熱到耳根，覺得自己終於可以脫離苦海了。

「不過，你須得答應我一個條件。」洗好澡的阿靳，頓時感到身心一陣舒暢。這個牧童做事雖然常讓人覺得傻眼，但其實膽子並不亞於他，是個很好的搭擋，所以阿靳便想試一試：「待進到郢都後，想辦法幫我打聽一個叫宋玉的人。」

「嗄！你要找宋玉？」有些吃驚的雨桐心想：「奇怪，阿靳找宋玉要幹什麼？」

「你認識他？」阿靳冷不防地走向前抓住雨桐的手，激動得將她拉向自己，質問的口氣乍然變得冰冷。

「宋、宋玉是楚國大夫，又是屈原的弟子，在郢都誰會不認識？」未曾如此嚴厲的阿靳，讓雨桐不禁打了個哆嗦。阿靳跟宋玉有仇嗎？至少，他現在的表情看起來不像是尋親，雨桐知道宋玉得罪不少人，更不能隨便洩漏自己與宋玉的關係，只好佯裝不認識。

此時過於靠近的兩個人，讓雨桐不禁多瞧了眼，裸著上身的阿靳，那一身精緻完美的肌肉線條，根本不像個青春期少年。阿靳雖然聰明，但實際年齡應該比雨桐還要小，怎麼身材卻像個武打明星？

噓了下口水的雨桐，在心裡暗忖著：「非禮勿視。」並急將目光撇開。

「是嗎？不過就是個徒具美貌，魅惑國君的妖孽罷了。」阿靳放開雨桐的手，見他似與宋玉不熟，就不口下留情了。

這個人，果然跟宋玉有仇！

「既然是妖孽，你打聽他做什麼？」雨桐暗想，如果阿靳真的對宋玉不懷好意，一進到郢都就極可能會威脅到宋玉，自己要事先提防著點。

穿好軍裝的阿靳，又恢復為原來的輕鬆語調，答道：「好奇罷了。再說人人都稱讚宋玉文采風流，我難得進郢都一趟，當然想與他較量較量。」

原來是嫉妒啊！果然是小孩子。

這時的雨桐，想起當初自己也想和宋玉那個大才子較量，結果一試之下，她這個堂堂二十一世紀的大學生，卻連最基本的《詩經》都不懂，更別說要寫出像〈神女賦〉那樣絕妙的辭賦。

暗自竊笑的雨桐掩嘴道：「那好！我也想見識一下風靡全郢都的美男子，長得究竟有多帥，等我們隨將軍進城後，我就幫你打聽，肯定會給你一個滿意答覆的。」

「一言為定！」

司馬陽攻下西陵後，只留下一部分軍士駐守，將餘下的兵力全數調回鄢城集結。等不到宋玉人頭的白起冷笑，荒淫無道的熊橫，果然還是捨不得禍國美色，於是下令傾全軍之力攻打郢都，誓言要將楚國給拿下。

浩大的秦軍轉眼已殺到城外，城內的君臣、百姓慌成一團，令尹縱然號令將士們要為國家社稷拚命，奈何仍抵不住秦軍鑼鼓震天的恐怖廝殺。

白起能以區區不到十萬兵馬攻下鄢城的數十萬楚軍，並非僥倖，除了精確無誤的戰術出奇不意的攻略外，靠的是如何讓秦軍陷之死地而後生的魄力。

在攻下韓、魏、趙後的秦軍，本來損耗已經極度嚴重，可當他們沿途占領漢水之地後，白起利用當地豐饒的物資，反讓這支殘弱部隊變得兵強馬壯。白起不斷跟軍士們強調，唯有將楚國富庶的土地占為己有，才能滋養秦國千百萬的黎民百姓，也才足以成就秦王一統天下的壯志雄心。

歷年在外征戰的秦軍什麼苦都吃過，為懷抱衣錦榮歸的美夢，無一不覬覦著楚國的豐衣足食，讓遠在家鄉的親人也能享受到取之不盡的魚米物慾。而今，楚國的國都——郢都已近在眼前，士氣高昂的秦軍，無一不殺紅眼般地瘋狂挺進。

「報——」楚軍的探子匆匆忙忙奔進，朝營帳的大人們單腳跪地，「秦軍目前在郢都城外五十里處紮營，並沒有直接攻擊的跡象。」

「什麼?你有沒有看錯，難道，白起這兩天都沒有動靜嗎？」令尹子蘭不解，人都兵臨城下了，此時安營紮寨、不動聲色是什麼意思?

「據末將查探，秦軍的確沒有行進的跡象。」受到令尹質疑的探子，把自己觀察得知的結果又重述了一遍。

「白起那廝在攻打鄢城之時，亦是如此，用安營紮寨騙過我軍耳目，再偷偷引夷水灌城，興許這次又想故技重施。幸好，我這次已經吩咐司徒做好準備。」雙拳緊握的衛弘咬牙切齒，白起要麼就光明正大提刀正面廝殺，老是在背後用這種卑鄙手段，實在令人不齒。

「將軍，請恕末將直言!白起久經沙場、身經百戰，熟稔所謂的兵不厭詐，既然他再次故技重施，必然就猜得出咱們將防患於未然，如何可能再上他的當?」年輕的衛馳不以為然。

「那你說，這廝按兵不動又是為何?」令尹知道衛弘衝動，根本提不出什麼好建議，倒不如聽聽衛馳這個後起之秀的意見。

「白起在離郢都五十里處紮營，這不遠不近的據點進可攻、退可守，他之所以不動聲色，興許只是緩兵之計，想要分散咱們的注意力，趁我軍鬆懈之時再來個突擊，意在攻其不備。」衛馳分析得有條不紊，就連衛弘都不得不點頭，表示認同。

沉思的令尹撫鬚再問道:「那依你之見，我軍該如何防備?」

「白起欲攻鄢城之時，宋玉宋大人就已洞悉其目的，雖然鄢城被破，但終歸是因司徒督工不周所引起，並非宋大人的錯……」

「住口！」一聽到宋玉的名字，額冒青筋的令尹一口喝住未說完的衛馳，指著他的鼻子破口大罵：「你這廝原來跟宋玉是一伙的，如今他連自身都難保了，莫不成，你也要跟著一起陪葬嗎？」

「大人！」衛馳還想替宋玉爭辯，但一旁的衛弘卻拉住他，並向令尹躬身作揖道：「衛馳將軍年輕不懂事，得罪了令尹大人，末將懇請大人見諒！」

「既然年輕不懂事，怎堪勝任將軍一職？來人啊！即刻起，削去衛馳將軍一職，貶為校尉。」令尹憤憤甩袖，鐵青著臉步出帳外。

見令尹大人走遠後，衛弘瞧衛馳猶自苦喪著臉，不禁為他捏了把冷汗，「我說你啊！哪壺不開提哪壺？宋玉是令尹大人的眼中釘、肉中刺，欲拔之而後快的啊！你沒事提他，不怕小命沒了？」

「但鄢城失守確實不是宋大人的錯，將軍您也心知肚明的不是嗎？」急著要替宋玉平反的衛馳，沒料想令尹大人的反應居然如此劇烈，不禁暗惱自己太過衝動，又錯失了救宋玉的良機。

「是不是宋大人的錯如何？我心知肚明又如何？是非對錯唯有位高者說了算，就像你，令尹大人若是一刀砍下你的腦袋，孰是孰非又有何意義呢？」嘆了口氣的衛弘拍拍衛馳的肩膀，安慰道：「要想救人，還須先掂掂自己的斤兩，在未成氣候之前，你要學學宋大人隱忍著些，懂嗎？」

甚少聽叔父說這麼多道理的衛馳，瞬時茅塞頓開，對宮中的權謀之術彷彿又精進了些，他點點頭，躬身向衛弘作揖後，急步而去。

衛馳尚不滿二十五，即因大敗秦軍，屢建奇功而高居將軍一職。但向令尹建言白起欲利用緩兵之計，趁楚軍鬆懈再來突擊的那一番剖析，並非出自衛馳的見解，而是在鄢城被破後，聽宋玉分析得來。

衛馳與宋玉在昭奇之難後結為知己，宋玉雖為文官，然而，洞察軍事的敏銳能力令衛馳折服，難怪，白起要宋玉的人頭作為退兵條件。就連敵軍都看得出宋玉的奇才，但令尹卻因一己之私而將宋玉軟禁，實則是危難時，楚國的一大損失。

就當楚國還在為白起按兵不動的舉措理不清頭緒時，秦軍的諸位將領，也為這位大將軍下的命令感到莫名。此時的秦國軍士鬥志正高昂，如今楚國國都也已經近在咫尺，大將軍卻裹足不前，是何道理？

「楚軍輕銳勇猛，但耐力不足！」瞇眼的白起俯視眼前的這些將領，若連這點觀察力都沒有，談何統領軍隊，稱霸天下？

「論軍備，楚軍有青銅鑄的頭盔，鱷魚皮做的鎧甲，而我軍，只有殘破的盔甲可堪用；論軍力，楚軍有兵五十萬人，車八百乘，馬四千匹，而我軍，卻是區區的十幾萬人；論糧草，他們源源不絕，咱們卻後繼無力，如何能和保家衛國的楚軍一決生死？」

白起這話，說的臉色泛青的眾將士各個面面相覷，大敵當前，大將軍在此時扯自己後腿，滅自家威風，這仗如何還打得下去？

「作戰逞一時之勇是無用的，尤其是和楚國這樣龐大的軍隊交戰，應以攻心為上，靜待士氣彼消我長之時再作打算。」

領軍二十年的白起，深諳狗急跳牆的道理，秦軍現下人少再加上糧草有限，而眼前的郢都就像一座金山、銀礦，等著將士們去開採，待秦國將士餓到沒飯吃時，自能一鼓作氣將郢都拿下。

眸光一閃的白起，也興奮期待著攻下郢都，擒拿熊横的那一刻。

「說得對！之前攻打鄢城時，楚軍就是傻傻地等咱們進攻，結果，城池都被攻破了還不知道是怎麼死的，當真只有兩個字：爽快！」說到得意處，一臉黑的曹櫓咧嘴大笑。

「就說那宋玉，不過是個徒具美貌的區區文官，居然也想統領數十萬楚軍，與我軍作戰，簡直是痴人說夢。」曹櫓的弟弟曹機，也跟著嗤之以鼻。

「提到宋玉，查到什麼底細沒有？」白起並不認為鄢城被破是宋玉的疏失，他能在危急時刻派出數萬精銳截斷秦軍賴以為生的糧草，就足以證明他是個有遠見，有謀略的人才。雖然，現下的宋玉還不足以當上白起的對手，然而斬草不除根，終將後患無窮，白起不得不防。

「末將已派人進入郢都城內查探，相信不出幾日便得以知曉。」雖然，司馬陽不懂大將軍為何如此在意那個文官，不過，幸好他搶先一步安插人進城，否則，大將軍的責罰肯定少不了。

「如此甚好。」

第二十三章

殺戮郢都

因著兩軍對峙的戰情緊張，身為校尉的項江，奔波於郢都城內外的楚國軍營，衛馳雖被令尹貶為校尉，但曾為其部屬的項江，依然事事向衛馳報告和請益。

「據我所知，白起的糧草這幾日就將用罄，難道，他打算餓著肚皮和咱們打嗎？」衛馳的不安與日俱增，一股急切的壓迫感，向他籠罩而來。

「這也是末將百思不解的地方。據探子回報，秦軍日日操練，夜晚就集體唱著秦國的歌謠，士氣不但未見消退，反而十分高昂。」左右張望的項江，見四下無人後，迅速從窄袖裡抽出一布條，「這是宋大人派蘭兒交給我，託我轉交給將軍的。」

衛馳會意，將那布條拿到隱密處攤開細看，「以攻代守，速戰速決。另派人先至郢都東北之陳城布署，以備不時之需。」

「派人至陳城布署，是什麼意思？」衛馳尋思，記得那是早先諸侯陳國的舊都，雖然市井繁榮、人口眾多，但離郢都甚遠，宋玉在此時提及布署陳城，究竟意味著什麼？

「將軍？」項江見面色凝重的衛馳不發一語，心裡有些發慌。

「你派幾個謹慎又口風緊的將士，至陳城查看當地有無秦軍的人馬，三天之內務必回報，我有要事急須與莊辛大人商議，快走！」見項江拱手作揖離開後，衛馳隨即將那布條收進懷中，跟著疾步離去。

跟著衛弘將軍進到郢都城的雨桐，行走並未如她想像中的順利。天天面臨秦軍壓境的郢都有如驚弓之鳥，一點風吹草動，都會令士兵們緊張莫名，不僅軍紀管制嚴格，就連出個營帳都很困難，她又要如何去找宋玉求救？

心急如焚的雨桐百般搜羅，終於探得宋玉的丁點消息——因為鄢城失守，出謀劃策的宋玉被楚王囚禁在自宅，一步都不得出。這讓雨桐有些擔心楚王原本信任宋玉的態度，是否會因著鄢城戰敗而有所改變？

心念電轉間，雨桐想到能找莊辛傳遞消息，奈何莊辛是個文官，平時根本不會到軍營來，更不可能碰得到面。能搭上線的路全都斷了，難道，雨桐真的要被當成士兵上前線作戰嗎？

一想到古代手持刀刃殺人的殘忍，雨桐不禁打了個寒顫。別說她連一隻雞都沒殺過，就算看到別人流血也會嚇得兩腿發軟，上戰場絕對只有送死的份。

「怎麼辦？會死！我絕對會死得很難看。」在原地打轉的雨桐不斷地咬著十指，直到一個熟悉人影劈進她的腦海，「對了！還有他！」

自來到郢都城內後，阿靳就變得非常忙碌，但並未因此忽略和雨桐交換的條件，他約好日落時分在伙房外的一僻靜處碰頭，讓雨桐跟他報告宋玉的詳細狀況。可惜冬季的日頭落得早，沒有手錶又不懂得看天色辨認時間的雨桐，常常一等就一個時辰，簡直苦不堪言。

「大哥，你也行行好，能不能早點來，現在連月亮都快出來了，你才到。」深怕摸魚被逮個正著的雨桐哭喪著臉，這裡沒有百夫長罩她，萬一有個差錯，就不是少幾餐飯那麼簡單的事。

「是你太早到了。」誰知阿靳僅用一句話就把雨桐給打發，阿靳知道雨桐沒有什麼時間概念，與其枯等倒不如晚到。

「我要是被打斷腿，你必須負責。」叉腰的雨桐氣鼓了臉，覺得這個人根本不打算管她的死活。

雖然，常聽雨桐說一些莫名其妙的比喻，但聞言的阿靳還是差點大笑出聲：「放心！就算你的腿沒被打斷，在下也會負責的。」

「什麼跟什麼啊？這傢伙，居然還有心情開玩笑？」咬牙的雨桐氣結，正要再辯，才發現幾名士兵狐疑地向他們這邊看過來。有些心虛的雨桐，忙不迭的將阿靳拉到更暗的地方，說道：「宋玉被大王軟禁在自宅，我看你想找他較勁，是不可能的事了。」

雨桐知道阿靳點子多，不如來個激將法，讓他想辦法救宋玉。

「為何？熊橫不是很寵愛他嗎？」聞言的阿靳有些呀然。

熊橫，這不是楚王的本名嗎？怎麼阿靳不像宋玉那樣尊稱自己的國君為大王，反而直呼其名諱？不過，細想之下的雨桐搖搖頭，心想反正這小子自視甚高，他都不把宋玉這個議政大夫看在眼裡了，更何況是昏庸的楚王？

「詳細情形我也不知道，但瞧大家一聽到宋玉的名字，躲得比誰都快，看來他的情況不太好。」若說二十一世紀的人現實，古代人更現實，想那動不動就株九族的大罪，誰也擔不起。

「難得他也有今日啊！我還以為熊橫對宋玉的寵愛，已經到了拱手讓江山的程度了呢！原來是我高估他了。」

「有必要這樣落井下石嗎？」看著阿靳學自己叉腰笑得不可抑止，分外的張狂，雨桐一臉不悅。瞧他把宋玉跟楚王的關係，講得好像搞曖昧一樣，以宋玉的才華加帥勁，得君王賞識是應該的，阿靳不應該只看到表相，就誤把人家想成那一回事。

「你不是想跟他一較高下嗎？也要先把人救出來才有機會比試吧！」雨桐再探阿靳的口風，總要有個人幫幫宋玉的忙才行。她找了一整天都找不到項江，怎麼自己在古代認識的人，一夕間全都消失不見，見鬼了這是？

「亡國妖孽，救了也是塗炭生靈，既然宋玉已經被拘禁，你也不用再打聽他的事，明日還有許多重要的事要做，早些休息吧！」阿靳舉步正要離開，雨桐卻忙拉住他。

「你答應過，告訴你宋玉的事就幫我離開這裡的，現在秦軍逼進郢都，我是絕不會上戰場殺人的。」雨桐慌了，再繼續待下去她真的會瘋掉。

「放心！有我在的一天，你就無須上場殺敵。」微揚的劍眉下，眸光煥發，阿靳轉而握住雨桐的手，洋洋得意地勾起脣角，「相反的，我還有機會讓你錦衣玉食、加官進爵。」

怎麼這個人一下子又變得陌生起來？雨桐不懂，阿靳要是真有本事讓她錦衣玉食，還用得著跟她一起窩在這裡，當受人差遣的士兵嗎？這個阿靳看似平凡卻一點都不平凡，他的真實身分究竟是什麼？……難不成，阿靳也是穿越來的？

「不！我並不想要什麼錦衣玉食，戰爭就是犯罪，會遭天譴的。」深受和平主義思想洗禮的雨桐抽回手，漸漸拉開與阿靳這個陌生人的距離。此刻的阿靳眼中充滿了算計，腹黑得嚇人，並非她先前認識，那個看似無害的單純少年。

「在這亂世當中，唯有強者才配談仁義，什麼天不天譴都是懦夫的藉口！」阿靳高舉雙手，一副理所當然的態勢，「自古亂世出英雄，戰國諸侯爭霸幾百年來，終將在此刻分出個高低，你不趁此建功立業更待何時呢？」

「就算是秦國戰無不勝的白起，最後也會因功高震主，而落得被秦王賜死的下場。爭得了一時爭不了一世，阿靳，難道這個道理你不懂嗎？」功名利祿的執念讓這個年輕人陷得不淺，雨桐忍不住出言勸諫，為的是不願失去一個得來不易的知己，她想救阿靳！

「無名小輩也學人論起軍國大事？白將軍現在深受秦國的大王重用，怎可能被賜死？」嗤之以鼻的阿靳冷笑以對。

「不僅是白起，就連受白起重用的司馬錯，甚至是他的孫子也免不了要跟著一同陪葬。

阿靳，伴君如伴虎，你千萬不要被名利給薰昏了頭啊！」情急的雨桐顧不得其他，一下子又把歷史機密給抖了出來。

「你……為何說司馬錯的孫子，會跟著白起陪葬？」阿靳緊握的雙手指節泛白，對雨桐的這番謬論，感到一陣錯愕。

「阿靳，相信我！不論諸侯如何爭霸，替他們打天下的人都不會有好下場，你不要再奢望那些遙不可及的飄渺，回歸現實吧！」雨桐抓住阿靳的臂膀，衷心希望好友能在這亂世之中平安地活下去。

「不可能！」輕易掙脫牧童那雙毫無縛雞之力的手，阿靳果斷拒絕：「這天下只能有一個主，而我只願意服侍稱霸天下的君王，這就是我的使命，終身的志業。」

雨桐還想再說，奈何固執的阿靳漠然轉身，「你方才說的那些話我就當沒聽過，否則，怕保不住小命的人不是我，而是你。」

因著兩個人的意見相左，雨桐接連著好幾日都沒再見到阿靳。她知道這次阿靳是真的生氣了，但她也一定要在秦軍攻陷郢都之前，離開軍營和宋玉會合，否則投入戰場的自己，就真的再無希望了。

雨桐理解古代男人，從小被教育成唯有出人頭地、光耀門楣才算是個男子漢，尤其聽阿靳的語氣，他的野心似乎不小。

以阿靳的聰明才智，要爬上高位或許不難，然而現在的楚國已是岌岌可危，就算阿靳能當上一官半職，待被秦國滅後，下場反而更慘。可惜雨桐的一番苦勸，阿靳完全聽不進去，還因此連朋友都做不成。

雨桐想到打從自己進軍營後兩人互動的種種，居然抵不過一句真話，實在叫人感到灰心。看來，阿靳壓根兒就認為自己是個什麼都不懂的鄉下笨蛋，如此而已。

隔日凌晨，慘澹的天色還籠罩著陰霾，呼嘯的凜冽，將燎天的營火吹得明滅不定。越睡越冷的雨桐，正要拉攏被子將自己包緊一點，誰知紛亂的蹄踏聲，夾雜著焦躁高喊，將整個軍營的沉寂都給驚醒。

「不好了，不好了！秦軍攻過來了，白起的大軍已經到郢都城外啦！」高舉楚國軍旗的探子，快馬奔進衛弘的營帳，情急的他一翻身，差一點沒撲跌在地上，「報……報告將軍，白起已來到城外三十里處，眼看就要殺進城了啊！」

被嚇醒的衛弘匆匆戴上頭盔，套上鎧甲，連鞋都沒來得及穿就跑出來，猶自一臉驚訝莫名的他，急問道：「不是說都沒動靜嗎？怎麼一下子就攻過來了？」

「今晚夜黑風大，秦軍摸黑行進，待我軍發現時，他們已經來到城外三十里處。將軍，再不下令就要來不及啦！」一頭汗的探子話還沒說完，外頭又傳來一陣馬啼。

「報——秦軍已來到城外二十里處，另有車騎、馬匹上千，現下戰鼓吶喊聲不斷，就要逼近郢都城了，請將軍盡速裁決！」

「快！通知衛馳和項江整頓兵馬，立即迎戰，再派人通知宮裡的大王和令尹大人，快！快啊——」情急的衛弘一邊揮手一邊套上鞋，待要拿下牆上的配劍時，不慎一個踉蹌，差點跌倒。

「將軍！」守帳的士卒，見身經百戰的衛弘也跟著一陣慌亂，不由得緊張地發抖。

「坐騎，快！快把本將軍的坐騎牽來，本將軍要和白起殊死一戰，絕不讓那人屠踏進咱們楚國國都半步！」

睡模糊的雨桐被紛亂的吵雜聲給驚醒，在沒來得及搞清楚是怎麼回事時，就被一堆士兵狠狠地推出帳外，暖暖的身體經冷風這麼一吹，腦袋瞬時醒了大半。

「眼下秦軍就要攻進城來，身為楚國的子弟，絕不能丟高媒先祖以及火神祝融後裔的臉，也絕不能讓外人玷汙了咱們歷代先祖的立國之都，讓咱們將白起殺得片甲不留，讓他們滾回自個兒的西土老巢去。」

「兄弟們——！殺啊——！」站在隊伍最前端的衛馳，舉著長劍振臂高喊。

「殺！殺！殺！」眾將士舉著銅戈和長矛，跟著衛馳齊聲大喊，隨即整隊向前迅速移動，錯愕不已的雨桐想逃都來不及，被後面一擁而上的士兵，不斷往前推擠。

「殺！殺！」士兵們一步一口令，震耳的踏伐聲，揚起乾涸的沙土一陣飛揚，就連土地都為之振動。嚇極的雨桐朝左右望去，但見士兵們眼中布滿紅絲，鐵青的臉色晦暗難辨，完全看不出屬於人類的血色。

「救命！我不想殺人，更不想被殺啊！」沒想到戰事來得這樣急、這樣快，啜泣的低喊隱沒在喧天的鑼鼓中，雨桐掙扎著發軟的雙腳，試圖將自己抽離這團火熱的瘋狂，可不管怎麼努力都只是白費。

「兄弟們！驅逐白起，殺光秦軍，光耀我祝融先祖，殺——」

「殺啊！」

就在快被擠出營區的當下，熟悉的語調令雨桐猛然一驚，她迅速朝著聲調來源大喊：

「項江，救命，快來救我！」

急促的呼喊聲破口而出，雨桐再也顧不了眼下冒充士兵的身分會不會被識破，她只想攀住項江這根最後的救命稻草，逃出這場恐怖的殺戮。

高喊救命的聲音傳進項江的耳朵，他沒想到，在此危難時刻居然還有人敢搗亂，身為校尉的項江豎耳傾聽，要揪出楚國這個不肖子弟。

結果，細聽下才發現不若項江所想：「怎麼這聲音，如此耳熟？」

「項江！我是雨桐，快救我——」

「雨桐？居然是姑娘！怎麼可能，她不是離開郢都了嗎？」倉皇的項江舉目張望，奈何眼前幾萬人馬正在快速移動，黑壓壓的人流，就算他雙眼銳利如鷹，也無法從人海中挑出一個人來啊！

急切的一顆心就快提到嗓子眼，項江仔細再聽卻無一聲響，難道是他耳背，聽錯了？

自從莊辛說雨桐是宋玉的紅顏知己後，項江就為自己的魯莽行徑感到萬分羞愧與自責。幸好，宋玉並未追究他將姑娘的事透露給莊辛知曉，否則，就算項江有一百張嘴，也解釋不清。

事後項江也曾再到城外找過姑娘一回，還是沒發現姑娘有任何回家的蛛絲馬跡，除了他帶去的那套軍服……難道，姑娘真扮成士卒混進城來了嗎？

「姑娘，若真是妳就再喊一聲，項江就算翻遍整個楚軍，也定要把妳找出來。」穿進隊伍的項江在心裡暗暗祝禱，驚瞠的雙眼四下張望又不敢大喊出聲，萬一被人發現姑娘假扮成士卒混在營中，就算項江找到了她，雨桐也是死罪一條。

「項江，你聽到了嗎？是我，雨桐啊！」看見項江跳下人流的雨桐，揮手高聲再喊，而驟然抬頭的項江，炯炯目光剛好和雨桐對個正著。

此時的項江再無半點猶疑，他奮力推開挺進的隊伍，也朝著姑娘揮手喊道：「我在這裡！」

「項江，真的是你，快救我啊！」被擠在狹小人牆裡的雨桐驚喜萬分，她伸長手，就盼著項江趕緊把自己救出去。

「快，把手給我。」頂著一身厚實鎧甲的項江，使力推開周身阻擋，奮不顧身地擠向前，黝黑粗糙的五指橫亙在流動的人牆中。

「再……再過來一點點！」漲紅的臉孔扭曲，項江眼看著嬌小的姑娘，又快被人群給淹沒，心中的急躁沒由來的一陣翻湧。

「喝！過來。」情急的項江一聲怒吼，奮起的雙臂，硬是將慷慨激昂的士兵們擠開，他伸長手，猛地將雨桐整個人拉了過來。

震耳欲聾的廝殺聲響，撼破天際，微白的曦光剛透出點亮就抹上一道血腥的殷紅。白起將十幾萬秦軍分兩翼朝郢都進攻，一隊集中車騎、馬匹從東面引楚軍注意，另一隊精銳的帶甲則悄悄從西面靠近。驚慌失措的鬬弘見秦軍逼近，無不集中火力向聲勢浩大的東方軍反擊，卻只留下守門將士駐守在西邊，結果白起幾不費吹灰之力，便輕易把郢都的西面給攻下。

殘暴的秦軍進城後，所到之處無不割人頭、飲人血，屠殺的快感奪去他們的良知，讓他們變成一頭頭泯滅人性的野獸。

鄢城浮屍臭池的恐懼還未散去，見秦軍到來的郢都百姓無助地倉皇、尖叫、哭喊，直到秦軍劃破他們的喉嚨，刺穿他們的心臟方才止休。嬰孩的啼哭哀號無法止住嗜血的飢渴，孩子不是被丟下水井，就是被車騎無情輾斃，整個郢都街道成了慘不忍睹的人體屠宰場。

戰勝的秦軍，拿著割下的百姓頭顱齊聲高喊：「白起大將軍，勝！秦王一統天下，大勝！」

秦軍破城之時，被軟禁的宋玉還待在家裡，景差奉大王之命派人來催過幾次，宋玉始終不肯離開。

宋玉心痛雨桐的預言又再一次成真，即便自己努力改變這已知的結果，卻仍舊徒勞。

雨桐走了，宋玉此生想與心愛之人再聚的希望，已無任何可能，轉眼屠殺百姓的劊子手將至，宋玉寧願就此了斷殘生。

既然楚國即將覆滅，那身為楚人的他，苟活於世又有何用？

麗姬本就打算與丈夫共生死，宋玉不走，她當然不會獨活，只是現下的景況除了自己，她還要顧及另一個人，不得不尋一線生機。

「別再說了。妳娘家人應還未走遠，趕緊隨妳爹一同離去吧！」賊兵若是到來，麗姬主僕的性命不保，宋玉推著她和蘭兒，急著趕她們走。

「大人！大人若不走，麗姬只能跟您一塊兒死在這裡。但可憐我腹中孩兒，未來得及出世就要與父母訣別，難道，大人您忍心讓宋家絕後嗎？」撫著隆起的小腹，麗姬哭著跪求。

孩子？麗姬，居然有他的孩子了！難怪這幾個月，麗姬食慾不佳又極少出房門，原來是因為有了身孕，住在同一個屋簷下的自己，竟全然不知？

宋玉曾以為自己除了雨桐之外，斷不可能再與他人生子，現今，上天為何要一再摧毀他既有的希望呢？他只願與鍾愛的人相守一世、務農筆耕，為何這樣簡單的念想，卻是遙不可及？

手足無措的宋玉跟著麗姬跪倒在廊下，就在此時，沉重的木門被粗暴地撞開，看來，就算宋玉想逃也來不及了。

既然和雨桐再無可能，宋玉也不想犯下更多錯事，他凝眼看著，打算讓這些泯滅人性的秦軍將他千刀萬剮，用以祭天謝罪。

「來人啊！將這廝綁起來，架走。」

氤氳的霧氣阻擋視線，院子裡紛亂的人影亂竄，宋玉本以為是秦兵，來的卻是楚軍，下令的聲音似乎有些熟悉，莫不是……？

「莊大人？」不甚清楚眼前情形的宋玉還有些遲疑，見威嚴的肅冷面孔立在風中，五、六個士兵三步併作兩步向他急奔而來，正要用繩索將宋玉捆住。

「這……大人，這是為何？」

「聽聞宋老弟堅持留在郢都，不肯與大王同行，難道是為了等白起那狂賊，將你送給秦王邀功？」讓大王遠去陳城是宋玉出的主意，他自己卻不肯走，是何道理？莊辛心想以這小子的天姿絕色，就算白起將宋玉綁了去，殘暴如秦王者，恐怕也捨不得下手。

「大人，您這話從何說起？子淵身為楚國人，死後也必當楚國魂，何來送給秦王一說？」宋玉對楚國從無二心，否則，怎麼會力薦莊辛回楚國效力，難道這樣的赤膽忠誠，莊辛都看不出來？

「你空有一身才華，難道為的就是混吃等死嗎？屈先生若是知道，必先一杖打醒你這個忘恩負義的門生。你們在等什麼，還不趕緊捆了這廝，難道，要讓大王再痛失一位良臣？」莊辛大手一揮，將士們無不七手八腳，把宋玉五花大綁。

「大人，您的一番好意子淵領受了，如今楚國有難，子淵怕是不能再替大王竭心盡力，日後還望大人能為大王分憂！」宋玉自覺熊橫早就不信任他，就算逃了也是一具行屍走肉，與許死了就能和雨桐相聚，此刻的宋玉是想死，他想死啊！

「廢話少說！還杵在那裡幹什麼，帶走！」莊辛根本聽不進宋玉的辯解，硬是讓人將宋玉架上馬車，隨即趕赴大王北上的車隊。

「大人，請聽下官一言，子淵不想離開這裡啊！大人……」

「任憑你把祖宗十八代都叫來也無用，讓老夫回楚國是你出的主意，休怪老夫蠻強！」

第二十四章

亂世真情

幾十萬楚軍抵擋不住秦兵的瘋狂殺戮，就連訓練精良的戰馬，都被秦兵用銅劍從馬腿斬斷，失足而亡。

城破之時，衛馳就已經分出一隊兵馬，準備護送大王、王后、姬妾及王公貴族們離開。痛心疾首的熊橫彷若發了瘋般，在偌大的宮殿裡又哭又笑，不斷對著祖宗牌位磕頭，跪求先祖原諒他的不是。而後是衛馳見城門已破，這才與令尹命御衛們，倉皇將熊橫扶上馬車離去。

一晚沒睡的熊橫坐在馬車裡，緊握著手上的赤霄寶劍，空洞無神的雙眸像失了心般不發一句。來不及打扮的王后、姬妾，各個莫不驚恐萬分，有如喪家之犬，交錯著顫抖的雙手相互依偎著。

領隊的將士，依莊辛事先策劃好的路線向東北的陳城奔去。明知這一去便是幾百里，想再回郢都城恐怕遙遙無期，心中雖是百般憤恨，但事已至此，都由不得他們自己了。

項江向斷後的衛馳說明原委後，便單槍匹馬帶著雨桐，直奔東北陳城而去。

項江當然知道此時的宋玉已經隨人王的車隊離開郢都，但無論如何，他都必須將姑娘安然無恙地送回宋玉身邊。

在得知郢都西面被攻陷後，項江一路從東面繞小路，策馬狂奔。從沒騎過馬的雨桐，在馬背上顛得作嘔不斷，但一想到自己朝思暮想的男人，就近在眼前，怎麼都不能就此退縮。

她當初不該有所隱瞞，應該告訴宋玉更多楚國未來會發生的事，讓他能有充分的心理準備去面對，也好過一個人自責愧疚。

雨桐在心中暗自祈禱，若能及時趕上宋玉的車駕，她一定要好好把鄢郢戰後的狀況詳細告訴宋玉，和他並肩作戰，對抗強秦。

「姑娘忍著點，大人一直在等姑娘，項江就算死，也一定不辱使命。」強勁的寒風刺骨，刺鼻的煙硝味從眼前陣陣飄過，白起居然能以迅雷不及掩耳的速度，攻下幾十萬楚軍嚴密駐守的郢都，真教人意想不到。

眼見楚國四百年的基業就要在此斷送，義憤填膺的項江不禁喉中一哽。如今，能保住楚國的唯有宋玉一人，項江就算拚掉腦袋，也一定要護送大人心愛的女子到他身邊。

就在此時，零星的幾個秦兵，發現落單的項江和雨桐，似急著趕去通報軍情，連忙吆喝眾人將騎馬的項江團團圍住。

「自我了斷就留你個全屍，否則，就別怪咱們下手無情。」殺紅眼的秦兵舉長矛靠近，讓項江的馬匹受到驚嚇，不斷嘶叫躍起。

嚇極的雨桐緊攀著韁繩，就怕從馬上摔下去，幸好項江及時攔腰扶住，才讓雨桐免於墜馬的恐懼。

「就憑你們幾個無名小卒，也敢擋去本將軍的去路，喝！」項江猛地一夾馬肚，精壯的戰馬長聲嘶叫，抬起前腿將敵人逐一踢退。

幾個秦兵抽出銅劍，本想將馬腿砍斷，誰知項江以更快的速度，彎身使青銅戟格開，頓時銅器互擊的鏗鏘聲四起。

「另一個人不會武功，拉他下馬。」其中一個秦兵見雨桐死拉著韁繩，手上又沒有帶任何兵器，猜測眼前之人根本就不是士兵，於是集中戰力對雨桐出擊。

「屁！都給老子滾邊去！」爆粗口的項江使青銅戟揮向眾人，瞬時瞪大雙眼，橫眉豎目的猙獰，嚇得秦兵倒退好幾步，過了好一會兒才又集中攻勢，殺上前來。

戰馬即使雄壯，但馱著兩個人始終吃力，再加上項江為怕雨桐落馬，須分出一隻手來撐住她，使青銅戟的威力自是減了不少。

秦軍好鬥，更不可能放過落單的項江，於是死纏爛打地跟項江耗了起來。猛虎難敵群猴，作戰的時間一久，聚集的秦兵越來越多，雨桐見項江隻身難敵，正要開口勸他放下自己先逃時，冷不防的一道暗箭飛來，正巧刺中項江的左臂。

銳利如劍的箭頭刺入，瞬時的劇痛讓項江咬牙，他奮力折斷箭身，更加使力地扣住雨桐的腰。大驚失色的雨桐忙轉頭一看，鮮紅的血漬，已透過軍裝汩汩而出。

「項江！你受傷了。」雨桐驚喊，一股熱液湧上眼眶。

「不，這點傷不礙事！」再次揮臂，項江把圍過來的秦兵一一擊退，他右手拉高韁繩，想藉著高壯的馬身衝出重圍，然而，一道冷箭「咻！」地再次襲來，又刺進項江的右胸。

「不——！」嚇極的雨桐失聲尖叫，向後拉住差點墜馬的項江，哭喊：「不要理我了，你快逃吧！」

齜牙咧嘴的項江搖頭，緊咬牙關的他，齒間、唇上都滲出血漬，讓雨桐看得膽顫心驚。為怕自己鬆手，項江使出僅有的氣力，將雨桐的腰帶纏在自己的左掌上，右胸的溼熱已將項江的衣襟浸透，魁偉的身子不禁微微一顫。

「不，別這樣，你一個人才逃得了，我不想拖累你。宋玉沒有我一樣可以活得很好，你犯不著為我丟了性命，這樣的重擔我背負不起。」

從未親身經歷戰爭的殘忍，雨桐哭得淚眼模糊，但見項江堅毅的神情不變，雨桐轉而哀求秦兵道：「他已經受傷了，只要你們肯放了他，我願意跟你們走。」

「啐！你在說什麼蠢話，大將軍有令，楚國人一個都不能放過，就算小如螻蟻也要一腳踩死，我勸你們還是給自個兒一刀，死得痛快！」絲毫沒有放下防範的秦兵，見項江已無力反抗，更加得意張狂。

「放——屁！老子還沒死呢，誰給誰收屍還不知道！」渾身浴血的項江，陰狠的語調令在場的秦兵背脊一陣發涼，不禁又持槍一起向前。

面無血色的項江，緊扣住雨桐的腰身，迅速抽出隨身攜帶的短刀，刺進馬後腿，戰馬禁不住劇痛，一聲長嘶，揚起前腿奮力往前奔。

「別……別讓他跑了！」幾名秦軍想用長矛抵住戰馬，但發狂的馬兒根本無視眼前的阻礙，直接衝進人堆裡，把那些驚惶失措的秦兵像球般，一個個撞飛。

後腿吃痛的戰馬跑到幾十里外才放慢速度，禁不住急速奔跑顛簸的項江，忍不住將口中的溫熱，生生地吐在沙地上。瞬時無骨的癱軟，沿著雨桐的肩膀而下，失血過多的項江，終於趴倒在雨桐的背上。

「項江！」嬌小的雨桐撐不住項江的偉岸，兩個人硬是從馬背上一起摔下。滾落地上的雨桐顧不得身上的痛，趕緊伸手扶住項江的上身，這才發現，第二支箭還插在項江的右胸上。

手足無措的雨桐不知道該如何是好，不拔箭傷口無法處理，一拔箭又極可能失血更多，到底該怎麼辦？

抱著重傷昏迷的項江，雨桐除了哭喊，已經不知道還能求助於誰，「不，不要死，早知道救我要賠上你一條命，我寧願自己死掉。」抽抽噎噎的她向天喊道：「救命！誰來救人啊，快救救項江！」

就在話落的同時，遠處一陣塵土飛揚，大批馬車從前方馬路急馳而來，聽到馬車聲的雨桐急忙跳出來揮手，「救命！這裡有人受傷了，快來救人啊！」

但噠噠的馬蹄聲似乎沒打算停下，雨桐不能錯失這個救項江的唯一機會，她連忙拾起地上的石頭丟向馬車，試圖吸引他們的注意。終於，一名被石頭擊中的士兵拉住韁繩，大喊一聲，止住行進的車隊。

「有刺客，保護大人！」被石頭擊中的士兵額頭破了個洞，他倉皇地四下搜羅，才發現山坡上揮著手的雨桐。

「是我軍。」士兵一眼就認出雨桐身上的軍服，連忙跑向前去，定睛一看，受傷的人居然是項校尉，登時嚇得傻眼。

「他被秦軍包圍才會傷成這樣，求你趕快救他。」情急的雨桐，拉住一臉驚恐的士兵，就怕他給跑了。

「我須……須先稟報大人！」士兵慌得退後兩步，然後飛也似的奔回馬車旁，對著裡面的人不曉得說了些什麼，雨桐怕他們事後不理，雙眼緊盯著不放。

不一會兒，馬車裡走下一個中年人，短短的鬍鬚，工整的服飾，快步地朝她走近。雨桐見這個中年人還帶著兩個士兵，肯定是要幫她的，心上不由得一喜，「謝大人！大人的救命之恩，小的沒齒難忘。」

中年人睨了雨桐一眼，神情凝重地向身邊的士兵說：「快為項校尉止血。」

「唯。」士兵領命後，一個拿布壓住項江的傷口，一個拿出藥粉，待胸口上的箭一拔出，立即撒上藥粉止血。

雨桐見士兵手腳俐落地幫項江處理好傷口，又將他抬到馬車上，不禁感動得淚如雨下。中年人對著眼前的景象感到不解，問道：「你救了項校尉一命，該賞，報上名來。」

「不，是他為救我一命才受的傷，我沒有什麼好賞的。」雨桐抹掉淚，項江沒事了，但接下來的自己該何去何從呢？

「為了救你？」項江身為一個校尉，應當統領軍隊與衛馳在都城裡殺敵，為何會出現在這條路上？記得按宋玉當初擬的計畫，衛弘、衛馳和項江都須在城內拖住秦軍，讓大王和朝臣們有充分時間逃往陳城，如非必要，項江不應該暴露這條緊急路線。除非……項江想讓這個人跟他們一起走？

「你姓誰名啥？快從實招來。」中年人喝道，剛安下一顆心的雨桐，又慌了起來。

「我……我叫木同。」穿軍裝的雨桐，依然不敢暴露自己的真實身分。

「牧童？」

「是的，大人。如果沒什麼事，那小的就先告退了。」擔心被視破偽裝的雨桐急著離開，雖然她很清楚在此兵荒馬亂的時代，自己一個人是絕對活不下去，但她更不想再看到任何人，因為自己而送命，絕對不行！

「你，要去哪裡？」

「我本來就不屬於這裡，所以從哪裡來，就回哪裡去。」低著頭的雨桐苦笑，轉身慢步離開。

但就在中年人琢磨著雨桐最後一句話的同時，馬車那邊突然傳來一陣騷動。原來，被士兵抬進馬車的項江，在昏迷之際，忽然聽到一旁有人喚自己的名字，這才漸漸轉醒。氣息奄奄的項江，對著身邊一臉擔憂的男子道：「姑……姑娘，我把姑娘……帶來了。」

大驚失色的男子立刻從馬車裡鑽出，卻被車外看守的士兵給攔下，「大人，您不能下車，大人！」

情急的男子不禁放聲大喊：「放開我！雨桐，雨桐，我在這裡啊！」

原來，被困在馬車裡的人，正是宋玉。

雖然，宋玉不清楚自己心愛的女子人在何處，被捆綁的雙手也動彈不得，痴痴站在馬車上的他，只好對著遠處高喊：「雨桐，別走，子淵在這裡啊！」

踏著靡靡腳步正要離開的雨桐，忽聞身後似有宋玉的叫喊聲，呀然回首的她，看清了馬車上那個心心念念的熟悉身影，正引頸翹首地呼喚著自己的名字。

瞬時，一股從未有過的激流漫出眼眶，雨桐顫抖的右手高舉，止不住的哽咽，居然讓她出不了聲？

「妳就是雨桐？」一直站在身後的中年人就是莊辛，他也一臉訝異，怎麼雨桐不是個女子嗎？

「是，我是。」啜泣出聲的雨桐點頭，淚已撲簌簌地落下。她拿掉頭上重重的頭盔，綁成一束的長髮盤在頭頂上，「我是來找子淵的，現在終於……找到他了。」

莫名的欣喜，讓雨桐不自覺步步向馬車走近，車上的宋玉見狀，也直接跳下馬車。他顧不得自己被捆綁的雙手，展露俊逸非凡的笑顏，奔向那思念已久的身影。

「雨桐！」急奔的宋玉大喊，絕美的丰姿，隨即映入雨桐模糊的眼簾。

就算看不清楚，都能辨識出宋玉精緻的輪廓，雨桐那次夢裡的輾轉，就是見他被這樣綁著，原來是因為禁足的關係。難道，楚王就連逃難都不肯給宋玉鬆綁嗎？

雨桐笑自己多心，笑自己因為太害怕失去宋玉，失去自己生命中第一份珍貴又歷經風雨的感情。等待、期盼，渴望見到宋玉的心，日日侵蝕著她，一寸寸、一寸寸地深入脊髓。

現在的雨桐，終於體驗到什麼是真情，什麼是真愛，此刻的她，真的可以為宋玉生，也可以為宋玉死。老天爺待她真的不薄，就在雨桐最絕望的同時，讓她得以和宋玉見上一面。也許，在經歷了這一次的生離死別後，她能和宋玉白頭偕老，也許，會和他生下一堆孩子，然後扭轉宋玉的一生，也許……還有很多的也許。他們還有很多無法想像的未來，要一起度過啊！

笑逐顏開的雨桐，就這麼朝著宋玉大喊，她丟掉笨重的頭盔，脫掉沉重的鎧甲，奮力飛身奔向那個自己最愛的人。

然而一陣雜遝的馬蹄聲由遠而近，破壞了這美好的相遇。

一名身穿秦國軍裝的少年將士策馬急馳而來，眼看著就要阻斷雨桐與宋玉得來不易的相聚……。

「雨桐，小心！」宋玉和莊辛見來者不善，均齊聲大喊。

歡欣至極的雨桐，被突如其來的的警告給嚇住，一時停下腳步。但就在她轉身回看的同時，一隻強而有力的臂膀，已經將她整個人攔腰抱上馬背，「啊——」

「不——」拔腿狂奔的宋玉，眼睜睜看著雨桐被敵人劫走並漸漸離自己遠去，驟然失神的他，雙腳一軟跪倒在地上。

馬車旁的幾個士兵，看到秦軍居然敢在大人的眼皮子底下綁人，立即翻身上馬，急起直追。

「快，定要把雨桐姑娘給救回來，快！」莊辛指著遠去的人影急喊。

預告

秦軍自占領了郢都後，白起命人殺光城內所有的百姓，並焚毀楚國的宗廟祭壇。

站在巍峨城牆上的白起，眸光銳利如劍，掃視著眼前烈火沖天的繁華城池，面露猙獰，「熊橫，既然你這個不肖子孫，敢丟下祖宗基業自己逃命，那我白起也要你從此再無顏回郢都故地。來人啊！連一隻牲畜都不准放過，一律宰殺後用來犒賞所有將士。」

「諾。」歡欣至極的眾將領，拱手領命。

白起因鄢郢這一役戰功赫赫，被秦王嬴稷拔擢為武安君，隔年，他再次率軍攻下楚國祭拜高媒始祖的所在──巫郡，及銅礦的重要產地──黔中郡，讓原本就疲弱的楚國國力，更加無以為繼。

然而這一切，都只是白起征戰楚國的前哨站而已。

楚國自西元前一千零四十二年建國以來，最鼎盛的四百年時間，都是建國都在郢之時。這個聲稱是火神祝融後裔的諸侯國，一度是南方最強大的霸主，但在歷經沉迷女色、又昏庸無能的熊橫之後，已成了秦國白起的俎上之肉。

白起原為楚人後裔，為何在投靠秦國之後，反而要對祖國苦苦相逼至此？除了報家仇，更多的是他想要助秦王一統天下，來成就自己「大良造」的美名。

功名利祿浮生若夢，榮華富貴轉眼雲煙，可白起卻是窮盡一生，只為追求這滾滾紅塵中的黃粱一夢。為此，多少錚錚鐵騎血流成河，又有多少良緣美眷天上人間。

阡陌、黃土、殘碑，四時的交替不會因悲歌而停歇，蒼穹的天蓋還是繼續地旋轉著，不管殺戮是不是嗜血的殘酷，都是這個時代生存的必然法則。

有鑑於此，四面楚歌的宋玉能力挽狂瀾，救楚國於水火嗎？熊橫還願意接受這曾引以為傲的臣子的諫言嗎？

然而，這段戰國時代的歷史，是否會因著雨桐的穿越，而有所改變？還是，這段歷史已然因她而改變，卻不曾為後人所知？

被秦軍捉去的雨桐生死未卜，她這一個現代女子，又要如何在古代錯綜複雜的政治鬥爭裡，逃出生天？

當然，這些都是後話了。

越楚記（上）：千年之約

作　　者　是風不是你

發 行 人　林敬彬
主　　編　楊安瑜
編　　輯　林佳伶
封面設計　蔡致傑
行銷經理　林子揚
行銷企劃　徐巧靜
編輯協力　陳于雯、高家宏

出　　版　大旗出版社
發　　行　大都會文化事業有限公司
11051 臺北市信義區基隆路一段 432 號 4 樓之 9
讀者服務專線：(02)27235216
讀者服務傳真：(02)27235220
電子郵件信箱：metro@ms21.hinet.net
網　　　址：www.metrobook.com.tw

郵政劃撥　14050529 大都會文化事業有限公司
出版日期　2024 年 12 月初版一刷
定　　價　420 元
ISBN　978-626-7284-78-0
書　　號　Story-49

First published in Taiwan in 2024 by Banner Publishing,
a division of Metropolitan Culture Enterprise Co., Ltd.

4F-9, Double Hero Bldg., 432, Keelung Rd., Sec. 1, Taipei 11051, Taiwan
Tel:+886-2-2723-5216 Fax:+886-2-2723-5220
Web-site: www.metrobook.com.tw
E-mail: metro@ms21.hinet.net

國家圖書館出版品預行編目（CIP）資料

越楚記（上）：千年之約 / 是風不是你　著-- 初版. -- 臺北市：大旗出版社出版：大都會文化事業有限公司發行, 2024.12 ;384面;14.8×21公分. (Story-49)
ISBN　978-626-7284-78-0(平裝)

863.57　　113017232